MAGNÓLIA

Trilogia A Travessia Livro 1

JUNE V. BOURGO

Tradução por
MICHELE NOCE CAMILO

AGRADECIMENTOS

Escrevi este livro a todos que acreditam na magia. Vivemos em um mundo que às vezes pode nos confundir, decepcionar e nos amedrontar. Mas sempre há a magia - como você, caro leitor, pode perceber ainda que através de uma crença espiritual, ciência, religião ou pelo simples instinto.

Como sempre, agradeço a Anne Marsh e Heidi Frank, minhas leitoras criativas e revisoras que me apoiam nos testes iniciais para escrever uma história. Elas me ajudam com minhas dúvidas e inseguranças na minha capacidade de criar um projeto novo.

Serei sempre grata pelo apoio de meu marido Dennis, cuja contribuição criativa e apoio pessoal nunca cessam.

Sou muito grata à minha família da Next Chapter, que trabalhou duro para tornar minha história a melhor possível.

Meu sincero agradecimento a Annie Kagan, autora de The Afterlife of Billy Fingers (também conhecido como William

Cohen) por me permitir citar as palavras de seu irmão no início deste livro.

E a Billy Fingers, por seu testemunho etéreo da magia. Obrigado por compartilhar sua experiência com sua irmã que, por sua vez, compartilhou suas palavras com o mundo.

Onde estou, vejo luz
Tanto em mim, quanto em você

— BILLY FINGERS, TAMBÉM CONHECIDO
COMO WILLIAM COHEN (THE AFTERLIFE
OF BILLY FINGERS DE ANNIE KAGAN)

Elizabeth Grey acordou assustada. Seus olhos se abriram. Um sentimento de pavor passou por ela. Ela olhou para a esquerda e seu marido não estava na cama. Os dígitos do despertador digital marcavam oito da manhã. Elizabeth sentou-se e espreguiçou-se, espantando a perturbação. *Deve ter sido um sonho do qual não me lembro.* Ela foi até o banheiro, lavou o rosto e as mãos, vestiu o roupão por cima da camisola e saiu no corredor. Uma voz podia ser ouvida do quarto de sua neta. Ela parou na porta e apoiou-se no batente.

Sydney, de quatro anos, estava sentada no chão com seu jogo de chá à sua frente.

- Você gostaria de um pouco de açúcar no seu chá?

Elizabeth sorriu. Sydney tinha uma amiga imaginária, mas ela não se preocupava com isso. Muitas crianças têm amigos imaginários, principalmente quando elas não têm irmãos e vivem no campo sem outras crianças com quem brincar. *Faz parte do desenvolvimento dela.* Seu marido Frank, por outro lado, achava isso estranho e acreditava que Sydney tinha problemas. Por ser um homem obstinado que nunca mudava de opinião, ela estava cansada de discutir o assunto. Elizabeth suspirou.

Sydney ergueu os olhos.

- Oi, vovó, minha amiga Candy está tomando chá comigo.

- Bom dia, querida. Diga oi a Candy por mim.

- Ela não está muito feliz hoje. Ela parece bem triste.

- Lamento por isso. Talvez seu chá a anime. O que você gostaria para o café da manhã?

Sydney olhou para sua amiga invisível.

- Hum... o que eu deveria comer hoje? Que tal panquecas? - Ela olhou para a avó. - Sim, Candy está sorrindo.

- Farei as panquecas assim que eu tomar meu café. Eu aviso quando estiverem prontas.

Elizabeth desceu a escada e foi até à cozinha. O aroma do café a atraiu. Ela serviu-se de uma xícara e olhou pela janela dos fundos em direção ao celeiro e ao galpão de equipamentos. Ambas as portas estavam fechadas. *Frank provavelmente está dando uma volta.* Elizabeth foi até a porta da frente para sentar-se no balanço e desfrutar de seu café naquela bela manhã quente.

Ela saiu na varanda e parou de repente. Com o susto, ela levou a mão livre ao peito e abriu a boca.

- Meu Deus... - A xícara cheia de café que estava na outra mão caiu no chão. Os cacos de porcelana espalharam-se pela varanda e o café quente espirrou em suas pantufas brancas confortáveis. - Meu Deus... - ofegou novamente.

Frank estava deitado de bruços no chão de madeira. Elizabeth ajoelhou-se ao lado dele.

- Frank? Frank... - Ela sacudiu o ombro do marido.

Sem resposta. Ela tentou virá-lo para que ele ficasse de costas, mas só conseguiu deixá-lo meio de lado. Os olhos vidrados e sem vida de Frank a encaravam. Ela cobriu a boca com as mãos.

- Não, não... - sussurrou ela.

Elizabeth colocou os dedos no pescoço dele. *Sem pulso.* Colocou a mão no peito dele. *Sem batimentos cardíacos.* O corpo estava frio. *Há quanto tempo ele está caído aqui?* Elizabeth sabia que ele estava morto. Não havia nada que ela ou qualquer outra pessoa pudesse fazer por ele. Um estado de choque congelou seu corpo no local.

Ela não fazia ideia de quanto tempo ficou ajoelhada, olhando para o marido morto. Ela levantou-se e entrou. Depois de ligar para a polícia, Elizabeth ligou para Carol, sua amiga e vizinha.

Cinco minutos depois, Carol saiu com Sydney pela porta dos fundos em uma aventura pelos prados até chegarem em sua casa para comer panquecas.

Elizabeth voltou para a varanda e varreu os pedaços quebrados da xícara. Ela colocou um travesseiro sob a cabeça de Frank e o cobriu com um cobertor. Parecia que ele estava dormindo. Com certeza foi um gesto bobo, porém reconfortante. Ela sentou-se no balanço da varanda. Não houve histeria, nem lágrimas. Apenas uma aceitação entorpecente... e ela esperou.

DEZESSETE ANOS DEPOIS...

A velha casa de campo de dois andares com janelas de madeira, pintura descascada e jardins com mato alto não se parecia em nada com a casa da qual ela se lembrava de sua infância. Sydney Grey estava na calçada de cascalho que levava aos degraus desgastados de uma varanda coberta com folhas, sujeira e galhos de árvores quebrados. Seus olhos percorreram as janelas do segundo andar, parando em uma em particular. *Meu quarto*. Sua mente se encheu de memórias da infância, de nadar no pequeno lago atrás da casa e brincar de esconde-esconde no bosque de magnólias. Ela amava o cheiro das flores de magnólia; um perfume inebriante com um toque de cereja, limão e uma pitada de baunilha.

Uma inquietação que começou na boca do estômago de Sydney e que percorreu pelo seu corpo a fez franzir a testa. Mas ela não fazia ideia do porquê. Sentimentos como esses a atormentavam por toda a sua vida. Normalmente, eles ocorriam antes de algo acontecer. Ela deu de ombros. Isso porque ela ainda não sabia que costumava falar com uma pessoa morta.

Uma olhada rápida no telhado da varanda e da casa

mostrou telhas envergadas e a falta de algumas. Sydney soprou uma mecha de cabelo loiro de seus olhos.

- Droga - murmurou ela.

É necessário um telhado novo para ambas. Ela abriu o caderno em sua mão e fez algumas anotações. As janelas do segundo andar estavam intactas. Independentemente disso, elas seriam substituídas por janelas panorâmicas com a intenção de transformar todo o segundo andar em um estúdio aberto. Ela pisou na varanda. *Pelo menos o chão está intacto.* O balanço suspenso que ela adorava ficar sentada durante as noites frescas estava torto com uma das correntes quebrada. Ela encostou-se nas colunas da varanda. *Sólidas.*

O interior da casa estava em melhores condições. No entanto, o ar lá dentro estava quente e abafado. Ela deixou a porta entreaberta e abriu todas as janelas enquanto vagava pelos cômodos. Os carpetes estavam desgastados, mas isso não importava. Havia madeira por baixo e um bom lixamento e uma pintura deixaria o chão em bom estado. Ela observou o linóleo amarelo do banheiro e do chão da cozinha. *Ok - uma reforma completa para ambos.* Seus olhos examinaram a cozinha, parando em uma despensa antiquada com uma porta quebrada. *A despensa fica.*

Havia três quartos no térreo. O maior seria seu quarto e seu escritório. Ela imaginou uma lareira elétrica, uma poltrona e muito espaço para construir uma suíte. Sydney parou em uma das janelas salientes e observou o bosque com magnólias espalhadas à esquerda do lago. Ela sorriu para o pequeno cais que conduzia até ele, lembrando-se das aulas de natação que sua avó começou antes mesmo que ela pudesse andar. *Vovó falava que eu era o bebê da água dela.* O segundo quarto seria o de sua avó para sempre que ela fosse visitá-la e o terceiro seria o quarto de hóspedes. *A reforma deles será fácil.*

Voltando à sala de estar, ela observou a lareira inserida em uma parede inteira de pedra incrustada. Se a chaminé estivesse em bom estado, a instalação de um calefator seria apropriada, já que ela amava aquela bela parede de pedra. Uma porta bateu no andar de cima. Sydney virou a cabeça rapidamente.

- Hã? - *Provavelmente uma rajada de vento vinda das janelas abertas daqui debaixo.* Ainda assim, isso a assustou.

A porta de madeira permaneceria. *Amo esse tipo de porta.* Ela notou que a escada de madeira e o corrimão para o andar de cima ficariam lindos depois de lixados e pintados com uma cor requintada.

O andar de cima abrigava uma despensa e mais dois quartos. Vagando naquele que tinha sido seu quarto, Sydney imaginou remover as paredes para unir os quartos e o corredor para ser um estúdio aberto de ioga para seus alunos. Pilares poderiam substituir as paredes que seriam derrubadas. Ela abriu uma porta no corredor e entrou em uma despensa. *Tamanho perfeito para um banheiro para meus alunos.* Um banquinho de madeira estava no canto. Ela olhou para o teto, notando o alçapão para o sótão. Memórias de seu avô de pé no banquinho, abrindo o alçapão inundaram sua mente. Um conjunto de degraus de madeira puxados para baixo para acessar o sótão. Ela sorriu, lembrando que era muito baixa para ficar de pé no banquinho para abri-lo e ansiava pelo dia em que seria alta o suficiente para explorar os segredos do sótão. Se ela não tivesse se mudado para a cidade com sua avó, aquele poderia ter se tornado um outro esconderijo.

O som de um veículo a fez sair do cômodo e voltar até à janela do quarto. Ela olhou para baixo esperando ver o empreiteiro que estava esperando para inspecionar a casa. Uma mulher alta e magra saiu do carro, usando um boné de beisebol com seus longos cabelos escuros em uma trança nas costas. Sydney desceu a escada para ir até à varanda.

Ela passou pela porta chegando na varanda e encontrou a mulher no topo dos degraus.

- Olá, posso ajudá-la?

A estranha a olhou de cima a baixo.

- Syd? É você?

Sydney inclinou a cabeça para o lado. Apenas seus amigos a chamavam de Syd. Sua avó se recusava a chamá-la assim porque soava como um nome masculino. Para sua avó, Sydney já era ruim o suficiente, porém esse era o seu nome de nascença. *Minha avó é antiquada.*

- Desculpe, mas eu a conheço?

A mulher riu e estendeu os braços.

- Sou eu, Jessie.

O reconhecimento veio instantaneamente.

- Meu Deus... Jessie?

As duas mulheres se abraçaram.

- Não acredito que é você! - disse Sydney.

As duas se conheceram na pré-escola. Durante o jardim de infância, seu avô faleceu. Ela e sua avó se mudaram para Kelowna quando o ano letivo terminou. As meninas só se viram algumas vezes ao longo dos anos e perderam o contato no ensino médio. Aos vinte e um anos, ambas haviam mudado consideravelmente desde a última vez que se viram ainda adolescentes.

Jessie a afastou.

- Eu amei esse estilo de cabelo. Você está linda! - O cabelo loiro e liso de Sydney caía em camadas alguns centímetros abaixo do queixo, repartido no meio com uma franja lateral longa e rala que ela sempre soprava para sair de seus olhos. - Realça seus olhos azuis.

- Obrigada. Você está maravilhosa! - Sydney avaliou a altura da amiga. - Você está tão alta! Poderia ser modelo.

Jessie fez uma careta.

- Não, obrigada. Eu gosto da vida tranquila da nossa cidade pequena.

- Acho que ainda tem os ares de uma cidade pequena, mas cresceu muito desde que morei aqui. Como você sabia que eu estava aqui? - perguntou Sydney.

- Minha mãe mora ao lado do seu possível empreiteiro.

Ele mencionou que um membro da família havia voltado para a fazenda. Pensei em vir dar uma olhada na esperança que fosse você.

- Sim, da Rhyder Contracting. Estou esperando alguém me encontrar aqui esta manhã para avaliar a casa.

- Que legal! Eles realmente são os melhores empreiteiros.

Como se fosse uma deixa, uma caminhonete branca com um adesivo da Rhyder Contracting saiu da estrada tranquila e estacionou na entrada de terra. As duas mulheres desceram os degraus para cumprimentar o jovem que saiu pela porta do motorista. Sydney observou o corpo forte e esguio, camiseta branca justa, calça jeans feita sob medida e botas de cowboy bem gastas. *Uau! Se todos os homens daqui do interior forem como este...*

Jessie foi a primeira a falar:

- Ei, fantasminha. Faz tempo que não o vejo. Como você está?

- Oi, estranha. Eu estava trabalhando em um projeto grande fora da cidade, mas meu pai está ausente há algumas semanas. Deixei o capataz no comando e voltei para dirigir o escritório. É bom estar em casa. - Seu olhar voltou-se para Sydney. Ele a olhou de cima a baixo sem disfarçar. - Estou procurando Sydney Grey.

Seus olhares se encontraram e Sydney se sentiu atraída por aqueles olhos azuis expressivos. Ela congelou. O jovem inclinou a cabeça para o lado com as sobrancelhas levantadas, esperando que ela respondesse. Saindo de seu estupor, ela correu um pouco rápido demais e quase tropeçou. Ela estendeu a mão.

- Hum... sou eu. Sou Sydney Grey. - *Que idiota que eu sou.*

- Eu sou Jax Rhyder, da Rhyder Contracting. - Ele abriu um largo sorriso e apertou a mão dela. Ele a segurou um pouco mais do que o normal, seus olhos examinando o rosto dela.

Ela puxou a mão. *Hum... parece um pouco seguro de si.*

- Prazer em conhecê-lo. Estou bem animada para ver o que você tem a dizer sobre a reforma.

Jax observou a casa antiga.

- Eu também. Amo reformar fazendas antigas. É a minha paixão. Tomara que possamos nos unir e fazer isso funcionar.

Jessie pigarreou:

- Bom, acho que vou embora para vocês trabalharem.

Quando a dupla virou-se e olhou para ela, Jessie riu.

- Uau! Olhem só! Vocês formam o casal mais fofo que eu já vi!

O queixo de Sydney caiu e ela arregalou os olhos.

- O quê? - ela murmurou e olhou de soslaio para Jax.

Ele riu e os olhos dele brilharam demonstrando que estava se divertindo.

Jessie riu e deu de ombros.

- Vocês dois são loiros de olhos azuis com o mesmo estilo de cabelo do Keith Urban. Vocês me fizeram lembrar desses casais que se parecem.

Jax riu.

- A velha Jessie de sempre. Você sempre foi direta na época da escola. A primeira coisa que vem à sua mente, é a primeira coisa que sai de sua boca.

- Essa sou eu. Então, Syd, por que não jantamos esta noite no Carl's Steakhouse para colocarmos o papo em dia? Ele fica na Third Street.

- Eu adoraria. Que tal às dezenove horas?

- Ótimo! Vejo você mais tarde.

❀ 2 ❀

Sydney e Jax observaram Jessie caminhar até o carro e ir embora. Ela virou-se para Jax que estava sorrindo para ela.

- Vocês são amigas íntimas? - ele perguntou.

- Não muito. Éramos melhores amigas dos quatro aos cinco anos antes de eu me mudar para Kelowna. Trocamos cartas por alguns anos e nos visitamos algumas vezes, mas acabamos perdendo o contato. Vai ser ótimo conhecê-la novamente.

- Ela é uma boa pessoa. Não tem como não ser uma boa amiga.

- Bom saber. Então... você quer começar por aqui ou lá dentro?

- Vamos começar por aqui com a base.

Pelas próximas duas horas, Jax rastejou sob a casa e inspecionou o galpão de equipamentos da propriedade. Dentro da casa, ele examinou os armários, estudou os tetos e puxou o carpete para inspecionar o piso de madeira. Eles conversaram sobre pisos, eletrodomésticos, janelas, portas e telhados. No segundo andar, ele pediu para ver o sótão.

Sydney o levou até à despensa. Depois de discutirem a

proposta de um banheiro simples, ela subiu no banquinho e abriu a porta do sótão.

- Eu vou com você. Isso é empolgante para mim. Desde pequena, sempre quis explorar o sótão. - Assim que ela puxou a escada, uma nuvem de poeira e teias de aranha vieram junto. Ela espirrou.

Jax estendeu a mão e a ajudou a colocar a escada no lugar e a travou para uma melhor estabilidade. Ele começou a subir primeiro. No meio da escada, ele olhou para baixo.

- Provavelmente há mais do que algumas aranhas por aqui.

Sydney o seguiu determinada.

- Eu gosto de aranhas. Elas comem os insetos ruins.

Ele sorriu para ela.

- Uma dama corajosa. Gostei.

- Eu não sou uma mulher feminina, se é isso o que você está pensando.

Não tinha muito o que ver. *Um cômodo vazio e empoeirado.* Como ainda não havia energia na fazenda, a pequena janela oval lançava uma luz fraca por toda parte.

Ela riu.

- Não sei o que meus avós guardavam aqui, mas estou decepcionada. Naquela época, minha mente curiosa de cinco anos de idade imaginava todos os tipos de imagens misteriosas.

Eles riram.

- Você tem planos para o sótão?

- Não. Não tenho intenção de guardar coisas aqui. - Ela pensou na porta dos fundos que dava para o mudroom da cozinha. Eles já haviam conversado sobre anexar uma lavanderia nele. - Eu estava pensando, já que o mudroom com a lavanderia é grande, talvez pudéssemos instalar alguns armários e prateleiras nele.

- É uma ótima ideia. E o que eu sugiro para o sótão é trocar a janela por um respiradouro. Essas fazendas antigas não têm uma ventilação adequada. Há um novo sistema movido a energia solar que é altamente recomendado para controlar o aumento de calor, umidade e ventilação. É de fácil instalação com o telhado novo. Vamos melhorar o isolamento aqui. Outra inadequação de fazendas antigas.

- Ok.

- Acho que acabamos. Vamos descer para rever minhas anotações.

Eles deixaram o sótão e sentaram-se na escada do lado de fora.

Jax olhou as páginas em sua prancheta.

- Eu realmente acho que podemos fazer algo aqui. O alicerce é sólido e a estrutura do telhado parece sólida também. Vamos reforçar as tábuas do chão que estão rangendo ou substituí-las. Com relação ao telhado, você chegou bem a tempo. Outra estação e você provavelmente teria alguns vazamentos. Estou surpreso com a condição geral, considerando que ninguém vive aqui há muitos anos.

- Minha avó alugou por muito tempo para uma família que trabalhava nos campos de feno. Vovó pagou ao homem para ele manter a fazenda. Quando ele adoeceu e morreu, sua esposa se mudou com os filhos para mais perto da família. O fazendeiro do outro lado da estrada aluga os campos de feno e fica de olho no local. Sempre foi a intenção de minha avó me dar esta fazenda, ela não queria que a casa ficasse em ruínas.

- Ela teve sorte de não ter aparecido invasores ou vândalos. - Jax levantou-se e esticou as costas.

Sydney juntou-se a ele.

- Acho que tivemos sorte. Mas com o vizinho trabalhando nos campos, provavelmente há atividade constante na propriedade. E esta estrada não é tão remota quanto costumava ser.

- Há quinze anos, esta área era rural. Mas a cidade cresceu tanto que agora você está no limite da cidade. Então, que tal você me encontrar aqui depois de amanhã, às dez horas? Eu já terei um orçamento pronto para você.

Sydney assentiu com a cabeça.

- Estarei aqui.

- Suas ideias são ótimas para este lugar antigo. Alguns toques retrô e modernos. Vai ser divertido misturá-los. Enquanto isso, farei alguns esboços do mudroom com a lavanderia, dos banheiros, assim como da cozinha, onde há muito espaço para expandir os armários e colocar uma ilha.

- Mal posso esperar para vê-los. - Ela o acompanhou até a caminhonete dele.

Jax inclinou-se no banco do motorista, puxou uma caixa e a colocou nos braços dela.

- Aqui, algo para mantê-la ocupada até eu voltar. Algumas amostras de tinta, internas e externas, uma paleta de cores para o telhado de zinco que você deseja e mais essas de cores de piso de madeira e amostras de ladrilhos.

O coração de Sydney disparou e ela sorriu para ele.

- Oooh... parece divertido. Fiquei animada. Obrigada.

Jax sorriu de volta.

- Eu realmente espero que possamos trabalhar juntos. Este lugar seria o emprego dos sonhos para mim. - Ele entrou na caminhonete, ligou o motor, virou-se e piscou para ela. - E trabalhar com você também. Até logo!

Sydney descartou o flerte e se despediu. Depois que ele desapareceu na estrada, ela sorriu. Era incrível toda aquela masculinidade, e ele sabia disso. As mulheres provavelmente o perseguiam. Mas como se tratava de negócios, ela não queria que nada atrapalhasse. Romance não estava na lista. Ela não precisava ou não queria as complicações.

De alguma forma, ela sabia que eles trabalhariam juntos. A Rhyder Contracting foi altamente recomendada a ela por várias pessoas na cidade. Era conhecida pela rapidez e qualidade. Disseram a ela que eles não cobravam barato, mas que valia a pena. E ela gostou das ideias que ele apresentou a ela nas últimas duas horas. Eles tinham a mesma opinião a esse respeito.

Sydney deu outro passeio pela casa, segurando amostras de ladrilhos e de tinta. Tons de terra com algumas cores escuras suaves e toques vivos tinham um certo apelo e ela mal podia esperar para começar. Enquanto Sydney estava no quarto principal estudando os esquemas de cores, ela sentiu um frio repentino. Ela foi até à janela e olhou para o céu. Ela cruzou os braços sobre o corpo e esfregou as mãos sobre os braços arrepiados. *Estranho. O sol ainda está quente e brilhando forte.* Seus olhos percorreram o lago e o bosque de magnólias. Uma árvore estava na parte de trás do bosque, separada das outras. Sydney observou os galhos que se moviam com o vento, as folhas se retorcendo e virando a ponto de que algumas das pétalas das flores flutuassem e pousassem sob a árvore. Uma memória passou por sua mente. Ela se viu criança sentada em um galho mais baixo escondido ao lado do tronco.

- Sydney, onde você está? Está na hora de estudar.

Ela agarrou-se com força no tronco e deu uma risadinha. Este era seu lugar favorito para se esconder de seu avô. Ali ela poderia conversar com sua amiga imaginária, como sua vó a chamava. Mas Sydney sabia que ela era real. Ali ela se sentia segura. Este era o seu lugar feliz.

Neste momento, Sydney percebeu que nenhuma das outras árvores estavam balançando com o vento. Elas estavam paradas. *Talvez seja uma daquelas rajadas que só atingiu aquela árvore solitária.* Ela olhou além do bosque para ver se outras árvores tinham sido afetadas. Seus olhos percorreram a área, mas tudo o que ela podia ver ao longe eram campos abertos de feno. Sydney olhou para a árvore solitária mais uma vez e o movimento parou. A árvore estava imóvel. O quarto de repente ficou quente de novo e os arrepios cessaram. *Estranho.*

Ela trancou a casa e entrou em seu jipe. Dirigindo de volta para a cidade, seus pensamentos voltaram para a memória que ela havia vivenciado. *Amiga imaginária? Vou ter que perguntar a vovó se eu tive uma quando era criança.*

❦ 3 ❦

Sydney desceu a rua correndo até à churrascaria. *Estou atrasada.* Um casal saindo do restaurante abriu a porta para ela. Ela sorriu e agradeceu enquanto passava por eles correndo em direção à recepção, colidindo com o rosto no peito de um outro cliente que estava saindo. Ele segurou os ombros dela para firmá-la enquanto ela recuperava o equilíbrio.

Sydney olhou para o rosto de um homem de quarenta anos com cabelos grisalhos nas laterais.

- Desculpe, eu não estava prestando atenção.

O homem a olhou fixamente. Ele não disse uma palavra. Ela olhou além dele, notando que as pessoas estavam esperando para sair do restaurante.

- Oops... estamos bloqueando a entrada.

Nada ainda. Ele parecia enraizado no local. Sydney contornou o homem e murmurou suas desculpas novamente. Ela prosseguiu em passos mais lentos até o maître que estava perto de um púlpito. Um rápido olhar para trás a deixou chocada. O homem havia entrado novamente no restaurante e estava a alguns metros de distância, olhando para ela, sem expressão.

O maître interrompeu seus pensamentos:

- Posso ajudá-la, senhorita?

- Sim, vim encontrar uma amiga, Jessica Farrow.

- Siga-me, por favor.

No meio do caminho para a mesa, ela olhou por cima do ombro, mas o homem havia desaparecido. *Isso foi assustador.*

- Syd, você chegou!

- Desculpe-me o atraso. A vovó me ligou quando eu estava saindo, querendo saber tudo sobre a reforma.

- Sem problemas. Eu também estava atrasada e acabei de me sentar. Está uma loucura aqui esta noite.

- É a noite da costela - disse o maître e entregou a ambas um menu e uma lista de coquetéis. - Ficamos sempre muito ocupados quando servimos nossa especialidade da casa. O garçom de vocês chegará em breve.

O garçom chegou alguns minutos depois. As duas decidiram pedir costela e uma garrafa de vinho tinto seco. Assim que ele voltou com o vinho e os aperitivos, Jessie ergueu a taça.

- Um brinde à renovação da nossa amizade!

Sydney bateu sua taça contra o dela.

- À renovação da amizade e novas aventuras!

- Então, como foi com Jax hoje? Você vai fechar com a empresa dele?

- Foi bom. A fazenda é estruturalmente sólida, o que é ótimo. Ele entendeu minha visão e ofereceu ideias ótimas. Vamos nos encontrar em dois dias para revisar seus projetos e custos. Minha intuição diz que ele é a pessoa certa para o trabalho.

- Eu vi o trabalho deles em outras casas. É excepcional.

Sydney ergueu a taça desta vez.

- Um brinde a uma reforma de sucesso e a minha futura casa.

Jessie retribuiu e colocou um nacho com queijo derretido e

molho na boca. Entre mordidas, ela lançou uma outra pergunta a Sydney:

- Por falar em casa, onde você vai ficar nesse meio tempo?

- Eu tenho uma cabana em River Road Resorts no rio Okanagan - no extremo sul.

- Eu conheço o lugar. Você poderia ter ficado comigo e economizado.

- É muita gentileza sua, mas estou bem. Você sabe que nunca morei sozinha antes, sempre morei com a vovó. É algo novo para mim.

O garçom voltou com as costelas.

- Bom apetite.

- Uau! O gosto é incrível! Agora entendo porque o lugar está tão lotado - disse Sydney.

- Hum... é mesmo. A propósito, como está sua avó?

- Está bem.

- Ela vai voltar para a fazenda quando estiver tudo pronto?

- Não, a vida dela é em Kelowna agora. Ela tem amigos por lá e ainda não está pronta para se aposentar. Ela terá seu próprio quarto para quando vier me visitar, mas não acho que ela voltaria para morar. Há muitas lembranças ruins.

Jessie recostou-se e tomou um gole de vinho.

- Acho que ela não foi mais a mesma depois que sua mãe desapareceu... - A amiga hesitou. - Desculpe, eu deveria ter dito isso?

Sydney balançou a cabeça.

- Está tudo bem, de verdade. Acho que isso faz parte. Vovó nunca fala sobre isso. De vez em quando, quando eu era criança, fazia algumas perguntas, mas ela era reservada. Minha mãe era sua única filha e acho que, quando ela foi embora, vovó se sentiu abandonada e traída. Ela disse algo nesse sentido uma vez quando eu tinha uns doze anos. Ela guarda muita raiva da filha.

- E você nunca ouviu falar dela depois de todos esses anos?

- Não, nada. Parei de perguntar há anos. Não lembro muito do meu avô. Exceto que ele podia ser muito rígido e vovó sempre ficava quieta perto dele. Minha sensação é que eles se casaram jovens e ela ficou com ele por obrigação. Acho que ela já não o amava mais.

Jessie empurrou o prato e serviu o resto do vinho para ambas.

- Entendo o porquê de ela não querer voltar. Então, diga-me, por que você voltou? - perguntou Jessie.

- Bom, vovó estava segurando a fazenda para deixar para mim em seu testamento. Ela viu isso como um bom investimento e que eu poderia vender por um bom preço um dia. Ela nunca pensou que eu pudesse querer voltar. Mas eu não estava feliz onde eu trabalhava e decidi começar meu próprio negócio. E Kelowna estava ficando grande demais para mim. Eu queria morar em um lugar mais rural. Verifiquei todo o Vale Okanagan para ver onde minha concorrência estaria e onde eu pensei que poderia fazer isso.

- E você escolheu Stoney Creek?

- Sim, porque me mostrou um potencial de crescimento maior nesta parte do vale e não tenho ninguém para competir entre Osoyoos e as Cataratas de Okanagan. Vovó ficou chocada por eu querer voltar, mas meu entusiasmo a conquistou. Poucos dias depois, ela voltou do trabalho animada e me entregou um envelope. Era a escritura da fazenda.

- Oh, uau!

- Eu não conseguia acreditar. Ela disse que seria minha de qualquer maneira quando ela partisse e, se eu quisesse voltar e reformá-la como uma casa e empresa, eu deveria fazer isso agora. Ela me deu o dinheiro que estava economizando com o aluguel dos campos de feno para a reforma. Isso significa que posso usar minhas economias para abrir meu negócio. Seu único pedido foi que ela queria um quarto só para ela para que ela pudesse vir me visitar.

Jessie inclinou-se para frente.

- Estou muito feliz por você. Outro brinde. Ao sucesso de seu negócio. - Elas ergueram suas taças de vinho. - E, a propósito, o que você faz?

- Eu sou instrutora de ioga. Pretendo reformar o andar de cima para ser um estúdio aberto. Em seguida, vou transformar o galpão de equipamentos em quartos e banheiros para os alunos que virão para retiros. Eu também sou instrutora de aterramento.

A amiga arqueou as sobrancelhas.

- O que é isso?

Sydney riu.

- Aterramento, em uma breve descrição, é o ato de conectar-se à energia natural da terra; a transferência de energia sendo um curador natural. O lago atrás da casa tem areia natural no fundo, o que é perfeito para exercícios aquáticos quando não estiver frio, e pretendo plantar um canteiro de grama entre a casa e o lago para práticas de aterramento e meditação na grama.

- Amei! Mas boa sorte com a grama, caso você não tenha percebido que vivemos em uma área deserta.

- O lago é formado por uma nascente artesiana. Tem bastante água. Ok, já falamos bastante sobre mim. Vamos falar sobre você agora.

Jessie suspirou.

- Depois do ensino médio, me mudei para Vancouver e me matriculei no curso de enfermagem. Consegui minha licença em prática de enfermagem (LPN) e estupidamente me casei muito jovem com um técnico de laboratório. Nós dois trabalhamos no Vancouver General e durou cerca de nove meses. Decidi voltar para Stoney Creek ano passado e estou trabalhando no hospital em Oliver.

O garçom voltou, tirou os pratos e retornou com o café.

- Algum namorado? - perguntou Sydney.

- Não, assim como você, estou morando sozinha pela

primeira vez e estou feliz. E quanto a você? Algum namorado?

- Não, recentemente terminei com um cara legal em Kelowna. Ele queria avançar no namoro, mas faltava algo. Eu não poderia dar o próximo passo em um relacionamento morno, então terminei.

- Ei, agora eu tenho companhia para ir às baladas. A maioria dos meus amigos da escola está morando na cidade ou já tem filhos.

- Vovó nunca mais se casou depois que o vovô morreu e ela está bem feliz assim. Ela disse para eu não me preocupar a não ser que eu queira ter filhos.

Elas riram. O olhar de Sydney percorreu ao redor do local até chegar à área do lounge com um bar, bancos e algumas mesas pequenas para pessoas que não estavam comendo. Seu sorriso congelou quando ela olhou para o rosto do mesmo homem que ela havia trombado na entrada. Sua feição ainda estava séria e ele não piscava.

Ela desviou o olhar de volta para Jessie.

- Ei, sem ficar muito óbvio, dê uma olhada no lounge. Tem um homem no final do bar. Diga-me se você o conhece.

Jessie girou em sua cadeira e olhou diretamente para o lounge.

- Meu Deus... você chama isso de sutil? - gemeu Sydney.

- Que homem? Não tem ninguém no final do bar.

Sydney olhou além de sua amiga. O assento estava vazio.

- Droga, ele sumiu de novo. Eu diria que ele é um fantasma se eu não tivesse trombado com ele na entrada. - E, então, ela descreveu o incidente para Jessie.

- Concordo que é assustador, mas talvez ele só estivesse a fim de você. Temos um rosto novo na cidade e você é linda.

- Carne fresca? Não dá para ganhar pontos com uma pessoa agindo igual a um perseguidor. Além disso, ele deve estar na casa dos quarenta. Eu tenho vinte e um.

Jessie riu.

- Ah... o que é ainda mais atraente para alguns homens.

As meninas terminaram o café e Jessie insistiu em pagar a conta. Ela desceu a rua com Sydney até o carro dela. Elas trocaram números de celular com a promessa de se encontrarem em breve.

Sydney dirigiu pela cidade até o rio, verificando o espelho retrovisor para ver se estava sendo seguida. O homem estranho realmente a deixou nervosa. Assim que chegou na cabana, ela trancou a porta, certificando-se de que as janelas estavam fechadas e trancadas. *Obrigada, Deus, pelo ar-condicionado.* Só depois de fechar todas as cortinas é que ela se sentiu segura e relaxada.

$\bf{4}$

Jax espreguiçou-se na cadeira em frente à mesa de seu pai.

- Então, quando você voltou?

- Ontem à tarde, por volta das dezesseis horas. Acordei cedo e cheguei há algumas horas. Você fez um ótimo trabalho cuidando das coisas enquanto eu estava fora. Bom trabalho, filho.

- Obrigado. Como foi a viagem? Fechou algum contrato?

Wes Rhyder pegou alguns papéis em sua mesa e sorriu.

- Pode apostar que sim. - Ele acenou com uma folha de papel. Ele estava viajando pelo Vale Okanagan para estudar o desenvolvimento de terras nas grandes cidades. - Não apenas construiremos um banco novo, mas teremos a oportunidade de trabalhar no andar térreo de um novo hospital. Um projeto de última geração que nos manterá bem ocupados.

Jax sorriu de volta para seu pai. Ele reconhecia aquele brilho que iluminava o rosto do pai sempre que um novo projeto em desenvolvimento surgia. Seu pai foi arquiteto e cresceu no processo de design muito antes do início da empresa.

- Teremos que abrir um novo escritório em Kelowna e

contratar mais funcionários. Isso significa uma grande expansão para a Rhyder Construction. Isso nos levará para mais perto do meu objetivo de nos tornarmos uma grande empresa de desenvolvimento de terras e migrarmos exclusivamente para projetos comerciais.

- Fico feliz por você, pai. Você trabalhou muito para chegar até aqui. Não tenho dúvidas de que conseguirá ter a empresa onde deseja.

Seu pai esticou as mãos acima da cabeça.

- Isso requer uma mudança de nome de Rhyder Construction para Rhyder & Son Developments. Mas, por enquanto, vamos dar uma olhada em nossos projetos atuais.

Os dois homens passaram a hora seguinte revisando a carga horária e as datas de término previstas. Wes pegou o último arquivo.

- Vejo que você tem trabalhado na reforma de uma casa de fazenda. Fale-me mais sobre ela.

- É a velha fazenda Grey nos arredores da cidade.

Seu pai levantou a cabeça repentinamente.

- Então a viúva velha finalmente vendeu a fazenda. Quem são os novos proprietários?

- Não há novos proprietários. Um parente voltou de Kelowna para a propriedade. O nome dela é Sydney Grey.

Wes inclinou-se para frente.

- A neta?

- Isso mesmo. Você já a conheceu?

- Não, ela e a avó deixaram Stoney Creek alguns anos antes de nos mudarmos para cá. - Wes recostou-se na cadeira e coçou o queixo, pensativo.

- Pai? Estou perdido. No que você está pensando?

- Hum... estamos com uma agenda bem cheia no momento. Talvez devêssemos ignorar este trabalho.

Jax mexeu-se desconfortavelmente na cadeira.

- Você sabe que eu gosto desse tipo de reforma. Eu quero muito esse trabalho.

Seu pai o encarou.

- Eu sei que é sua paixão, mas temos que pensar no que é melhor para o nosso negócio.

Não foi a primeira vez que eles tiveram uma discussão como essa sobre projetos que seu pai achava que eles não deveriam fazer. Jax sempre ouvia seu pai e dava mérito a suas palavras. No final, ele faria o que Wes Rhyder achava ser o melhor. Mas desta vez, ele pretendia lutar por isso e não iria mudar de opinião.

- Olha, o meu projeto em Cataratas de Okanagan está praticamente pronto. O capataz é mais do que capaz de encerrá-lo. Os outros projetos também já estão encaminhados. Estou com tempo para trabalhar nesse.

Wes olhou para o arquivo em silêncio. Jax esperou que ele falasse primeiro, determinado a não ceder.

- Você sabe que o crescimento da empresa está nos levando a uma transição. Estamos mudando do residencial para o comercial. Essa é a nova visão que vejo para a empresa. Talvez seja hora de discutir o papel que eu gostaria de ver você desempenhar nesta nova direção.

Jax mexeu-se desconfortavelmente. Ele sabia que esse dia chegaria. Ele sempre evitou conflitos, mas havia chegado o momento de deixar seu pai saber seus verdadeiros sentimentos sobre o trabalho deles.

- Tudo bem, conte-me sobre o que você está planejando.

O pai inclinou-se para frente.

- Construímos uma grande reputação no vale ao longo dos anos. Desde que se juntou a mim há dois anos, deixei você lidando com os projetos residenciais e fui para o lado comercial. O que vejo é você assumindo este escritório e indo estritamente para a construção comercial. Para mim, acho que é hora de me mudar para Kelowna e trabalhar com o desenvolvimento de terras e empreendimentos comerciais por lá e, eventualmente, em outras grandes cidades em Okanagan.

- Uau! - Jax se sentiu oprimido. - Isso é um grande voto de confiança para uma pessoa de 22 anos.

- Você mostrou o seu valor. Você tem uma boa ética de trabalho e a capacidade de resolver problemas com lógica e rapidez. Estou orgulhoso de você, filho.

Jax se sentiu devastado. Ele não queria desapontar seu pai, mas sua "lógica" dizia que ele tinha que seguir seu próprio caminho, e não aquele que seu pai queria para ele.

- Pai, estou muito animado por você e estou satisfeito que você tenha ficado feliz com meu trabalho. Mas a verdade é que o seu sonho não é o meu.

O rosto de Wes Rhyder demonstrou preocupação.

- Não estou entendendo. Achei que tínhamos um plano de você trabalhar comigo para administrarmos a empresa juntos.

- E tínhamos. Mas isso aconteceu alguns anos antes de você decidir expandir e se tornar um grande empreendedor. Minha paixão está em projetos de habitação. De preferência as reformas. Eu realmente não estou interessado em empreendimentos comerciais e você sabe disso.

- Reformas de casas não dá dinheiro. Pelo menos não com o que podemos ganhar no ramo comercial. Estou fazendo isso por você, filho. Um dia, tudo isso será seu.

- Ah não, não minta para mim. - Jax levantou-se e caminhou em frente à mesa. - Você fez isso por você, somente por você. E tudo bem. Mas se fosse por mim, você teria pedido minha opinião e me perguntado quais eram os meus sonhos.

O pai levantou-se e apoiou-se na mesa; seu rosto se contorceu de raiva.

- Eu não acredito nisso. Pensei que você confiasse em meu discernimento e no que é melhor para a empresa. Isso, por sua vez, é o que é melhor para você.

Jax sentou-se novamente. Ele sabia que esse confronto não seria fácil, por isso que ele o evitara por meses. *Aguente firme.*

- Se você acredita que é o melhor para a empresa, então é.

E isso a torna melhor para você, pai. Mas não necessariamente para mim. Eu tenho meus próprios sonhos.

Wes sentou-se, recostou-se na cadeira e os dois se entreolharam, mais uma vez em silêncio.

- Ok, diga-me, o que você vê para seu futuro?

- Eu esperava que você mantivesse a divisão residencial e me deixasse administrá-la. É aí que está minha experiência e meu interesse. Eu não sou um arquiteto comercial como você. Essa é a sua habilidade e sua paixão.

- Eu sei disso. Eu não espero que você seja um arquiteto, apenas execute os projetos em desenvolvimento. Eu confio em seus instintos e você provou ser um "chefe".

Jax esfregou os dedos na testa.

- Quando eu era criança, você sempre me dizia para ser verdadeiro comigo mesmo. Você e o vovô não concordaram quando você contou a ele suas aspirações. Você se lembra de como foi confrontar as expectativas dele e dizer não?

- Espere um pouco. - Wes Rhyder levantou-se e saiu do escritório. Ele voltou com duas xícaras de café, colocou uma em frente de seu filho e voltou para sua cadeira atrás da mesa. Depois de alguns goles do líquido preto, ele colocou a xícara na mesa. - Eu não posso argumentar com nada do que você me disse. Meu argumento é que a empresa não pode crescer em projetos comerciais e permanecer diversificada com projetos residenciais. Administrar dois escritórios e potencialmente mais deles no futuro não poderá mais suportar o aspecto residencial. Portanto, de uma perspectiva puramente empresarial, ou permanecemos onde estamos e esquecemos a expansão ou seguimos em frente e deixamos um para trás.

- E eu entendo. É a coisa certa a fazer pelo bem da empresa e pela direção que você deseja tomar. Você tem que fazer o que é melhor para o negócio. Pai, você tem esse desejo e essa paixão, e deveria seguir em frente com isso. O que resta é decidir como eu me encaixo nisso tudo. O que você está me oferecendo é enorme e, acredite, sou muito grato. Mas trabalhar com casas é o que brilha dentro de mim.

Wes suspirou.

- Não me entenda mal. Você pode ganhar a vida com residências. Mas você terá alguns anos bons e outros ruins, onde terá que lutar. Eu já fiz isso, filho. Queria poupá-lo disso e ampliar nosso negócio existente lado a lado.

Jax olhou fixamente para sua xícara de café, medindo suas próximas palavras.

- Eu sei que você está desapontado. A resposta para você é seguir sua visão... sem mim, se for necessário. E eu não sei onde isso me deixa, mas irei descobrir. Você diz que tenho bons instintos, então deixe-me confiar em mim mesmo para seguir meu próprio caminho. E há outra coisa para considerar, você tem um pessoal qualificado aqui no escritório que está com você há anos. Não acha que eles podem ficar ressentidos por eu ter me tornado o chefe deles de repente? Eles merecem o que você está me oferecendo, muito mais do que eu.

O pai pegou o arquivo do projeto de reforma.

- Fale-me sobre este projeto. Qual o cronograma que você tem em mente?

- Bom, há mais do que a casa de fazenda aqui. Há uma conversão de um galpão em um dormitório para retiros aos finais de semana e uma reforma no celeiro. Eu diria no máximo dois meses.

Wes abriu o arquivo, deu uma olhada e sorriu.

- Você não fez o orçamento ainda, mas vejo que este será um projeto lucrativo, independentemente de ser uma reforma. Faremos o seguinte, você assume ele se a cliente concordar com suas condições. Dois meses me dão tempo para resolver as coisas preliminares em Kelowna. Enquanto isso, não há razão para decidir sobre nada agora. Vamos pensar em nossa conversa de hoje e falaremos sobre isso novamente no futuro, ok?

Jax soltou um grande suspiro e sorriu.

- Ok. E, obrigado.

- Droga. Olhe para esta expressão animada em seu rosto. Você é muito parecido com o seu velho aqui, e você sabe disso.

- Filho de peixe, peixinho é. Você me criou. - Ambos riram.

- Agora saia daqui, tenho centenas de ligações para fazer.

Jax foi para seu próprio escritório e sentou-se à sua mesa de desenho. Ele nunca tinha ficado tão animado assim com um projeto de reforma. Ele começou a trabalhar no orçamento com base nos projetos que ele tinha adaptado no dia anterior com as mudanças sugeridas. Pensar em seu futuro na empresa era algo incômodo, mas pelo menos seu pai o estava ouvindo. Ele afastou os pensamentos negativos e se entregou ao trabalho.

❧ 5 ❧

Sydney inclinou-se sobre as plantas da casa espalhadas pelo balcão da cozinha.

- Eu amei suas ideias para a cozinha e para o mudroom. Você utilizou bem o espaço sem que os cômodos parecessem muito menores.

- Aqui está a planta do andar de cima. Adicionei algumas coisas no banheiro novo - disse Jax. - Veja a despensa no final do corredor, aqui. - Ele colocou um dedo no local. - Assim que retirarmos as paredes do quarto, haverá um closet do outro lado. Acho que deveríamos retirá-lo, mover a porta de entrada do banheiro para este lado, ampliá-la no corredor para um banheiro maior e incluir um chuveiro no canto. Nunca se sabe quais planos futuros você poderá ter para o andar de cima e, assim, você terá um banheiro completo. O resto da parede traseira no corredor poderá conter armários e prateleiras da nova parede do banheiro até à escada. Você pode armazenar todo o seu equipamento de ioga lá.

- Hum... então sobra a parede lateral para espelhos de corpo inteiro. Gostei. Você realmente capturou minha visão para a casa. Vamos dar uma olhada no galpão de equipamentos agora.

- Ok, aqui eu fiz mais algumas alterações a partir do que discutimos. Eu sei que você queria seis quartos com banheiros privativos completos para os alunos nos retiros de finais de semana. Mas o galpão não pode abrigar algo assim. E o estatuto da cidade não permite por causa de restrições de espaço. Seu plano daria a você apenas quatro quartos com banheiros parciais. Meu plano mostra dois banheiros; um para homens e um para mulheres. Cada um tem dois chuveiros com portas e este balcão com quatro pias. Assim você economiza muito dinheiro e até deixa espaço no final do corredor para uma lavanderia grande o suficiente para abrigar uma máquina de lavar, uma secadora e um armário para as roupas de cama. Cada um dos quatro quartos poderá acomodar duas camas de solteiro.

- Acho que querer banheiros privativos foi um pouco fantasioso. - Sydney estava um pouco desapontada. *Não é culpa de Jax que o prédio não atende aos meus desejos.* - Gostei da ideia da lavanderia. Originalmente, eu pensei em trazê-la para dentro de casa, mas seria muito desgaste para os eletrodomésticos. Mas quatro quartos em vez de seis e quatro chuveiros no total... não sei.

Jax puxou outra planta que estava debaixo da primeira.

- Achei que você pudesse estar preocupada com o tráfego do chuveiro, então elaborei um outro projeto. Que tal este então? - O novo mostrava cinco quartos sem banheiros parciais com o adicional de cabines para cada chuveiro e três cabines sanitárias.

- Pode ser que funcione. Gostei. - Ela fez uma pausa. - Feito.

- Resta uma coisa para avaliarmos. Nunca falamos sobre o celeiro. Eu sei que ele foi alugado junto com os campos de feno além do lago, e que sua avó trocou o telhado dele há três anos. Mas as paredes externas poderiam ser pintadas e talvez algumas placas possam ser substituídas. Você quer inclui-lo na reforma?

- Com certeza. Seria bom combinar as cores. - Ela avaliou.

Sydney olhou para Jax e o pegou sorrindo para ela.

- O que foi?

- Cuidado, seu lado feminino está aparecendo.

- Ah, fala sério! O celeiro é vermelho desbotado, a casa é verde e marrom e o galpão de equipamentos é branco e cinza. Eu diria que é bem feio.

Jax levantou os braços.

- Estou brincando. Isso nos leva às amostras de tintas, azulejos e etc.

Eles passaram mais uma hora discutindo cores de paredes, pisos e acabamentos. O telhado do celeiro era de lata na cor cinza escuro. Sydney decidiu combinar os outros telhados e pintar as paredes externas de todos os prédios em um vermelho profundo chamado Autumn Maple Leaf com acabamento branco.

- Acho que terminamos. Eu tenho um orçamento com algumas alterações por causa de suas escolhas.

Sydney estudou o papel.

- Tudo bem. Pode fazer a fatura com o valor correto para eu já efetuar o pagamento. Quando você pode começar?

Jax sorriu.

- Minha agenda está aberta. Dedicarei-me à sua propriedade pelos próximos dois meses. Quando eu voltar ao escritório, formarei uma equipe para começarmos amanhã, assim começaremos logo.

- Que maravilha! Eu gostaria de me mudar o mais rápido possível, mas não quero atrapalhar. Seria possível eu me mudar em algum momento durante a reforma?

- Bom, eu gostaria de fazer a cobertura primeiro, em ambos os prédios. Em seguida, iremos reforçar quaisquer pontos fracos nos alicerces e substituir quaisquer placas das parede externas. A pintura externa, os acabamentos e acessórios podem esperar até depois que você se mudar. Podemos fazer o interior da casa a seguir. Você deve poder se mudar em cerca de quatro semanas; contanto que você consiga suportar o barulho assim que começarmos a converter o galpão de equipamentos. Vamos subcontratar o trabalho de canalização e instalação hidráulica.

- Fantástico! Eu poderia começar a montar o estúdio. E não se preocupe, não vou ficar por aí em qualquer lugar que possa atrapalhar. - Ela preencheu um cheque com o valor da entrada e deu a ele as chaves de todos os prédios.

Eles saíram pela porta dos fundos e desceram até o lago. Jax ficou de costas para ele e estudou o quintal, as áreas entre a casa, o celeiro e o galpão.

- Há muito espaço aqui para descarregar os materiais e ainda tem espaço disponível para trabalhar. É uma grande vantagem. - Ele virou-se para o lago.

Uma brisa suave carregou o perfume das magnólias em plena floração. Sydney respirou fundo.

- Adoro o cheiro das flores de magnólia. Elas continuarão exalando seu perfume até o outono.

- Você tem um lugar lindo.

- Obrigada. Estou feliz que estarei de volta no início de junho para que eu possa aproveitar as três estações mais quentes.

Sydney virou-se para Jax e percebeu que ele estava olhando para ela. Seus olhos se encontraram, mas Jax quebrou a magia.

- Anh... bom, é melhor eu voltar ao escritório para organizar minhas equipes e pedir alguns materiais. Se você quiser me encontrar aqui amanhã, estarei com a fatura atualizada para você.

- Venho sim e então deixarei você sozinho aqui por alguns dias. Estou indo a Kelowna para ver minha avó e ficarei indo e voltando da cidade nas próximas semanas para comprar móveis e equipamentos para o estúdio. Se precisar de mim, você tem o número do meu celular. Caso contrário, irei aparecer dentro de alguns dias para ver o andamento das coisas.

- Ok, vejo você amanhã.

Ela o viu desaparecer na esquina de casa.

SYDNEY CAMINHOU em direção ao bosque de magnólias e vagou por entre as árvores. Elas precisavam ser podadas. Ela fez uma anotação mental de procurar um jardineiro para ajudá-la a planejar a manutenção e as melhorias que ela queria fazer na parte da frente e de trás do terreno, bem como na orla do lago.

A única árvore de magnólia a atraiu até sua base. Ao ar livre sozinha, ela era uma árvore lindamente formada, sem nada para interferir em seu crescimento ou roubar seus nutrientes. Ela deu a volta e olhou para os campos de feno. Logo chegaria a hora da primeira colheita. *Outro cheiro que amo - feno recém-cortado.* Sydney virou-se para a árvore e notou uma leve marca na casca. Ela se aproximou e passou os dedos sobre ela. As letras escuras haviam sido gravadas na árvore há muitos anos. *C & C. O nome da minha mãe é Chelsea. Ela fez essas marcações? Mas quem é o outro C?*

Uma agitação mais acima da árvore chamou sua atenção. Ela olhou para cima e viu alguns bate-papos de peito amarelo voando dos galhos emitindo uma série de grasnados. Algo chamou sua atenção perifericamente e ela virou a cabeça na direção.

- Ah... - ela engasgou, pulando para trás.

Seu coração disparou e ela sentiu um nó na garganta. Ela levou as mãos ao peito. Tudo aconteceu em segundos. Uma garota no final da adolescência sentou-se no ramo de infância favorito de Sydney. Ela engoliu em seco e fechou e abriu os olhos - a garota havia sumido.

Ela não conseguiu tirar os olhos do local por vários minutos enquanto seu cérebro processava o que seus olhos tinham visto. *Não faz sentido. Será que eu realmente vi alguém na árvore?* Ela fechou os olhos e tentou visualizar a imagem. Ela os abriu rapidamente para o caso de a garota ter voltado. *Ninguém. Como eu poderia ter imaginado?* A garota tinha olhos azuis e cabelo comprido - cabelo rosa. *Isso mesmo. Cabelo rosa?* Sydney pegou os ramos de flores de magnólia de dentro da árvore e sorriu. Talvez fossem apenas os ramos de flores e uma imaginação fértil. Então, outra coisa a atingiu. Havia mais do que um rosto no que ela viu.

Por que eu vi uma garota de calça jeans, camiseta branca e descalça?

❧   6   ❧

Elizabeth Gray devolveu a jarra da cafeteira que estava no balcão e se juntou a Sydney à mesa da cozinha. Ela tomou um gole de café.

- Hum... está um pouco forte. - Ela levantou-se e ligou a chaleira elétrica.

Sydney riu.

- Desculpe, vovó. Esqueci que a senhora bebe café preto.

- Um dia, vocês garotas irão se arrepender de beber essas misturas extravagantes de leite e açúcar no café. Agora você está magra, mas depois que for mãe ou chegar aos quarenta, tudo muda. - Ela encostou-se no balcão.

Sydney sorriu. Ela ouvia esse argumento há anos. *Açúcar é coisa do diabo.*

Sua avó franziu a testa.

- Não me venha com esse sorriso condescendente. Para quem gosta de ioga, espiritualidade e diz que "nosso corpo é nosso templo", eu não entendo por que você ainda bebe essas bebidas exageradas que têm mais porcaria do que café.

- A senhora sabe que tomo cuidado com o que como e coloco em meu corpo. Café é o meu único vício. Não bebo muito álcool e nem uso drogas. Meus cafés são minha maneira de relaxar e de me mimar.

- Hunf... eles com certeza não me relaxam. Algumas xícaras desses cafés elaborados me fazem querer sair correndo. - Tendo mostrado seu ponto de vista, sua avó mudou de assunto: - Então, conte-me sobre o seu dia de compras.

- Fui até o meu trabalho antigo e eles me venderam algumas coisas mais antigas do estoque que eles estavam substituindo. Comprei algumas almofadas e tapetes que ainda estão em bom estado. E, então, encomendei alguns bolsters, blocos, cadeiras e bancos de um atacadista em Vancouver. Eles estão em liquidação por causa da nova coleção de verão, e estão segurando minhas compras até que eu me mude para a fazenda.

- Que maravilha, querida! O que vem a seguir na sua agenda?

- Amanhã vou a um leilão daquele hotel que faliu no Westbank. Espero conseguir alguns edredons e jogos de lençóis para a residência.

A chaleira apitou e a avó encheu sua xícara de café. Ela sentou-se em frente à neta novamente e tomou um gole.

- Ahh... exatamente como eu gosto. Parece que você já está com tudo organizado. Você sabe que pode guardar algumas coisas aqui. Pode deixá-las no quarto de hóspedes até você se mudar. Seu empreiteiro lhe deu uma data?

Sydney afastou-se da mesa e colocou os pés na cadeira ao lado.

- Sim, daqui quatro a cinco semanas o interior da casa estará pronto e o telhado já está sendo feito. Posso trabalhar na organização do estúdio e mobiliar a casa enquanto eles trabalham no galpão de equipamentos e do lado de fora.

A avó estava observando a neta.

- O que foi? - perguntou Sydney.

- Há muito tempo que não vejo você assim tão feliz. Estou

feliz por você.

Sydney inclinou-se para frente e segurou a mão da avó.

- Estou feliz sim e nem sei como lhe agradecer.

- Eu também estou feliz. É divertido ver você fazendo tudo isso. Se possível, acho que mais pessoas deveriam dar aos seus familiares a herança enquanto ainda estão vivas para compartilharem a alegria que isso traz. É algo que nós duas podemos compartilhar sem a dor de perder um ente querido.

Sydney apertou a mão da avó.

- Falando em compartilhar, como a senhora quer a decoração de seu quarto na fazenda?

- Qual é o meu?

- O dos fundos, no final do corredor, ao lado do banheiro. O que tem uma janela saliente e vista para o lago.

Elizabeth sorriu.

- É um quarto agradável. Quais cores você está planejando para ele?

- Estou dando preferência às cores neutras: champanhe, bege, ardósia verde, bordô e toques vivos nos acessórios e móveis.

- Hum... as cores neutras ficarão boas nele. Você sabe que minha cor favorita é verde. Tudo que preciso é de uma cômoda pequena e uma cama. Você pode escolher a mobília que quiser, eu confio em você para organizar tudo. Surpreenda-me. Tudo que eu peço é que não haja nada abstrato.

Sydney riu.

A avó gemeu.

- Eu sei... artes abstratas estão na moda e você as ama. Mas se eu vou dormir em um quarto que é meu, você sabe que eu gosto de flores.

- Então providenciarei flores.

- Quando você planeja inaugurar seu negócio?

- Os empreiteiros não terminarão até o final de junho e eu preciso de um paisagista e quero uma cerca na frente. Estou pensando no dia primeiro de setembro. Preciso fazer um pré-marketing antes de abrir as portas.

Elizabeth levou as xícaras vazias para a pia.

- Confesso que sinto falta de ter você aqui, mas era hora de você seguir seu próprio caminho.

- Também sinto saudade. A senhora ainda pode ir morar comigo na fazenda. Espere até ver tudo pronto, a senhora vai amar.

- Mas o que eu faria lá? Eu tenho meu próprio negócio aqui.

- Você poderia abrir um salão de cabeleireiro móvel lá com a mesma facilidade que o daqui. Eu já verifiquei, não há nenhum em Stoney Creek. Todo mundo vai para Oliver ou Osoyoos.

Elas conversaram sobre isso por alguns minutos e a avó parecia animada. Então, uma faísca saiu de seus olhos. Ela baixou a cabeça e, quando olhou para Sydney, parecia triste.

- Ah, vovó. Eu gostaria que a senhora pudesse deixar o passado para trás. Quando eu era pequena, a senhora me contava sobre os momentos felizes na fazenda.

Elizabeth foi até à neta e colocou as mãos nos ombros dela.

- Meu tempo na fazenda já acabou. Agora é a sua vez. Eu irei visitá-la, mas será só isso.

Sydney mudou de assunto. Ela gostaria muito que sua avó voltasse a morar na fazenda, mas ela não podia obrigá-la.

- Por que a senhora não vai tomar um banho para nós irmos jantar fora? Que tal comida grega?

- Claro, estarei pronta em dez minutos.

ERA uma bela noite quente enquanto elas caminhavam à beira do lago do City Park, no centro de Kelowna.

- Estou empanturrada - disse Sydney. - Preciso me afastar

daquela comida deliciosa, mas tudo que consigo é dar passos de caracol.

Elizabeth deu uma risadinha.

- Eu entendo e acredite em mim, eu também. - Assim que chegaram à marina, elas sentaram-se em um banco e observaram as atividades nas docas.

- Adivinha com quem eu me reconectei em Stoney Creek? - perguntou Sydney.

- Vamos ver, como você tinha apenas cinco anos quando nos mudamos, seu mundo era bem pequeno e isolado. Alguém da escola?

Ambas riram.

- Sim, Jessie Farrow. Nós jantamos outra noite.

- Que bom que vocês se reencontraram! Estou surpresa que ela tenha ficado por lá. A maioria dos jovens mal pode esperar para deixar a vida no vilarejo.

- Ela saiu uma vez para estudar enfermagem em Vancouver. Ela se casou e se divorciou em apenas um ano e voltou para casa em Creek. Ela está trabalhando no hospital de Oliver.

- Que bom, fico feliz que você já tenha uma amiga.

- Eu também. - Sydney olhou para a avó com o canto do olho. - Por falar em amigos, posso perguntar uma coisa sobre minha infância?

- Claro, o quê?

- Quando eu era bem pequena, eu tinha alguma amiga imaginária?

A avó olhou surpresa para a neta.

- Na verdade, você teve uma por um tempo.

Foi a vez de Sydney parecer surpresa.

- É mesmo? Hum...

- Por quê?

- Tive uma lembrança de uma amiga imaginária... mas isso é tudo o que me lembro. Eu tinha um nome para ela?

- Você dizia que o nome dela era Candy. Puxa, eu não

pensava nisso há anos.

- Por quanto tempo eu falei dela?

- Muito tempo. Seu avô vivia preocupado que houvesse algo errado com você, mas eu dizia a ele que muitas crianças têm amigos imaginários, principalmente quando se é filho único e está preso em uma fazenda sem amigos por perto.

Sydney levantou-se.

- É melhor voltarmos. O sol está se pondo e já está começando a esfriar. - Enquanto caminhavam pelo parque de volta até o carro, Sydney pensou em Candy, sua amiga imaginária. - Alguma vez eu já lhe contei sobre o que conversávamos?

Elizabeth riu.

- Ela nunca falava. Você me dizia que ela era muda. De acordo com o que você me contava, ela sentava-se no chão com você e fingia beber chá com seu jogo de chá, ou ela sorria quando você contava sobre seu dia na escola. Lembro-me de passar pelo seu quarto e ver só você falando, mostrando suas bonecas a ela e perguntando quais roupas você deveria colocar nelas naquele dia.

- Se ela não falava nada, eu devo ter inventado o nome dela. Por que será que eu a chamava de Candy?

- Uma vez você me disse que ela cheirava a flor de magnólia. Talvez isso fazia você se lembrar de doces.

- Por quanto tempo ela ficou comigo?

- Eu diria que dos três aos cinco anos. Mas quando nos mudamos para Kelowna, você desistiu dela. A escola e a dança ocuparam seu tempo e acho que você não precisou mais dela.

Sydney refletiu sobre o assunto enquanto saíam do parque e seguiam em direção à casa de sua avó. *Então foi isso que imaginei na fazenda. Se eu costumava me esconder do vovô na árvore e conversar com minha amiga imaginária, era dela que eu estava lembrando sentada no galho da árvore de magnólia. Ela era apenas uma lembrança da infância.*

$$\maltese \quad 7 \quad \maltese$$

- Uau! - Sydney estava na entrada da garagem olhando para a casa de fazenda. - O telhado está ótimo! - Ela caminhou ao redor da lateral da casa com Jax. O galpão também estava com um telhado novo, e as placas danificadas dele e do celeiro tinham sido substituídas. A equipe de Jax estava usando uma retroescavadeira para recolher os telhados e materiais da parede descartados no solo, jogando-os na caçamba de um caminhão.

- Estamos retirando os entulhos do telhado. Amanhã chegarão algumas caçambas e poderemos limpar enquanto avançamos - Jax disse.

- Mesmo sem pintura, eles já parecem melhores. Vocês fizeram muita coisa enquanto eu estive fora.

- Como foi sua viagem?

- Foi ótima. Consegui fazer muita coisa. Então, o que vem agora?

- Embora o alicerce seja sólido, descobrimos que a casa está ligeiramente inclinada para trás. Com o passar dos anos, o chão e a casa se estabeleceram nessa direção. Dá para consertar usando macacos e nivelando o solo. - Jax folheou uma pasta e tirou um papel. - Aqui está o custo adicional da obra e dos materiais.

Sydney estudou o papel.

- Tudo bem. Eu estava completamente preparada para os custos a mais envolvidos em uma casa velha como esta. O que certamente precisa ser feito.

- Ok, começaremos a trabalhar nisso hoje à tarde. Quando terminarmos, iremos para o interior para começarmos o sótão.

- Eu gostaria de entrar na casa e tirar algumas fotos antes de vocês começarem. Vai ser incrível ter um álbum acompanhando o progresso de vocês.

- Vá em frente. A casa está vazia agora.

Sydney foi para a frente da casa. Alguém buzinou e ela olhou para a estrada e viu uma caminhonete saindo da garagem da fazenda vizinha. Ela acenou para Arne Jensen. Ele vivia naquela fazenda desde pequeno, onde nasceu e foi criado. Ele trabalhava em suas terras; primeiro com seus pais, que já haviam partido e depois com Mary, sua esposa. Infelizmente, Mary havia morrido há alguns anos por causa de um infarto fulminante. Arne continuou trabalhando na fazenda. Era tudo o que ele sabia fazer.

Arne parou na entrada dela e abriu a janela.

- Olha só, como você cresceu desde a última vez que a vi.

- Com certeza, já faz muito tempo! Como vai o senhor?

- Por favor, me chame de Arne. Estou bem, obrigado.

- Fiquei muito triste ao saber da Mary. Deve ter sido um momento difícil para você.

- Isso foi há muito tempo, querida. A vida continua. Sua avó foi uma boa amiga para minha Mary. Antigamente, éramos vizinhos muito próximos.

- Acho que eram todos solos agrícolas com enormes extensões de terra. Fiquei feliz quando permitiram que os proprietários subdividissem terras agrícolas e colocaram restrições de lote de cinco e dez acres no lugar.

- Então, como está sua avó? Ela vai voltar para a fazenda?

- Vovó está bem. Ela não vai voltar, mas virá me visitar quando eu me mudar. Tenho certeza de que ela irá visitá-lo.

Uma porta se fechou dentro da casa, assustando Sydney. Ela olhou para a casa perplexa, sabendo que estava vazia.

Arne atraiu a atenção dela novamente.

- Vai ser bom revê-la. - Ele apontou com a cabeça para a casa. - Estão acontecendo grandes reformas.

Ela olhou para o velho fazendeiro e sorriu.

- Sim, estou bem animada com o progresso. Mal posso esperar para me mudar.

- Então você vai morar aqui sozinha?

- Vou sim e vou administrar minha empresa aqui. A propósito, a casa agora está em meu nome. Vou pedir aos advogados que redijam um novo contrato para os campos de feno. Mesmos termos, se é isso o que você desejar.

- Claro. Vai ser bom ter um vizinho de novo. Se você precisar de ajuda com alguma coisa, qualquer coisa, não hesite em me chamar, ok? Tenho um compromisso na cidade agora.

- Obrigada. Até mais!

Sydney o observou partir e acenou de volta para o braço dele estendido para fora da janela. Ela entrou na casa e vagou tirando fotos. Outra porta se fechou no andar de cima e ela subiu as escadas.

- Olá?

Sem resposta. Quando ela chegou ao corredor, ela notou que as portas dos quartos estavam fechadas. Ela abriu uma e entrou no quarto que havia sido de sua mãe há muitos anos. Instantaneamente, a porta se fechou com força atrás dela.

Sydney virou-se com o coração na garganta. *Que diabos foi isso?* Ela abriu a porta e olhou o corredor. Ninguém. *Ok. Há uma explicação razoável para isso.* Ela voltou para o quarto e olhou pela janela aberta. *Mas é claro!* Sydney vasculhou em sua bolsa de ombro.

- Onde você está? Eu sei que está aí... aha!

Ela pegou o lápis que estava bem no fundo de sua bolsa de pano e afastou-se da janela. Ela abaixou-se, colocou o lápis no chão e ele rolou na direção da porta assim que Jax entrou.

- Ops, cuidado com o lápis!

Jax parou e olhou para baixo. Ele levantou a cabeça e olhou para ela surpreso.

- Você estava testando para ter certeza de que eu estava dizendo a verdade sobre a inclinação? Garanto a você que a Rhyder Contracting possui um alto padrão e uma ótima reputação por aqui.

Sydney sentiu seu rosto esquentar e soube que estava corando.

- Ah Jax, não seja ridículo! É claro que eu acredito em você. Eu ouvi as portas batendo aqui em cima e eu só estava tentando descobrir o porquê. Notei que as portas e janelas estavam todas abertas e que há uma brisa soprando. Não parecia o suficiente para bater as portas, então eu estava vendo o quão grande é a inclinação para ver se ela estava contribuindo para isso.

Jax olhou para a porta.

- Entendi. Definitivamente, com a inclinação, não precisaria de muito vento para a porta bater.

- Mistério resolvido. Eu estava começando a achar que a casa estava mal-assombrada.

Ambos riram.

- Eu vim para lhe dizer que o caminhão basculante já foi embora. Estou indo à cidade para pegar os macacos e os materiais de que precisamos para reparar o alicerce. E queria saber se você gostaria de ir almoçar comigo primeiro.

Sydney hesitou.

- Jax, eu não quero confundir as coisas entre a gente. No momento, estamos tratando de negócios e...

- Estou convidando você para almoçar e não para um encontro. Estou no meu horário de almoço e você provavelmente irá para casa para comer alguma coisa. - Jax jogou as mãos para cima. - Isso é somente sobre comida... e eu estou morrendo de fome.

Ela riu.

- Ok, vou segui-lo até à cidade. Qual restaurante você sugere?

- O Rattlesnake Grill fica no rio, alguns quarteirões ao sul de onde você está hospedada. Eles têm as melhores saladas e carnes grelhadas.

- Eu sei onde é. Se nos separarmos, encontro você lá.

Eles desceram a escada e saíram pela porta em direção aos seus veículos. Jax saiu da garagem e pegou a estrada. Sydney sentia-se bem. Reconectar-se com Jessie e seu vizinho, Arne, foi um longo caminho até ela se sentir bem sobre seu retorno a Stoney Creek. Ela pensou em Jax. *Podemos ser amigos assim como ele é amigo de Jessie*. Ela sorriu. *Ele é muito bonito*.

Ela virou o espelho retrovisor em sua direção para verificar a maquiagem e o cabelo e percebeu o brilho em seus olhos. Instantaneamente, ela reconfigurou o espelho e franziu os lábios. *Não, não e não*.

SYDNEY OBSERVOU a decoração do restaurante enquanto esperava pelo garçom.

- Adorei os tijolos vermelhos e as cores turquesa e amarelo mostarda. É bem sudoeste.

Havia vasos grandes de argila com samambaias e cactos, proporcionando às mesas um pouco de privacidade. O salão enorme parecia menor e aconchegante.

Jax olhou pelas janelas de vidro.

- Combina com nosso clima árido. - Ele acenou com a cabeça em direção ao rio Okanagan fluindo para o sul. - O rio fica bem alto e fundo nesta época do ano.

- As pessoas descem ele de boia até Osoyoos como todo mundo faz em Penticton?

- Não, são trechos diferentes do rio Okanagan, mas são como se fossem dois rios diferentes. Este fim é bem perigoso. Você já participou da corrida de Penticton?

Sydney sorriu.

- Não, mas parece ser meu tipo de diversão.

- Há lugares ao longo do caminho para fazer piquenique. No verão, vou arranjar um grupo de amigos e vamos descer de boia pelo canal, parar para almoçar e dar um mergulho no lago quando chegarmos lá.

- Mas como voltamos para o carro?

O garçom chegou e Sydney pediu uma salada mediterrânea e salmão grelhado. Jax pediu uma salada variada e T-bone.

- Deixamos os carros na entrada. Normalmente, há um ou dois que não vão no rio. Eles levam as pessoas de volta ao estacionamento e voltam para buscar os outros no lago.

- E o almoço?

- Quem não vai para o rio leva o almoço para um local designado à jusante em um horário pré-determinado. Assim que voltamos para Stoney Creek, geralmente vamos a um pub para beber cerveja e jantar. É um ótimo dia com os amigos.

A comida chegou e eles ficaram em silêncio por alguns minutos enquanto saboreavam a comida.

- Hum... você tem razão - disse Sydney. - A comida é maravilhosa.

- É sim. Então, o que você acha? Vamos passar um dia no rio?

Sydney olhou para Jax. Fazer novos amigos é uma coisa boa.

- Mal posso esperar!

Jax pegou seu copo d'água.

- A um verão quente! - Ele sorriu e piscou para ela.

Um calor percorreu pelo seu corpo e ela tinha certeza de que espalhou-se por seu rosto. Ela encostou seu copo no dele e tomou um gole de água. Imediatamente, ela baixou os olhos e focou em seu salmão. *Malditos olhos azuis expressivos e covinhas. Ele é parecido com Chris Pine.*

$\maltese$ 8 $\maltese$

Uma semana se passou e com o sótão concluído, a equipe agora estava trabalhando no andar de cima. As paredes foram removidas, o piso nivelado e três pilares foram colocados. Sydney estava satisfeita com o progresso até então.

Ela estava esticada em uma espreguiçadeira do lado de fora de sua cabana alugada, bebendo uma taça de vinho. Jessie ocupava a segunda espreguiçadeira ao lado dela. Era uma noite quente e elas estavam combinando de pedir comida chinesa.

- Vou deixar você escolher o restaurante, já que tenho certeza de que você tem um favorito - disse Sydney.

Jessie pegou o celular.

- Há algo de que você goste em particular?

- Não, eu amo tudo. Ah... eu prefiro macarrão lo mein do que o chow mein.

Jessie franziu a testa.

- Qual é a diferença?

- O lo mein é fino e o chow mein é mais curto e grosso.

- Entendi. - Jessie ligou para o restaurante salvo em seu celular e pediu o jantar.

- Uau... é comida suficiente para alimentar um exército - disse Sydney.

Jessie deu uma risadinha.

- Eu amo comida chinesa fria no café da manhã do dia seguinte.

- O quê? Eu também! Mais uma coisa sobre a qual somos parecidas.

As garotas riram e deram um soquinho entre as mãos.

- Quanto tempo eles disseram que vai demorar? - perguntou Sydney.

- Meia hora.

Sydney levantou-se.

- É minha vez de pagar. Vou pegar meu cartão de crédito. - Depois de pegar o cartão, ela foi para fora a tempo de ver Jax estacionando na frente da cabana. Ela esperou na porta até que ele saísse da caminhonete. - Estamos bebendo vinho. Você quer um pouco ou prefere uma cerveja?

- Eu adoraria uma cerveja - Jax disse.

- Eu só tenho Heineken.

- Tudo bem. - Jax foi em direção às espreguiçadeiras e sentou-se à mesa de piquenique. Ele tinha uma caixa de madeira debaixo do braço e a colocou sobre a mesa.

- Ei, você chegou - disse Jessie.

Sydney voltou para a cozinha. Ela abriu uma bolsa térmica e colocou algumas cervejas e uma outra garrafa de vinho. Ela se juntou aos outros do lado de fora.

Jessie tornou a encher as taças.

- Então, o que trouxe você até à favela perto do rio?

Jax riu.

- Eu queria atualizar a Syd sobre a fazenda.

Essa foi a primeira vez que ele a chamou de Syd e isso não passou despercebido. Sydney recostou-se em sua espreguiçadeira, sentindo um calor percorrer por todo seu corpo. E não era por causa do vinho.

Terminamos de substituir as tábuas do chão e demos os

toques finais nos armários. Amanhã vamos começar o banheiro novo. O eletricista foi lá hoje. Ele substituiu a fiação e a caixa elétrica antiga. Estamos usando a energia de um gerador por enquanto. A maior parte ele passou pelas paredes, mas onde não foi possível, ele passou pela sala. Mas não se preocupe. Vamos cobrir tudo com rodateto. Você nunca verá os fios.

Sydney sorriu.

- Vejo que ainda está no caminho certo. Você está fazendo um ótimo trabalho.

- Obrigado. - Jax tomou um longo gole de cerveja. - Ahh... nada como o sabor de uma cerveja gelada em uma noite quente. Ah... - Ele colocou a garrafa na mesa e apontou para a caixa. - Eu trouxe isso para você. Depois que quebramos um dos closets dos quartos começamos a puxar o carpete. Dentro do closet, um canto do carpete já estava solto. Embaixo, encontramos uma tábua do piso levantada e, embaixo dela, esta caixa estava aninhada nas vigas. - Jax levantou-se e a levou para Sydney.

- Parece uma caixa de joias velha. - Ela tentou abrir a tampa. - Está trancada. Com certeza a chave não existe mais. - Ela deu uma sacudida na caixa. - Não é tão leve o que quer que esteja aqui dentro. - Ela passou as mãos na madeira. Sydney olhou para Jax, que havia voltado para sua cerveja. - Em qual quarto você a encontrou?

- Aquele no final do antigo corredor na parede lateral. Se você quiser, provavelmente eu tenha uma ferramenta na caminhonete para abri-la.

Sydney olhou fixamente para a caixa.

- Aquele era o quarto da minha mãe. - O pensamento de que poderia haver algo ali dentro que pertencia a sua mãe a animava e assustava ao mesmo tempo. - Não acho que seja das pessoas que alugaram a casa por alguns anos. Os filhos do casal eram bebês. E se for dela?

- Da sua mãe? - Jessie perguntou baixinho.

- Sim.

- Por que não abrimos para descobrir? Isso é muito legal. É como se tivéssemos encontrado um tesouro enterrado - disse Jax.

Jessie lançou-lhe um olhar que dizia: "cala a boca". Ela tocou o braço de Sydney.

- Você está bem?

Antes que Sydney pudesse responder, o entregador chegou com o jantar. Ela entregou a caixa a Jessie e foi pagar a comida.

Sua amiga perguntou a Jax:

- Quer nos ajudar a comer comida chinesa? Temos mais do que o suficiente.

- Eu adoraria, obrigado.

- Então entre e ajude-me a pegar os pratos e talheres. Vamos comer aqui fora. - Ela levou a caixa para dentro com ela.

Enquanto eles entravam na cabana, Sydney ouviu Jax sussurrar:

- Eu disse algo errado?

Sydney ocupou-se, abrindo as várias embalagens, afastando os pensamentos sobre a descoberta de Jax. Havia comida mais do que suficiente para três pessoas. Ela sorriu. *Acho que vai sobrar o suficiente para o café da manhã.* Os outros dois se juntaram a ela enquanto ela abria a segunda garrafa de vinho e colocava outra cerveja para Jax. Eles comeram e riram bastante enquanto Jax compartilhava histórias sobre suas travessuras de infância. O que quer que Jessie tenha dito a ele na cozinha, ninguém mencionou a casa da fazenda ou a caixa de madeira. Sydney sabia pouco sobre sua mãe. Ela não se lembrava dela e sua avó evitava o assunto... Não havia nem mesmo fotos dela na casa de sua avó. Ela era uma pessoa muito reservada e havia escondido sua dor pela filha ao longo dos anos. Sydney às vezes tinha um vislumbre quando a pressionava quando era adolescente e sempre ficava confusa com a mistura de emoções de raiva e dor que sua avó revelava, apenas para encerrar a conversa. O pensamento de que a caixa poderia conter coisas que pertenceram a sua mãe ou que poderia revelar algo abalou Sydney profundamente.

Eles limparam a mesa de piquenique e Jax acendeu o fogo na lareira de jardim. Os três acomodaram-se em cadeiras reclináveis ao redor do fogo.

- Há muito tempo que não ria tanto - disse Sydney. Ela bebeu mais um gole de vinho, tendo bebido muito mais do que o normal. *Amanhã vou sofrer.*

- Agora é a sua vez de nos contar uma história engraçada de sua infância - Jax disse. - E não venha nos dizer que você era uma boa menina e que nunca fazia nada de errado. Até as garotas perfeitas podem se comportar mal.

Jessie bufou.

- Eca... você está apaixonado pela minha amiga?

Sydney riu. Ela havia bebido vinho o suficiente para achar aquilo hilário.

- Se você acha que sou perfeita, terá uma grande surpresa. Vamos ver. Quando eu tinha oito anos, queria ver o que a vovó tinha comprado para mim no natal.

Jax a interrompeu:

- O quê? Você não acreditava em Papai Noel aos oito anos? Pelo que me lembro, eu acreditava.

- Eu acreditava até algumas semanas antes do natal daquele ano. Uma menina na escola descobriu por causa de sua irmã mais velha. Elas tiveram uma briga e sua irmã queria se vingar dela e contou que o Papai Noel não existe.

- Que vadiazinha - disse Jessie.

Jax e Sydney olharam para ela.

- Pegou um pouco pesado, Jess. Ela era uma criança - disse Jax.

Jessie deu uma risadinha.

- Desculpe, a culpa é do vinho. Continue sua história, Syd.

- Eu vi a vovó escondendo alguns pacotes na garagem.

Então, uma noite, saí da cama e desci até lá. A vovó havia adormecido em sua poltrona assistindo a um filme na televisão. Eu entrei na garagem e comecei a bisbilhotar quando ouvi os passos dela. Ela acordou e estava indo para a cama, então ouvi a porta que dava para a garagem sendo trancada.

Jax e Jessie riram.

- E você ficou trancada na garagem - disse Jessie.

- Eu a ouvi entrar na cozinha e sai pela porta que dava para a entrada da casa. Estava nevando bastante e eu corri pelos fundos por cerca de meio metro de neve, de pijama e pantufa. Eu deixava o gato sair e sabia que a porta não estava trancada ainda.

- Você voltou para dentro? - perguntou Jax.

- Virei cuidadosamente a maçaneta e abri a porta. Assim que entrei, o gato passou correndo no meio das minhas pernas e eu acabei pisando no rabo dele. Ele soltou um grito e saiu correndo pelo corredor. A próxima coisa que me lembro é que a vovó veio correndo por causa do barulho e me pegou na frente da porta aberta.

Jax brincou:

- Ops, pega em flagrante.

- Sim. Eu tentei mentir. Disse a ela que acordei para fazer xixi e ouvi o gato nos degraus da varanda.

Jessie a interrompeu:

- Deixe-me adivinhar: ela não acreditou.

- E como ela poderia acreditar? Lá estava eu, com neve no cabelo e com a barra do pijama e as pantufas cobertos de neve. Ela sabia que eu estava lá fora, então eu disse a verdade.

- Você ficou de castigo? - perguntou Jessie.

Sydney riu.

- Não, porque quando eu vi o quão decepcionada ela ficou comigo e como ela estava brava por alguma menina ter estragado minha crença no Papai Noel, eu contei uma mentira da qual eu escapei. - Ela apontou para Jax e riu. -

Quando você ouvir, saberá que não sou perfeita e que posso mentir muito bem.

Jax sorriu mostrando suas covinhas, algo que sempre teve um efeito sobre ela.

- Conte-nos, o que você disse?

- Eu disse a ela que ainda queria acreditar no Papai Noel e não queria desistir dele. Se o que ela tinha escondido na garagem fossem os mesmos presentes que ele deixaria sob a árvore na manhã de natal, então eu ficaria triste, mas saberia que era verdade.

- Garota esperta! - exclamou Jessie.

- Então você não é apenas um rosto bonito, você é inteligente também - acrescentou Jax.

- Pode apostar que sim, cowboy. Ela se sentiu tão mal por mim que foi até a cozinha e fez um chocolate quente enquanto eu trocava o pijama.

Eles ficaram conversando até que todos fitaram o fogo; cada um perdido em seus próprios pensamentos. Momentos depois, Sydney deu um pulo.

- Ok, está na hora. Vamos fazer isso.

Os outros dois olharam para ela e depois um para o outro.

- Anh? - resmungou Jax.

- Fazer o que, Syd? - perguntou Jessie.

- Vou pegar a caixa de madeira e, Jax, vá pegar a ferramenta para abri-la.

Sydney correu para dentro da cabana antes que pudesse mudar de ideia. A caixa estava na mesa da cozinha. Ela a pegou e voltou correndo para a mesa de piquenique. Jax tinha uma chave de fenda pequena na mão. Ela olhou para Jessie que ainda estava sentada perto do fogo.

- Vamos Jess, junte-se a nós. Vamos descobrir o que ficou escondido aqui por todos esses anos.

Jax arrombou a caixa e deslizou por cima da mesa para que Sydney a abrisse. Ela olhou para Jessie e depois para Jax, respirou fundo e levantou a tampa. Sydney olhou para o conteúdo. Seus amigos estavam do outro lado da mesa e não podiam ver além da tampa aberta.

- O que tem aí, Syd? - perguntou Jessie em um sussurro.

Sydney pegou o primeiro item.

- É um diário. Há mais três na caixa. - Ela abriu e leu em voz alta lentamente o que estava escrito na contracapa: - Chelsea Amanda Grey, 2º ano do ensino médio. - Ela folheou o diário, cheio de anotações manuscritas. Com as mãos trêmulas, ela pegou os outros três. - Chelsea Amanda Grey, 3º ano do ensino médio; Chelsea Amanda Grey, Começando Minha Vida; Chelsea Amanda Grey, Eu e o Bebê. - Sydney se deixou cair sentada no banco. - São da minha mãe. Todos estão datados e com o nome dela.

Sydney colocou com cuidado três deles de volta na caixa. O quarto ela segurou nas mãos e esfregou a capa. Ela o abriu cuidadosamente e releu a inscrição.

- 1997 foi o ano em que ela partiu. - Ela olhou para os amigos e percebeu que sua visão estava turva por causa das lágrimas. - Ela está aqui. A vida dela; seus pensamentos íntimos e eu - eu também estou aqui.

Jessie deu a volta na mesa e sentou-se ao lado dela. Ela colocou um braço em volta do ombro da amiga.

- E talvez as respostas para todas as suas perguntas estejam aí.

- Talvez. - Sydney olhou para Jessie. - E se eu não gostar das respostas? E se eu a odiar?

Jax ocupou-se em apagar o fogo enquanto Jessie a confortava.

- Eu acho que essas páginas irão ajudá-la a entender quem ela era e por que ela fez as coisas que fez. Ela deu a você a oportunidade de conhecer seus sentimentos mais íntimos daquela época. E é direto dela. Sem fofocas ou mentiras. Por mais difícil que seja, será melhor lê-los.

Sydney colocou o último diário na caixa e fechou a tampa.

- Provavelmente você esteja certa, mas ainda não. Não estou pronta.

Jax pigarreou:

- Estou indo para casa, senhoritas. Obrigado pela comida, cerveja e boa companhia. Amanhã acordo cedo e se eu não aparecer para trabalhar, minha cliente poderá me despedir.

Sydney enxugou as bochechas molhadas com as costas da mão e levantou-se.

- Sem chance, cowboy. Você não vai a lugar nenhum até que cumpra com suas obrigações contratuais.

- Ok, chefe. - Jax virou-se para Jessie. - Quer uma carona para casa? Acho que você não deveria dirigir.

- Não, obrigada. Vou dormir aqui com a Syd.

Sydney forçou uma risada.

- É, ela vai. Temos um café da manhã marcado... comida chinesa fria.

❄ 9 ❄

Sydney levou os pratos vazios para a pia.

- Estava delicioso. Amo comida chinesa fria.

- Como está sua cabeça? - perguntou Jessie.

- Melhor, agora que comi. - Ela levou a jarra da cafeteira até a mesa e encheu as xícaras.

- Obrigada. Então, por que não vamos passar o dia em Kelowna? Há ótimas promoções de primavera. Podemos começar a comprar as coisas para a casa nova.

- É uma boa ideia. Embora eu não possa comprar muita coisa. Ainda tenho que esperar algumas semanas para me mudar. Não há muito espaço por aqui para guardar qualquer coisa.

- Isso não é problema. Eu tenho um quarto vago que podemos guardar suas coisas. - Jessie levantou-se e bebeu seu café. - Será muito divertido. Minha mãe me ajudou a pegar minhas coisas no ano passado, mas nem sempre estamos de acordo. Ela fez minha ficar casa parecida com a da minha avó. No entanto, você e eu... - Jessie correu para o quarto para pegar suas coisas e deixou Sydney ainda bebendo seu café.

Sydney riu e terminou de limpar a mesa. Era muito bom ter uma amiga próxima para compartilhar sua nova aventura.

A viagem de duas horas até Kelowna passou bem rápido. Chegando lá, elas passaram a tarde enchendo o carro de Jessie com utensílios de cozinha como pratos, talheres, copos e panelas. Em seguida, elas foram a uma loja de roupas de cama e banho e compraram toalhas e acessórios de banheiro. Sydney procurou roupas de cama para o quarto de sua avó. Ela escolheu um edredom floral com tons de verde e azul que revertiam para listras nas mesmas cores, combinando com a saia listrada. Havia cortinas combinando, fronhas e capas de almofadas de cores sólidas. Elas visitaram Elizabeth e todas saíram para jantar.

Quando Sydney e Jessie voltaram para Stoney Creek, já estava escuro. Jessie deixou Sydney na cabana e deixou as compras dela para guardar em sua casa. Sydney fechou as cortinas e notou uma SUV preta estacionada na estrada perto da entrada de sua cabana. Isso chamou a atenção dela porque o veículo ainda estava ligado. Ela apagou as luzes e espiou por entre as cortinas. A porta se abriu e um homem saiu. Ele ficou olhando para a cabana dela. Ela sentiu uma sensação sinistra. Ela sabia que ele não podia vê-la, mas ainda assim, ele olhava diretamente para ela. Ele entrou de volta no carro. Sydney podia distinguir a fisionomia dele no brilho da luz interna. Ele inclinou-se em direção à porta aberta e estendeu a mão para fechá-la. O coração dela começou a bater forte. Era o homem do restaurante. Ela tinha certeza disso. Aquele que ficou parado encarando ela. Ele ligou o motor e foi embora. *Ok, agora você está me perseguindo.*

Ela verificou todas as fechaduras das janelas e colocou uma cadeira da cozinha inclinada com as costas presas sob a maçaneta da porta. Havia apenas uma maneira de entrar na cabana e ninguém entraria por ela. Ela acendeu a luz da varanda para iluminar o lugar. Ela não tinha ideia de quem era aquele homem ou o que ele queria com ela. *Talvez ele seja inofensivo. Mas ele não tem o direito de ficar me assustando. Talvez eu deva denunciá-lo. Amanhã eu descubro o que farei.*

Sydney tomou banho e arrastou-se até a cama, pronta para dormir. Mas seus nervos ainda estavam à flor da pele. Ela tinha perdido o sono. Então a caixa de madeira e seu conteúdo vieram a sua mente. Ela se virou até à mesa de cabeceira e acendeu o abajur. Ela ficou parada olhando para a caixa. Seus sentimentos ainda estavam confusos em relação os diários. A única maneira de resolver seu dilema era agindo. *Faça isso agora.*

Ela ajeitou-se nos travesseiros e pegou a caixa. Ela abriu a tampa e pegou o primeiro diário. Ela folheou as páginas e notou que ele estava só três quartos preenchido. Aquele era o último dos quatro. O impulso de pular para a última página para ver o que estava escrito surgiu dentro dela. Sydney ansiava por saber o quão perto a última anotação estava da data em que sua mãe partiu. Ela lutou contra o impulso. *Não, posso ficar chateada com o que vou encontrar nestas últimas páginas. Vou começar do início para conhecê-la.*

Ela substituiu o último diário pelo primeiro, quando sua mãe estava com dezesseis até os dezessete anos e recostou-se nos travesseiros.

3º ano do ensino médio, 1993-1994
9 de setembro

Querido diário,
3º ano, de volta às aulas. Consegui os professores que eu queria. Eba! Pam está na maioria das minhas aulas. Mal posso esperar para começar o vôlei este ano e a dança moderna. W está na minha sala. Ele ainda gosta de mim... eca. Claro, ele sentou-se bem ao meu lado. Ele é um idiota! (Eu sei, tenho que ser legal).

17 de setembro

Querido diário,
Uau, o dever de casa já está pesado este ano. O senhor S
(história) é hilário. Estamos estudando a Primeira Guerra
Mundial e ele encena as batalhas. Talvez eu goste de história este
ano... não. Embora eu tenha entrado no drama, estou muito
animada.

2 de outubro

Querido diário,
Estou muito irritada. Tenho dezesseis anos e finalmente tenho
permissão para namorar. B me convidou para ir ao cinema e
papai disse que quer conhecê-lo primeiro. Não sou mais criança...
hello! Que vergonha. De jeito nenhum que vou dizer isso ao B,
então pedi a ele para vir amanhã para ouvir meu novo álbum da
Cyndi Lauper. Finalmente consegui. Oh girls just wanna have
fun... oh yeah!

13 de outubro

Querido diário,
B e eu fomos ver a comédia romântica Ele Disse, Ela Disse com
Kevin Bacon. Amo ele, amei o filme. B me beijou e enfiou a
língua na minha boca... argh. Acho que não vou mais sair com
ele. Além disso, ele estava com mau hálito.

Sydney sorriu. Sua mãe parecia uma adolescente como todas as outras. Ela continuou lendo as anotações que eram esclarecedoras e engraçadas. Elas eram fáceis de ler e, para sua surpresa, ela pôde se identificar com a angústia e os problemas da adolescência da mãe. *Exatamente como eu era na adolescência. Só que era a vovó quem comandava o poleiro.*

22 de novembro

Querido diário,
Daqui a quatro meses farei dezessete anos. Mal posso acreditar!
Às vezes acho que não vou chegar aos dezenove. Mal posso
esperar para ser independente e maior de idade. Não ria, mas às
vezes acho que nunca vou crescer e me tornar uma adulta. Acho
que posso morrer antes disso acontecer. Acho que sou uma
verdadeira ariana. Ansiamos por emoção, aventura e, acima de
tudo - liberdade. A vida aqui na fazenda certamente não é
emocionante. Ah... somos impacientes... e eu com certeza sou
assim.

26 de novembro

Querido diário,
Não acredito... estou de castigo. Sexta à noite eu fui a uma festa
do pijama na casa da Pam que fica na cidade. Ela convidou
alguns amigos. Seus pais sempre ficaram em casa para
supervisionar quando eu estava lá, mas desta vez eles saíram. A
mamãe e o papai acham que eu menti para eles, mas eu não
sabia que os pais dela não estariam lá. Pior... fiquei bêbada e
vomitei no banheiro deles. O pai de Pam ligou para o meu às 3h

da manhã e ele foi até à cidade me buscar. Os últimos dois dias têm sido um inferno.

1 de dezembro

Querido diário,
MINHA VIDA ESTÁ ARRUINADA! Papai me tirou da igreja. Ele disse que está decepcionado com ela. Segundo ele, eles se desviaram da verdadeira doutrina e estão muito liberais e é isso que está errado com relação aos jovens de hoje em dia. E que precisamos de mais disciplina e estudo da bíblia. Ok, eu não me importo em perder as orações e essas coisas sobre Deus, mas são dos eventos sociais que eu sentirei falta. A igreja serve guloseimas após o culto e agora não posso ir para passar um tempo com meus amigos. Bom, pelo menos eu vou poder dormir até mais tarde aos domingos. Eba!

3 de dezembro

Querido diário,
Adivinha quem não dormiu até mais tarde hoje (domingo)? Pensei que minha vida não poderia ficar pior, mas meu pai me disse que vai me dar aulas e quer que eu estude a bíblia. Estudar? Como se eu não tivesse lição de casa suficiente para fazer. Eu não só tive que ler as escrituras em voz alta, mas também discutir o que elas significavam. MINHA VIDA NÃO ESTÁ APENAS ARRUINADA... ESTÁ ACABADA...

SYDNEY PAROU DE LER. Seus pensamentos se voltaram para as lições da bíblia que sua mãe havia mencionado. Sydney fechou os olhos e se lembrou de um dia que ela estava se escondendo de seu avô na árvore de magnólia solitária. Ele a chamava para fazer suas lições. As memórias fluíram de volta para ela naquele momento. Ela era muito nova para ler, mas seu avô lia a bíblia para ela. Ela ficava apavorada com algumas das histórias e coisas que seu avô contava sobre o Deus dele. *Então ele continuou com as lições mesmo depois que minha mãe foi embora. Estranho que, depois que ele morreu e nos mudamos para Kelowna, a vovó nunca me mandou ir à igreja. E nunca vi uma bíblia em nossa casa.*

Ela abriu o diário e continuou lendo. Não havia muitas anotações durante os meses de inverno. Ela folheou até a primavera.

⁓✳

1 de abril

Querido diário,
Chegou o dia! Hoje é meu aniversário. É, eu sei que hoje é o Dia da Mentira. Ei, isso me torna única, certo? Mais um ano e estarei fora daqui. Pam e eu temos planos de nos mudar para Kelowna e dividir uma casa.

10 de maio

Querido diário,
Está muito quente esses dias. Início da primavera. Estou trabalhando com papai preparando os campos de feno. Uma coisa eu aprendi, reclamar disso só o deixa zangado. Faço o trabalho, termino-o e volto para minha própria vida. Assim fica

mais fácil viver com papai. Percebi que ele e mamãe mal se falam. Sem brigas, apenas coexistindo. Acho que minha mãe aprendeu a mesma coisa que eu. Cale a boca e aceite as merdas dele que a vida correrá bem. Se todo casamento é desse jeito, então não quero me casar.

20 de maio

Querido diário,
Vou ao Baile de Maio com T. Tenho que ir com alguém. Ele é legal. Engraçado que ano passado eu mal podia esperar para namorar. Mas eles são todos imaturos e tudo o que eles querem é sexo. Já tive vários encontros, mas nenhum em especial. A gangue das vadias está espalhando que sou lésbica porque ninguém sabe se ainda sou virgem ou não. Que bom que todos sabem que Pam, minha melhor amiga, não é virgem ou seríamos rotuladas como um casal. Só que uma vez ouviram a S, a rainha vadia, dizendo que Pam provavelmente era bi. Quando não se sabe, inventa, certo? Eu não me importo. Não sou lésbica, mas e se eu fosse? Não podemos escolher nosso DNA. Nós somos o que somos. Certo?

❧ 10 ❧

Os dias se passaram e Sydney não poderia estar mais feliz. Seu tempo foi preenchido com compras e pedidos online para sua casa nova. Ela não tinha visto o homem da SUV desde aquela noite na frente da cabana. Ela decidiu esperar. Ele obviamente morava na cidade e ela não tinha nada para fornecer aos policiais sobre ele. Ele nunca tinha falado com ela ou mesmo se aproximado dela. Ela não fazia ideia do que ele estava fazendo naquela noite na cabana, mas ela precisava de mais para que a levassem a sério. Tudo o que ela tinha no momento era um homem que a encarava. Vê-lo na frente de sua cabana foi um pouco perturbador, mas ela não tinha o número da placa, nome ou prova de que ele estava lá por causa dela.

Sydney dirigiu até à fazenda para ver como as coisas estavam indo. Ela tinha falado com Jax pelo celular, mas não o via desde a noite em que ele levou os diários de sua mãe. Ela tinha terminado de ler o primeiro. Foram mais ou menos anotações parecidas do começo ao fim. O que ficou claro para Sydney foi que sua mãe era independente, determinada e tinha ideias definitivas sobre sua vida para alguém tão jovem. Os conflitos com o avô de Sydney estavam mais frequentes.

Chelsea saía com frequência com os garotos, mas nenhum deles atendia aos padrões dela. E isso porque eles eram meninos e ela se sentia bem mais madura. Sydney riu alto. *A maioria das adolescentes pensa assim em relação aos caras da mesma idade. Que eles ainda são bebês.*

Ela dirigiu pela entrada e estacionou do outro lado da casa para não bloquear a frente da mesma. Os trabalhadores carregavam ferramentas e suprimentos para dentro e fora dela. Ela esperou na varanda por uma oportunidade de entrar sem atrapalhar. Jax estava na sala de costas para ela. Sydney olhou além dele.

- Uau! - exclamou ela.

Jax virou-se.

- Oi.

- A lareira elétrica já está colocada! Ficou linda! - Ela se aproximou para olhar mais de perto. Jax tinha arrancado a parte interna da lareira e colocado um cano no interior da chaminé. A inserção se encaixou bem. Ele se projetava o suficiente para expor o reservatório para colocar pellets e permitir o acesso aos controles de operação cobertos. A frente da lareira com uma porta de vidro ficava na lareira antiga. Os lados mais curtos estavam inclinados para trás em um ângulo de quarenta e cinco graus, encaixando-se perfeitamente contra a parede de pedra. O rejunte entre as pedras havia sido limpo e toda a parede parecia nova. A lareira em frente à parede foi substituída por uma pedra natural para combinar com a parede de pedra. - Eu amei!

Jax riu.

- Quem me dera ter mais clientes como você. Você fica entusiasmada e ama tudo o que fazemos.

Sydney sorriu.

- Bom, é porque você entende minha visão e faz um ótimo trabalho ao proporcioná-la.

- Obrigado. Agora venha ver a cozinha e a lavanderia.

Ela o seguiu até a cozinha. Suas mãos voaram até sua boca, mas não antes de ela soltar um grito:

- Meu Deus... eu amei! - Jax estava rindo novamente. - Desculpe-me... não pude evitar. Olha isso! - Os armários e balcões foram substituídos e mais armários foram adicionados a uma parede traseira que costumava abrigar uma mesa e cadeiras. Jax havia construído uma longa ilha com prateleiras embaixo. Um lado estendia-se com um conjunto de quatro bancos e uma barra de aço inoxidável embaixo para colocar os pés. Os armários eram todos brancos com alças florais verdes. As bancadas eram de granito verde. Jax comprou os aparelhos de aço inoxidável por meio da conta de atacado de sua empresa.

As paredes eram verde-oliva e o piso novo parecia de madeira restaurada.

- O laminado é chamado de "escurecido/natural" - disse Jax.

- Tem uma aparência envelhecida. É lindo. Realmente tem o efeito de uma cozinha de fazenda antiga combinada com o que há de mais atual. Jax, ficou linda! Uau... eu não mereço tudo isso - disse Sydney com um suspiro.

- O quê? É claro que merece!

- Quero dizer, esta é a cozinha dos sonhos de um chefe e eu nem sei cozinhar.

- Eu posso ensinar-lhe.

Ela olhou para Jax, que tinha aquele olhar pretensioso que ela já conhecia.

- Você? Você sabe cozinhar?

- Você está me insultando. - Jax fingiu um olhar magoado. - Meu pai me ensinou. Ele também é um ótimo cozinheiro.

- Tem alguma coisa em que você não seja bom? - perguntou Sydney.

- Tenho certeza que se você me conhecer melhor, vai encontrar algo. - Ele piscou para ela e dirigiu-se para o mudroom.

- E, novamente, você providenciou o que eu quero para este cômodo. As prateleiras e os armários na parede externa estão perfeitos. - Ela olhou para uma prateleira inferior junto à porta dos fundos e viu que ele havia construído um suporte de grade para botas e sapatos molhados. A parede interna abrigava uma lava e seca e uma mesa para dobrar a roupa.

Eles voltaram para a sala e Jax continuou a conversa:

- Amanhã terminaremos os banheiros. Em seguida, é só pintar o resto das paredes, restaurar os pisos de madeira e dar os toques finais, como as cornijas. Que tal sete dias e você já pode se mudar?

- Eba! - Sydney bateu palmas. - Mal posso esperar.

- Tem mais uma coisa. - Jax pegou a mão dela e a puxou de volta para a sala de jantar em direção à parede traseira. - Está vendo essa parede branca?

- Sim.

- Lembre-se disto. - Ele a conduziu pela cozinha, passaram pelo mudroom e chegaram no quintal. Ele colocou as duas mãos nos ombros dela e a girou para que ela ficasse de frente para a parte de trás da casa. Ele inclinou-se sobre o ombro dela com a mão direita apontada para a direita. - Sabia que decidimos fazer um deck novo a partir dos quartos nesta extremidade da casa até a outra?

O rosto de Jax estava tão perto do dela que ela podia sentir o cheiro de sua loção pós-barba e isso a deixou um pouco tonta.

- Aham.

Ele colocou a mão de volta no ombro direito dela e ergueu a esquerda, apontando para o lado oposto da casa, mudando o rosto para o outro lado da cabeça dela:

- Está vendo aquela parte da parede?

Sydney estava achando difícil se concentrar. Estar tão perto assim de Jax estava causando sensações internas que ela estava feliz por ele não poder vê-las.

- Estou sim - disse ela sem fôlego.

- Aquela é a parede da sala de jantar. E se colocarmos uma porta francesa bem ali para que se abra para o deck dos fundos?

Sydney afastou seus pensamentos. *Foco.* Ela gostou do plano dele, mas ela já estava gastando muito e não tinha certeza se poderia pagar pela despesa adicional.

- A ideia é brilhante, Jax. Mas não tenho certeza se devo gastar o dinheiro extra que seria necessário. Ainda não terminamos a residência e preciso estar ciente dos meus gastos caso algum imprevisto apareça.

Jax a girou, mantendo as mãos nos ombros dela.

- Escute-me, este projeto é mais do que as reformas usuais que fazemos. É muito lucrativo e, quando estiver concluído, será uma vitrine. Temos um cliente que já pagou pela porta francesa. Depois de instalá-la, a esposa dele decidiu que queria uma de correr. A Rhyder Contracting gostaria de instalá-la em agradecimento pela sua obra, sem nenhum custo. Esse é meu presente de inauguração para você.

Sydney foi pega de surpresa. Parecia um pouco exagerado.

- É um presente e tanto!

- Tudo o que pedimos é que, quando terminarmos, se você estiver feliz com nosso trabalho, faça um depoimento por escrito com fotos para fins de marketing. E, se você não se importar, deixe-nos usar sua casa de vez em quando como uma casa de demonstração para possíveis clientes que procuram reformar casas mais antigas.

Sydney sorriu.

- Neste caso, sim. Vamos fazer isso.

Os dois se encararam, ficando presos no olhar um do outro com sorrisos largos. O mundo desapareceu para Sydney. Tudo o que ela via era o rosto dele. Jax inclinou-se para frente e roçou a boca dela tão suavemente, tão provocadoramente que ela inclinou-se querendo mais.

- Chefe?

Os dois se separaram com um salto. Sydney virou-se e

olhou brevemente para o homem, baixando os olhos ao ver o sorriso malicioso no rosto dele.

- Sim? - respondeu Jax.

- Desculpe-me interromper. - O homem olhou para Jax e então para Sydney e o sorriso dele se alargou.

- O que foi, Brian?

- Temos algumas perguntas sobre os chuveiros.

Ela virou-se e começou a caminhar em direção ao celeiro enquanto os dois homens conversavam, mas de repente, ela parou. O vizinho estava na porta aberta do celeiro com um forcado na mão. O olhar dele era tão intenso que a deixou irritada. *Será que ele viu eu e Jax nos beijando também?* Sydney levantou a mão e acenou para ele. O homem assentiu com a cabeça e desapareceu para dentro do celeiro com o mesmo olhar vazio. *Hunf... não tão simpático como da última vez que conversamos.*

Sydney voltou-se para Jax. Brian começou a voltar para a casa e Jax olhou para o celeiro.

- O velho não estava muito amigável. Talvez ele não aprove nosso beijo. Não que isso seja da conta dele, mas ele não deveria estar nos espionando.

Jax deu de ombros e sorriu seu sorriso torto.

- Ele é viúvo, não é? Talvez tenha sido a nostalgia. Lembrou-se de quando era jovem.

Mais uma vez, Sydney sentiu um misto de emoções em relação a Jax.

- É melhor eu deixar você trabalhar. Obrigada pela porta. A Rhyder Contracting é uma empresa incrível. - Ela viu que Jax enrijeceu-se um pouco. Ele provavelmente queria retomar de onde pararam. Sydney contornou-o e foi em direção à frente da casa. - Estarei de volta em alguns dias. Tchau. - Ela acenou para ele enquanto praticamente corria para seu carro.

Acomodada em sua cama naquela noite, ela fechou os olhos e se lembrou do beijo gentil de Jax no início daquele dia. Ela passou os dedos suavemente sobre os lábios e se lembrou da sensação que sentiu, do calor do corpo dele perto do dela... e do cheiro dele. Não havia dúvida de que ela estava atraída por Jax. *Não faz sentido eu negar.* Mas ela não queria um relacionamento no momento. E também não gostava de aventuras casuais. *E quanto a Jax? O que ele estava procurando?* Ele tinha a reputação de ser mulherengo. As mulheres o amavam e o perseguiam. Jessie tinha contado que ele sempre foi respeitoso com as mulheres com quem saía. Mas, aparentemente, ele também deixou claro que não estava procurando namorar com ninguém. *Bom, nem eu, mas se ele acha que serei uma mulher de uma noite só... pode esquecer. Isso não vai acontecer.*

Sydney pegou o segundo diário da mesa de cabeceira determinada a afastar Jax de sua mente e se perder nas anotações.

$$ \maltese \quad I I \quad \maltese $$

3º ano, 1994-1995

Querido diário,
Dá para acreditar que este é o meu último ano do ensino médio?
Estou tão feliz! Mal posso esperar para junho chegar.
LIBERDADE!

3 de outubro

Querido diário,
Hoje é o melhor dia da minha vida. CHAZ (um apelido)
FALOU COMIGO! Eu sempre tive uma queda por ele. Não
andamos com as mesmas pessoas. Os pais dele são ricos e ele joga
futebol americano. Quando se trata de esportes, eu sou um
desastre. Ele está sentando ao meu lado na aula de inglês. A
escola está TÃO legal agora.

15 de outubro

Querido diário,
D é uma VADIA! Ela ouviu eu e a Pam no banheiro falando do
Chaz. Apenas Pam usa o nome verdadeiro dele. D disse a ele que
eu gosto dele. Estou com muita vergonha. Agora ele me acha uma
idiota.

20 de novembro

Querido diário,
Pam e eu vamos jantar com nossos pais e eu vou dormir na casa
dela. Amanhã, alguns de nós vamos patinar no rinque ao ar livre
em Woodland Park.

21 de novembro

Querido diário,
Adivinha? Chaz estava no rinque hoje e me chamou para patinar
com ele. A rainha das vadias ficou com muuuuito ciúme. Ficamos
de mãos dadas e teve uma hora que ficamos de braços dados.
ESTOU APAIXONADA!

8 de dezembro

Querido diário,
Papai está me deixando louca. Já que estou saindo mais com
garotos e indo a mais festas, ele constantemente bisbilhota meu
quarto e me diz para eu ser uma "garota boa". Eu o ouvi

*brigando com minha mãe. Ela disse que eu sou um espírito livre e
ele disse que sou uma selvagem. Esta manhã, enquanto
estudávamos a bíblia, ele me disse para eu me lembrar de que
Deus está sempre me observando. Que Deus vê tudo. Bom, se
Deus está me observando enquanto estou beijando um garoto ou
tomando banho, então ele é um espião. Papai não para mais de
falar sobre fogo, enxofre e essas coisas de céu e inferno. E falando
sobre como Deus vai me punir. Mas por quê? EU SOU uma
garota boa. O Deus do papai que é mau.*

1 de janeiro

*Querido diário,
Chaz e eu estamos namorando. Dá para acreditar? Ele me pediu
em namoro ontem à noite na festa de Ano-Novo da cidade. Era
uma festa ao ar livre no parque. Muita música, patinação e
dança. Foi muito divertido. Mamãe queria ter ido, mas está
resfriada. Papai nunca quer ir. Dançar é coisa do diabo. Não
contamos aos nossos pais. Os pais dele têm grandes planos para
ele. Eles ficam dizendo a ele para não levar ninguém a sério até
que termine a escola. Ele vai para a universidade em setembro.
Eu não vou pensar sobre isso. Apenas vou ser feliz. Papai odeia
a família de Chaz porque diz que eles são esnobes. Mas Chaz
não é. Ainda assim, não vou dizer nada.*

14 de fevereiro

*Querido diário,
Chaz me deu um colar relicário de coração com uma foto nossa
dentro. A corrente é longa então eu posso esconder o coração entre
meus seios dentro do meu sutiã. Papai nunca repara em joias. Ele*

com certeza repara o que eu visto. Eu gostaria de poder me vestir como a Cyndi Lauper ou a Madonna. Eu amo as duas. Papai pegou meus CDs da Madonna. Ele nunca ouve as letras, mas depois que ouviu "Just Like A Virgin", meu Deus do céu... ele surtou. Ele ouvia "Oh Father" e "Like a Prayer" e me disse que nunca mais poderia ouvir aquela música na casa dele. Pelo menos posso continuar ouvindo Cyndi. Eu gostaria de ser como elas. Não me refiro a estrelas do pop... ISSO NÃO, eu não sei cantar. Quero dizer espíritos livres como elas. Será que elas se preocupam com a possibilidade dos castigos de Deus? (Foi só uma piada, querido diário.)

15 de março

Querido diário,
Desculpe, não tenho escrito muito. O último ano da escola é mais difícil. Mais lição de casa e outras coisas. Papai está me obrigando a fazer mais tarefas na fazenda. Eu odeio a vida no campo. Perguntei ao papai por que eles não tiveram mais filhos. Ele não queria mais filhos que pudessem trabalhar com ele na fazenda? Ele ficou bem tenso e disse que depois que eu nasci mamãe não poderia ter mais filhos. Que eu tinha arruinado o corpo dela. Eu chorei até dormir ontem à noite. Não me admira que ele me odeie.

1 de abril

Querido diário,
Feliz aniversário para mim! Dezessete. Nem consigo acreditar. Chaz vai me levar para jantar. Papai não sabe. Ele acha que vou me encontrar com a Pam.

20 de maio

Querido diário,
*Estou estudando para as provas e a noite da formatura está
chegando. Meus sentimentos estão confusos. Em breve não estarei
mais na escola, o que é difícil de acreditar, mas Chaz se mudará
para Vancouver para ir à universidade. O pai dele está se
aposentando e eles colocaram a casa à venda. Eles vão comprar
uma townhouse com um quarto de hóspedes para que Chaz possa
morar de graça enquanto estuda. Chaz tem me pressionado para ir
até o fim sexualmente. Até agora não, mas temo que, se não fizer
isso, ele se esqueça de mim quando chegar em Vancouver. Talvez eu
devesse para deixá-lo saber o que ele vai deixar para trás. Ele diz
que me ama e virá me ver sempre que puder. Além disso, A está me
deixando desconfortável. Ele me encara o tempo todo como se os
olhos dele estivessem me despindo. Estou mantendo distância dele.*

29 de maio

Querido diário,
*Estou com o coração partido. Chaz me ligou esta noite para dizer
que seus pais venderam a casa. Eles irão se mudar no dia
primeiro de julho. Estou arrasada. Achei que poderíamos ter pelo
menos o verão inteiro juntos.*

5 de junho

Querido diário,

Esta noite é o nosso jantar/baile de formatura. Quando papai descobriu quevou com Chaz, ficou furioso. Mas eu assegurei a ele que Chaz está se mudando para Vancouver com sua família, então ele vai me deixar ir. Mas não antes de dar-lhe uma palestra sobre suas expectativas. Isso é tão constrangedor.

6 de junho

Querido diário,
A noite passada foi maravilhosa. Depois do baile, nosso grupo foi até à praia. Nós fomos nadar pelados. Chaz e eu fizemos amor sob as estrelas. Sim! Foi emocionante e um pouco assustador. Na primeira vez doeu um pouco e fomos nadar de novo. A segunda vez foi muito romântica e Chaz foi muito gentil. Eu não vi o papai até a hora do jantar hoje. Eu estava com medo de olhar nos olhos dele. Eu tinha certeza de que ele poderia dizer que tinha algo diferente em mim. Que sua garotinha agora era uma mulher. Estou nas nuvens.

15 de junho

Querido diário,
Na metade das provas. Quase terminando.

30 de Junho

Querido diário,
ESCOLA NUNCA MAIS! Quarta à noite foi a nossa colação

de grau. Mamãe estava tão orgulhosa. Papai disse que agora eu tenho que fazer minha parte.

5 de julho

Querido diário,
Estou de coração partido. Ele se foi. Todas as noites eu choro até dormir. Nós nos amamos e Chaz disse que vamos fazer isso dar certo. O tio dele veio ajudá-los na mudança e Chaz confidenciou a ele que me amava. Sabe o que ele disse? "Escute-me, sobrinho, nunca, nunca se case com seu primeiro rabo de saia." Estou com tanto medo de nunca mais vê-lo. Mamãe sabe que estou triste e está tentando fazer com que eu me sinta melhor. Papai está feliz que Chaz e sua família foram embora. Ele não se importa com meus sentimentos. Chaz disse que vai me escrever quando eles se estabelecerem.

10 de julho

Querido diário,
Estou trabalhando meio período no café em Stoney Creek e ajudando o papai na fazenda. A está me irritando. Ele me olha como se eu fosse um pedaço de carne. No que me diz respeito, A é um Idiota. No meu tempo livre, nós, os jovens, vamos nadar no lago. Todos os dias, espero papai pegar a correspondência, mas até agora nenhuma carta.

15 de julho

Querido diário,

Estou tão envergonhada. Na noite passada, eu e a Pam fomos à Feira de Verão de Stoney Creek, que incluía um carnaval. O cara que trabalhava na roda gigante me lembrava o Chaz. Ele era mais velho, talvez vinte e seis ou mais. O nome dele é Danny. Ele ficou flertando comigo e fez eu me sentir bem comigo mesma. Quando o carnaval acabou, Pam e eu estávamos vagando pelo parque e ele veio até nós com alguns dos outros empregados. Eles nos convidaram para curtirmos a noite com eles. Não posso lhe dizer o quanto eu queria aquilo ontem à noite. Mas fiquei bêbada e quando me dei conta, Danny e eu nos beijamos em seu trailer. Esta manhã ele me disse que é casado e tem filhos. Que idiota! Mas a culpa foi toda minha. Estou me sentindo uma vadia.

8 de agosto

Querido diário,

Não consegui encontrar motivação para escrever aqui. Ainda sem cartas de Chaz. Seis semanas se passaram. Já nem tenho mais prazer em esperar pelo correio. Papai diz que estou me lamentando muito e preciso esquecer o garoto rico. Ele diz que ele se esqueceu de mim porque não sou boa o suficiente para a família dele. Talvez ele esteja certo. Talvez eu não devesse ter ido até o fim com Chaz. Talvez eu devesse ter deixado ele se perguntando o que estava perdendo. E talvez ele nunca tenha me amado. Talvez eu tenha dado o que ele queria e papai esteja certo. Ele vai encontrar uma garota mais rica e inteligente do que eu na universidade que seus pais aprovem. As palavras do tio dele continuam ecoando em meus ouvidos: "Nunca, nunca se case com seu primeiro rabo de saia." Isso é tudo o que eu sou?

15 de agosto

Ok, é hora de superar Chaz e sair de Stoney Creek. Se ele me amasse, não importaria se fizemos amor ou não. Eu gostei tanto quanto ele e o sexo não deve ser usado como benefício próprio. É óbvio que ele seguiu em frente. Pam e eu estamos conversando sobre ir para Kelowna e dividir uma casa juntas. Nós duas queremos continuar estudando. Acho que eu gostaria de fazer um curso de técnico de laboratório. Na segunda-feira, farei algumas ligações e verificarei os empréstimos estudantis.

✤ 12 ✤

Uma batida na porta tirou Sydney de um sono profundo. Ela gemeu e rolou para ver as horas. O relógio marcava nove e meia da manhã. *O quê?* Ela se arrastou para fora da cama e caminhou descalça até a porta. Jessie estava parada nos degraus da varanda com dois copos grandes de café.

- Desculpe, Jess. Dormi demais.

Jessie entregou-lhe um copo e a seguiu para dentro.

- E com razão. Levamos muita coisa para a fazenda ontem. Mas ainda temos tempo para tirar você daqui e receber a entrega de sua mobília às onze.

Sydney aninhou-se na poltrona e tomou um gole de café.

- Estou feliz por ter conseguido a maioria dos móveis na mesma loja. Tudo que preciso é da mesa de jantar certa para acomodar os alunos. E tem que ser grande o suficiente para doze pessoas. Eu quero um estilo antigo, algo em pinho. Até agora, só encontrei algumas em estilo francês ou italiano. Muito ornamentado e de aparência nada confortável. Mas os conjuntos de estilo country que vi são muito pequenas.

- Você vai encontrar.

Sydney bebeu seu café e levantou-se.

- É melhor eu ir tomar banho para que possamos sair daqui.

Jessie olhou ao redor da cabana.

- O que falta para levarmos? Vou arrumar seu carro.

- Aquela mala e as caixas perto da porta. Deixe a bolsa de viagem na mesa. Vou terminar de arrumá-la depois do banho.

MEIA HORA DEPOIS, Sydney deixou a cabana e dirigia em direção à casa de fazenda com Jessie a seguindo. Borbulhando de emoção, ela mal podia esperar para entrar e começar a arrumar os cômodos. A reforma da casa estava pronta por dentro e a equipe agora trabalhava no galpão. Ela estacionou ao lado da entrada da garagem e Jessie a seguiu, deixando espaço para o caminhão de entrega estacionar nos degraus da varanda. Sydney saiu do carro.

Jax contornou o lado oposto da casa com um aceno e um sorriso enorme.

- Bem-vinda ao lar!

- Ei! Eu não consigo acreditar que agora estou aqui para ficar.

Ele se juntou às garotas na parte traseira do carro de Sydney para ajudar a carregar as caixas. Sydney subiu os degraus da varanda carregando uma mala. Ela parou e inspirou o ar.

- Esse cheiro de fumaça é do incêndio no estado de Washington?

Jax apontou para o sudoeste.

- Sim, é do incêndio em Cascade. Os ventos mudaram de direção e a fumaça está passando pelo vale. Ainda está a dezesseis quilômetros ao sul da fronteira com o Canadá, mas há preocupações com isso vindo em nossa direção.

Sydney seguiu o olhar dele. Ao longe, ela podia ver o que parecia ser um smog cobrindo o topo das colinas.

- Estamos a apenas dezesseis quilômetros da fronteira. Isso é assustador!

- Vai haver uma reunião da comunidade na cidade hoje à noite no salão comunitário. Os bombeiros estiveram em Osoyoos ontem à noite.

Jessie passou pelos dois carregando uma caixa.

- Então acho melhor irmos também.

Sydney a seguiu. Ela ficou ocupada desencaixotando as roupas e colocando os produtos de higiene pessoal no banheiro. Ela tentou se livrar do mal-estar que sentia em relação ao incêndio. Assim que o caminhão de entrega chegou com seus móveis, todo o resto foi esquecido. Ela e Jessie já haviam decidido onde cada móvel deveria ir e os entregadores terminaram a sala em um piscar de olhos. Os entregadores até montaram as camas para ela. Jax e sua equipe tinham instalado as persianas e cortinas no dia anterior.

As meninas passaram os próximos trinta minutos no quarto da avó de Sydney arrumando a cama e reorganizando as cômodas até que estivessem satisfeitas com o visual.

- Sua avó vai amar este quarto. Os verdes alegram o ambiente e aquela lareira elétrica branca em frente à cama dá um toque aconchegante.

Sydney observou o cômodo todo, desde os móveis brancos de pinus até as paredes ardósia verde com papel de parede de algas marinhas verde jade atrás da cabeceira. Seu olhar pairou sobre a janela.

- Eu pedi a Jax para construir um banco almofadado verde oliva na janela saliente com almofadas para ela ter um lugar para ler. Mas caso ela não goste do banco, comprei a poltrona. - Elas a colocaram ao lado da janela para que a avó pudesse olhar para fora ou para a lareira. Sydney sorriu e assentiu com a cabeça satisfeita.

- Vamos lá para fora fazer o piquenique com a comida que eu trouxe. E, então, vamos arrumar seu quarto. Eu nem vi o que você comprou para o quarto principal - disse Jessie.

Elas comeram perto do lago, mas não perderam tempo. Em pouco tempo, elas já estavam de volta ocupadas com o trabalho. Uma hora depois, elas terminaram o quarto principal. Ficou o quarto dos sonhos.

- Eu amo os ares do campo. Do que é feito os móveis deste quarto? - perguntou Jessie.

- É pioneira em pinus polido. O tom em bege é perfeito.

As paredes foram pintadas de champanhe e a parte da cabeceira era um laranja queimado.

- Eu tenho que admitir, quando você me disse que ameixa e laranja eram suas cores favoritas... eca. Eu não conseguia entender. Mas a cabeceira abrange a maior parte da parede laranja queimada. E a colcha no tom ameixa escuro com algumas almofadas em laranja queimado, ameixa e bege abstrato... uau! Este quarto é um showroom!

- Obrigada. Levou uma eternidade para encontrar a lareira de pedra do campo. Eu não queria uma madeira branca ou escura. A pedra bege é perfeita. Só preciso de alguns quadros nas paredes, caso contrário, os dois quartos já estão prontos.

Elas dirigiam-se até a cozinha e, ao passarem pelo quarto vazio do meio, Jessie parou.

- O que você vai fazer com este quarto?

- Será o quarto de hóspedes.

- Ótima ideia.

Em seguida, Jessie e Sydney foram arrumar a cozinha. Na hora do jantar, elas já haviam terminado ela e os banheiros. Elas estavam relaxando na nova sala de estar de Sydney quando Jax juntou-se a elas.

- Uau... isso parece convidativo. Se importam se eu andar pela casa para ver o que vocês fizeram?

- Vá em frente. Mas você vai sozinho. Estamos descansando nossos pés cansados - disse Sydney.

Poucos minutos depois, ele voltou e sentou-se na lareira.

- Não quero sentar nos móveis novos com minha roupa de

trabalho. Estou amando o que você está fazendo neste lugar. Está ficando muito bom.

- Você me proporcionou algo incrível para trabalhar. Somos uma ótima equipe.

Dito isso, Sydney e Jax se encararam por tempo suficiente para que Jessie pigarreasse quebrando o silêncio.

- Planeta Terra chamando.

Sydney corou e Jax riu.

- Vamos acabar mais cedo hoje para que todos possamos participar da reunião sobre o incêndio. Eu ia pedir pizza para comemorarmos sua primeira noite em sua casa nova e tudo mais, mas não temos tempo.

- Ah... que gesto bonito - disse Sydney.

Jax levantou-se.

- Preciso ir para casa tomar banho. Vejo vocês no salão às vinte horas.

- Estaremos lá - disse Sydney. Ela o observou sair da casa e virou-se para Jessie, que a estava estudando com uma sobrancelha levantada. - Que foi?

- Vocês dois. Alguma coisa está acontecendo entre vocês.

- Não está não. - Sydney lançou-lhe um olhar desafiador.

- Ah, fala sério! Jax nunca olhou para uma garota do jeito que olha para você. O senhor "Vamos com Calma" e você, a senhorita "Não Quero um Relacionamento" estão interessados um no outro.

- Não quero complicar minha vida e ele só gosta de mim porque ainda não fui para a cama com ele. Não tenho a intenção de ser só mais uma de suas garotas.

- Brian me contou que pegou vocês dois se beijando semana passada. Não se atreva a negar.

Sydney abriu a boca e fechou-a prontamente. Ela não sabia o que dizer.

Jessie riu.

- Acho que vocês dois estão loucos um pelo outro. É que

simplesmente vocês ainda não se deram conta disso. É maior do que vocês. Você vai ver.

- Disso? O que significa esse... disso?

Jessie deu os ombros.

- Amor, romance, luxúria... você descobrirá em breve.

Sydney levantou-se e esticou as pernas doloridas. *Hora de mudar de assunto.*

- Vou tomar um banho na minha suíte nova. Você pode usar o banheiro principal, se quiser. Vamos comer na cidade antes da reunião?

- Claro - gritou Jessie enquanto Sydney dirigia-se ao seu quarto - Mas lembre-se, você não vai conseguir lavar esses pensamentos pecaminosos.

Sydney pensou nisso enquanto se despia e sorriu para si mesma. *Que bom que Jess não consegue ler meus pensamentos.*

❧ 13 ❧

O salão comunitário estava lotado. Não havia assentos suficientes para todo mundo e as pessoas ficaram no fundo do salão e nas laterais. Havia uma mesa de informações com panfletos na entrada com números de telefones para os moradores em caso de evacuação, números dos bombeiros, bem como locais para abrigar os evacuados. Mapas ampliados do estado de Washington foram afixados na parede de trás, mostrando a localização atual do incêndio. Mapas da área local foram afixados marcando os possíveis locais para pedidos de evacuação. Para a surpresa de Sydney, uma área ao sul da fronteira Canadá/EUA foi marcada como "Evacuada".

Sydney e Jessie procuraram um lugar para sentar, mas sem sorte. Elas avistaram Jax no meio do corredor. Ele acenou para elas e apontou para dois assentos que ele estava guardando e elas abriram caminho no meio da multidão para se juntar a ele.

- Obrigada, Jax. Estaríamos de pé se você não tivesse guardado os lugares para nós - disse Sydney.

- Sem problemas.

Ela olhou ao redor.

- Seu pai está aqui esta noite?

- Não, ele está em Kelowna a negócios.

A reunião foi iniciada. Seis pessoas sentaram-se em uma longa mesa virada para a frente do salão. Uma tela foi puxada para baixo no palco direcionada a eles.

Uma mulher estava em pé com um microfone na mão.

- Eu sou a prefeita Givens. Gostaria de agradecer a todos vocês por terem vindo esta noite. Primeiro, quero apresentar todos que estão nesta mesa. Naquela ponta, está o nosso Membro da Assembleia Legislativa, Jonathan Brown. Depois, temos Donna Parsons, Diretora do Stoney Creek dos Serviços Sociais de Emergência. Ao lado de Donna está Gordon Summit, o oficial de proteção contra incêndios do Kamloops Fire Center. Ao lado de Gordon, está Kathleen Cunningham, a oficial de informações de incêndios e, ao meu lado, o sargento Roger Reynolds do Destacamento RCMP de Stoney Creek (Real Polícia Montada do Canadá). Cada um de nós irá informá-los sobre a função que desempenharemos durante a situação atual. O primeiro, Gordon Summit, nosso responsável pela proteção de incêndio.

- Boa noite. Sou o oficial de proteção contra incêndios responsável pelas operações aqui no vale. O que gostaríamos de fazer esta noite é informá-los sobre a situação do incêndio em Cascade em Washington e como isso tem nos afetado aqui no Canadá até o momento, bem como possíveis expectativas futuras. Se alguém puder apagar as luzes, gostaria de fazer uma apresentação de slides.

O salão ficou escuro e ele começou:

- Este é um mapa do incêndio, como o da parede lá de trás. Este fogo está queimando há três semanas e devido aos ventos fortes e ao terreno montanhoso que dificultam o alcance das equipes de terra, ele ainda não foi contido. Os círculos ao redor do fogo mostram a expansão dele desde que se originou neste ponto. Nossa preocupação é o lado norte do fogo. No momento, fica a dezesseis quilômetros ao sul da fronteira canadense. Os ventos mudaram de direção e estão indo em direção à Colúmbia Britânica. Se cruzar a CB, será um incêndio na interface. - Ele mudou o slide para um mapa do sul da Colúmbia Britânica. - Se o fogo continuar se movendo em nossa direção, este mapa local mostra os Alertas de Evacuação de Emergência previstos por área. Quero fazer referência a esta seção a oeste de Osoyoos. Não é muito populosa, pois é principalmente constituída de fazendas e vinhedos. Por causa da mudança direcional repentina do fogo, esta área foi evacuada hoje. - Um murmúrio pode ser ouvido ao redor do salão. - A cidade de Osoyoos foi colocada em alerta de evacuação. Se o fogo passar a fronteira e continuar a nordeste em seu curso, Stoney Creek será a próxima em alerta de evacuação. Assim que um alerta for colocado em prática, cada casa será visitada por um grupo de triagem. Este grupo analisará os materiais do telhado, a parte interna dos imóveis, etc. para determinar os locais mais estratégicos para instalar sprinklers e mangueiras para proteger a cidade caso o fogo se aproxime. Propriedades rurais também serão avaliadas. No momento estamos instalados aqui no salão e disponíveis a qualquer momento. Nossa oficial de informações, Kathleen, fornecerá à prefeita e ao sargento da RCMP informações atualizadas diariamente. Ela é a nossa intermediária. Vocês estão convidados a ligar para um número designado aqui no corredor ou podem parar para falar com ela. Também postaremos informações em nosso site, que está listado nos panfletos. Eu estarei viajando entre Stoney Creek e Osoyoos diariamente. Assim que todos daqui da mesa falarem esta noite, abriremos a reunião para perguntas. Eu gostaria de apresentar a coordenadora do EMS, Donna Parsons.

Donna levantou-se e dirigiu-se à frente.

- Boa noite a todos. As pessoas que foram evacuadas da região leste estão atualmente sendo alojadas em Osoyoos. Se em algum momento Osoyoos for evacuada, este salão fornecerá alojamento de emergência junto à cidade de Oliver. E no caso de os moradores de Stoney Creek forem evacuados,

Penticton irá preparar alojamentos. Estou disponível a qualquer momento aqui no salão ou através do número do EMP para responder a quaisquer dúvidas ou perguntas que vocês possam ter. Se decidirem ficar com a família em outro lugar, pedimos que se registrem aqui antes de partirem. Em caso de evacuação, precisamos saber se vocês estão seguros.

O Membro da Assembleia Legislativa informou à multidão sobre os fundos de emergência disponíveis em caso de evacuação e em caso de perda de casas. O sargento da RCMP informou ao público que eles chamariam funcionários adicionais de destacamentos vizinhos e bateriam em todas as portas caso fosse convocada uma evacuação. Ele ressaltou a importância de todos saírem quando ordenado. E, se alguém optasse por ficar para trás, ficariam restritos às suas residências.

- Se vocês deixarem suas casas a qualquer momento, não terão permissão para retornar. - Ele fez uma pausa e olhou ao redor do salão. - Vou ser muito franco aqui e dizer que se alguém decidir ignorar a ordem de evacuação, por favor, escreva seu nome em seu braço com uma caneta permanente para fins de identificação. - Isso provocou uma reação intencional de murmúrios chocados da multidão.

A reunião foi aberta para perguntas e a prefeita a encerrou:

- Só quero acrescentar que vocês podem ir até à prefeitura ou ligar a qualquer hora se tiverem dúvidas, caso os telefones do EMP e do Fire Center estiverem ocupados. A última coisa que eu gostaria de abordar é que havia cheiro de fumaça hoje na cidade, e eu entendo que aqueles que vivem na parte oeste foram particularmente expostos à fumaça que está chegando ao vale. Pode piorar. Peço a todos que tenham problemas respiratórios, idosos e aqueles com crianças pequenas, considerem deixar a área por um tempo. Vocês podem ir até o centro médico para conversar sobre quaisquer problemas que possam ter com nossa enfermeira local. E fale com o coordenador do EMP. Faremos reuniões de atualização do incêndio a cada cinco dias aqui no salão, a menos que haja uma urgência para nos encontrarmos antes. Acessem nosso site, fiquem atentos aos murais e repassem aos seus vizinhos. Não se esqueçam de pegar os folhetos quando saírem. Alguns são muito úteis sobre o que levar em caso de evacuação. Para aqueles que têm animais que precisam ser movidos, coloquem o nome na lista e falem com o oficial do Estatuto dos Animais. Obrigada a todos, boa noite.

—✺—

- QUE O FOGO não passe a fronteira - disse Jax, erguendo seu copo de cerveja.

Todos na mesa murmuraram concordando e brindaram com seus copos. Sydney se juntou a Jax e Jessie em um pub local após a reunião. Alguns dos amigos deles chegaram, e eles juntaram algumas mesas.

Sydney observou o grupo. Era bom conhecer pessoas novas em torno da sua idade, apesar das circunstâncias que os uniram. Eles pareciam ser um grupo grande e a incluíam em seu meio como se ela fosse um deles. Eles discutiram sobre o que levar em caso de evacuação.

Jax puxou um bloco de notas do bolso da jaqueta.

- Alguns dos idosos que vivem de forma independente precisarão de ajuda se tiverem que deixar suas propriedades. E alguns deles têm animais para serem transportados.

Foi feita uma lista das pessoas que eles conheciam e os nomes divididos entre eles. O plano era visitar todas elas nos próximos dias e avaliar suas necessidades caso fossem forçadas a deixar suas propriedades. Eles pegaram folhetos extras do salão para reforçar suas alegações. Sydney pediu para acompanhar Jessie. Ela não queria abordar ninguém sozinha. Como uma estranha, eles poderiam suspeitar dela e Sydney sabia que eles já estariam nervosos e com medo de deixar suas casas. Ela certamente estava certa.

O assunto mudou para conversas alegres e risadas. O pub estava cheio de pessoas que compareceram à reunião e a energia era contagiante. Sydney relaxou e se juntou ao grupo.

- Você veio até a cidade com seu carro? - perguntou Jax quando todos estavam saindo.

- Não, eu vim com a Jess.

- Você quer uma carona para casa?

- Vou dormir na casa dela esta noite, mas obrigada pela carona.

- Tudo bem. Que tal eu pegar você às sete? Podemos tomar café da manhã e eu levo você de volta para a fazenda comigo.

- Parece-me ótimo. Vejo você amanhã. - Ela o viu sair com alguns amigos todos homens, se empurrando e rindo como adolescentes.

Sydney virou-se para Jessie que estava sorrindo para ela. Ela inclinou-se para Sydney e sussurrou no ouvido dela:

- Isso é maior do que vocês dois.

- Para com isso. Tenho que voltar para casa de algum jeito. - Ela lançou-lhe um olhar furioso. - Venha, vamos embora.

❧ 14 ❧

A semana passou voando. Sydney e Jessie visitaram vários idosos que viviam na zona rural para informá-los sobre o incêndio florestal e colocaram os nomes deles em uma lista de pessoas que precisariam de ajuda com animais para deixarem suas propriedades. Todos eles ficaram muito gratos por haver pessoas na comunidade que iriam em seu auxílio. Aqueles que viveram a maior parte de suas vidas em suas terras estavam mais preocupados com a perda do estilo de vida. Alguns, cujas casas haviam sido quitadas anos atrás, deixaram o seguro caducar. Isso era ruim. A seguradora local se esforçou para fornecer apólices naquela semana para garantir que as pessoas tivessem cobertura. Se o fogo cruzasse a fronteira com o Canadá, as seguradoras sabiam que os subscritores recusariam a cobertura de quaisquer novas apólices até que o incêndio fosse contido.

Sydney era uma das que precisaria se mexer. Ela recebeu a aprovação da inspeção para se mudar para a casa de fazenda reformada e renovou o seguro em seu nome com as melhorias. Mas a seguradora só poderia assegurar o galpão como estava, até que o inspetor de riscos o aprovasse como residência. Jax levou documentos e fotos das reformas para a seguradora e eles permitiram o trabalho feito até então, mesmo sem a aprovação final do inspetor. Pelo menos já era alguma coisa.

Ela sentou-se no galho da árvore de magnólia, refletindo sobre os últimos meses. Jax estava quase terminando o galpão. Os novos encanamentos de água e esgoto foram conduzidos até o limite da cidade e conectados. *Quem diria - água da cidade.* A área dela havia sido levada para a base fiscal de Stoney Creek cinco anos antes. O que significava que todos os imóveis novos deveriam ser conectados aos limites da cidade. O sistema de água da fazenda era através de uma fossa séptica e água de poço, mas no processo, Sydney decidiu fechar o poço e conectar a casa à água e ao esgoto da cidade. Como o encanamento antigo da casa estava sendo trocado de qualquer maneira, era mais barato fazer todo o trabalho com o inspetor municipal envolvido agora do que mais tarde.

Jax terminaria o interior da residência em breve e tudo o que faltava fazer incluía a pintura externa de todos os imóveis e o paisagismo. Um sorriso se espalhou em seu rosto. Ela estava contente ali e sabia que se encaixaria no estilo de vida facilmente. *Inferno, eu já estou pronta.*

Uma brisa repentina trouxe uma nova nuvem de fumaça pelo ar, queimando seus olhos. Ela olhou para a névoa ao sul e suspirou. Seu humor mudou. *E se eu perder tudo em um incêndio? Valerá a pena começar tudo de novo?*

- Ei, está tudo bem aí em cima?

Sydney olhou para baixo e viu Jax no pé da árvore.

- Está sim. Aqui é onde me sinto feliz. Quer se juntar a mim?

Jax subiu até o galho e Sydney foi para o lado para abrir espaço.

- Você não parecia muito feliz quando cheguei.

Sydney riu.

- Na verdade, eu estava até uns minutos atrás antes da fumaça chegar. Graças a Deus a casa tem ar-condicionado. Eu estava pensando em como estamos perto de terminar a reforma e então me dei conta, e se eu perder todo este lugar para o fogo? É realmente um pensamento assustador.

Jax segurou a mão dela.

- Se isso acontecer, você começa de novo. Você tem seguro. Eu sei que deve parecer exaustivo agora, mas pense na diversão que teríamos construindo uma casa de fazenda nova sem as restrições da antiga.

Sydney olhou para Jax com tristeza.

- Mas eu gosto da antiga; uma nova não seria a mesma coisa.

- Então nós a construiríamos exatamente como a que você tem agora. Faremos com que pareça com a antiga, mas será nova como esta.

Ela viu o brilho nos olhos dele e sorriu.

- Você ama esses projetos, não é mesmo?

Jax olhou profundamente nos olhos dela.

- Eu não gostaria de fazer mais nada da vida.

O momento era deles. Ele inclinou-se e a beijou. Foi um beijo suave no início. A língua dele abriu os lábios dela e ela correspondeu, perdida em uma série de beijos frenéticos que deixaram os dois ofegantes.

Jax afastou-se e falou com uma voz baixa e rouca:

- O vento está ficando mais forte. Estamos sem fôlego por causa da nossa paixão ou por que estamos inalando fumaça?

Eles riram como crianças e se beijaram novamente. Finalmente, Jax moveu-se em direção ao tronco.

- Vamos para dentro da casa. Isso não é saudável.

- Nossa paixão ou a fumaça?

- Eu vou lhe mostrar - dentro da casa. - Jax desceu e ergueu os braços para ajudar Sydney a descer quando ela chegasse ao chão.

Eles correram para a casa, felizes por poder respirar o ar fresco. Sydney serviu um copo d'água para os dois e eles sentaram-se um ao lado do outro nos banquinhos da bancada da cozinha.

- Quando percebi que o vento estava ficando forte, mandei o pessoal para casa um pouco mais cedo. Eles têm trabalhado nessa fumaça por muito tempo.

- Eu me sinto mal por eles. Ninguém deveria respirar tanto assim essa fumaça. Meu respeito pelos bombeiros só aumentou.

- O meu também. Olha, talvez tenhamos que atrasar a pintura externa e o trabalho do deck até que o fogo acabe. Há cinzas por tudo e eu não quero elas nos retoques finais.

- Faz sentido.

- Meu pai tem projetos em outras áreas que ele pode enviar a equipe, assim eles ficarão livres da fumaça.

Os olhos deles se encontraram.

- E quanto a você? Qual é o seu próximo projeto? - perguntou Sydney.

Jax franziu a testa.

- Ainda não sei ao certo. Meu pai está expandindo a área comercial da empresa. É por isso que ele anda passando muito tempo no centro de Okanagan. Ele quer eliminar a área residencial, o que me deixa em um dilema. - Ele a informou sobre os planos e expectativas do pai no que dizia respeito a ele. - Ele me deixou fazer este projeto com o entendimento de que reavaliaríamos as coisas quando tudo estivesse pronto.

Desta vez, Sydney segurou a mão de Jax.

- Você tem que ouvir seu coração. Siga o seu instinto. Foi isso o que eu fiz quando tomei a decisão de voltar para a fazenda e deixar a vovó em Kelowna.

- Eu sei que você está certa, mas isso vai machucar meu pai. Mas, no passado, meu pai machucou o pai dele e nunca olhou para trás. Eu tenho que ser tão duro quanto ele foi. Espero que ele me ajude a abrir minha própria empresa aqui em Stoney Creek. Se não, eu vou descobrir, mesmo que eu tenha que fazer tudo sozinho.

- Então, eu diria que você já tomou sua decisão. E se minha opinião importa, acho que você está certo.

Jax levantou-se e colocou as mãos nos ombros dela.

- É claro que sua opinião importa para mim. Assim como você.

Sydney estava nos braços dele em segundos. Seus beijos frenéticos os levaram a uma paixão instantânea que os levou muito além da necessidade de preliminares lentas. As mãos de Jax moveram-se por todo o corpo dela, acariciando seus seios e descendo por suas nádegas, enquanto as mãos de Sydney esfregavam o peito dele. Uma mão desceu até o membro inchado na calça jeans dele. Ambos se atrapalharam com os jeans e zíperes um do outro até que desistiram e, em meio a risos, apressaram-se em um ritmo frenético para tirar as próprias roupas.

- Espere, já volto. - Sydney saiu correndo do cômodo e voltou com um preservativo e o entregou a Jax.

Ele a colocou no chão, seus olhos nunca deixando os dela. Sydney levantou os quadris para encontrar o calor dele.

- Depressa - sussurrou ela.

Ele entrou nela e a levou para um lugar que ela nunca tinha estado antes. Eles rapidamente ascenderam à beira do orgasmo e liberaram juntos. Eles ficaram deitados no chão, tentando respirar.

Sydney levantou-se e pegou a mão dele. Ela o conduziu pelo corredor até sua suíte. Eles tomaram banho juntos, lavando e explorando o corpo um do outro. Eles se revezaram para secar um ao outro. Jax conduziu Sydney até a cama e, desta vez, o ato de amor deles foi lento, metódico e com o objetivo de agradar. Jax sabia como tocá-la e provocá-la. Ele começou nos seios e foi descendo lentamente pelo corpo dela, tocando cada centímetro com as mãos ou com a língua. No momento em que ele alcançou seu ponto ideal, Sydney estava se contorcendo de desejo e rolou para cima dele. Ela acomodou-se na masculinidade dele e lentamente ajeitou seu quadril até que se uniram em um só. Jax os rolou para que ele ficasse mais uma vez por cima. Seus movimentos ficaram mais rápidos e continuaram até que Jax ofegou:

- Estou indo.

Sydney murmurou:

- Estou pronta.

Eles explodiram juntos no clímax, caindo de costas, ofegantes.

Jax virou-se e tocou a bochecha dela.

- Syd? Você está chorando?

Ela virou-se para encará-lo e deu uma risadinha.

- Lágrimas de alegria. Uau! Eu nunca senti o que você me fez sentir. Você me levou lá e além.

Jax inclinou-se para frente e beijou a ponta do nariz dela.

- Fico feliz que esteja satisfeita. Sabe, você foi incrível. Eu queria fazer isso com você desde o primeiro dia em que nos conhecemos.

- Eu sei.

Ele apoiou-se no cotovelo.

- Você sabia? Como?

- Seus olhos o denunciaram.

- Sério? Então você se sentia da mesma maneira?

- Meu Deus, não. Você era muito arrogante e autoconfiante. Pode funcionar com as outras garotas da sua vida, mas não comigo.

- Você é uma diva. Então, quando é que você quis pular em cima de mim e ser gentil comigo?

- Há cerca de uma hora. - Sydney riu. - Se você pudesse ver sua cara agora.

- É mentira. Eu já peguei você me observando e o meu pessoal também.

Sydney franziu a testa.

- Você e sua equipe falavam de mim?

- Não sobre isso. Mas seus olhos também a denunciaram. Muito mais do que uma hora atrás.

- Ok, cowboy. Eu admito, mas eu não tinha certeza sobre isso até agora.

Jax deitou de costas e puxou Sydney para seu lado.

- O que você acha de tomarmos banho de novo, só que mais rápido desta vez e irmos ao Rattlesnake Grill? Estou morrendo de fome.

- Ok, eu vou atrás. Daí você não precisa me trazer.

- Mas e se eu quiser voltar para fazermos um amor gostoso?

- Hum... você não é o garanhão? Nada de ficar nas noites de trabalho. Não quero sofrer com os olhares dos seus homens pela manhã quando descobrirem que você dormiu aqui.

- Talvez eu tenha vindo trabalhar mais cedo.

- Eles não são idiotas, Jax. Você já provou isso.

- Ok, vamos fazer do seu jeito. Mas não espere que eu não vá mostrar afeto na frente deles. Eles vão descobrir bem rápido - porque, senhorita, estamos apenas começando.

JAX E SYDNEY caminharam de mãos dadas até o carro dela estacionado atrás da caminhonete dele. Eles tiveram um jantar maravilhoso cheio de risos e beijos roubados quando achavam que ninguém estavam olhando. Não que Jax se importasse com quem visse. Ele estava feliz. Havia algo de diferente nessa garota. As pessoas diziam que ele era instável. *Acho que eu era - mas com Sydney? Sem chance.*

- E aqui estamos. - Sydney soltou a mão dele para tirar as chaves da bolsa. Ela apertou o botão de desbloqueio e virou-se para Jax.

Ele a beijou na testa.

- Eu não quero me despedir. Olha, Syd... eu não sei o que significa tudo isso, mas tenho certeza que quero descobrir. Você é especial.

Sydney sorriu e bagunçou o cabelo dele.

- Eu também. Vamos tomar um café pela manhã antes de você começar a trabalhar, ok?

Jax a puxou para seus braços e a beijou. Ela deitou a cabeça no ombro dele e eles se abraçaram com força.

- Eu estarei lá. Boa noite. - Jax se despediu.

Ele entrou em sua caminhonete e esperou que ela saísse e fizesse uma meia-volta. Ele observou pelo espelho retrovisor até que os faróis dela desaparecessem. Ele não viu um homem parado nas sombras do outro lado da rua - observando. Ele ligou a caminhonete e dirigiu até o posto de gasolina para abastecer. *Melhor fazer isso agora do que amanhã de manhã.*

Jax deixou o posto de gasolina e cinco minutos depois estacionou na frente de sua casa. Quando ele chegou na varanda, seu pai estava esperando por ele.

- Pai? E aí? - Ele colocou a chave na fechadura e abriu a porta, acendendo a luz.

- Precisamos conversar, filho.

Jax olhou para o pai e franziu a testa. Depois do que tinha acontecido naquela noite, a última coisa que ele queria fazer era falar de negócios.

- Agora? Não pode esperar até manhã cedo? Posso passar no escritório antes de ir trabalhar.

O pai passou pelo filho e entrou. Ele encarou Jax.

- Não, precisamos fazer isso agora.

Jax ponderou a expressão séria no rosto do pai e deu de ombros.

- Tudo bem. Quer uma cerveja?

- Você tem uísque?

Sydney acordou assustada com o som do despertador. Ela estendeu a mão, apertou o botão de parar e rolou para o outro lado. Puxando o travesseiro em sua barriga, ela podia sentir o cheiro de Jax. Ela abriu os olhos com a memória do amor que eles fizeram no dia anterior. *Uau! Aquilo realmente aconteceu?* Ela sorriu.

Ela deveria estar eufórica. Afinal, foi revigorante, excitante - incrível. Mas ela estava com uma sensação incômoda. Sydney levantou-se e foi para o chuveiro. A sensação não foi embora, mesmo depois que ela se secou e se vestiu. Ela foi até à cozinha e apertou o botão da cafeteira. *Tem alguma coisa errada.* Esses sentimentos não deveriam ser ignorados. Ela sempre os sentiu. Chame de mediunidade, algo natural, o que preferir. Sempre que Sydney sentia um forte mal-estar tão intenso quanto esse que crescia dentro dela, coisas aconteciam. E nunca eram boas. O frustrante é que ela nunca sabia o que esperar. A espera era pelo pior; o questionamento sobre o quão ruim seria e quando as notícias chegariam. Ela olhou para o relógio, chocada com o tempo que estava ali sentada. *Onde está Jax? Era para ele vir tomar café comigo.*

Sydney ouviu a equipe chegando. *Jax ainda não chegou.* Ela

serviu-se de um café e foi até à sala. Poucos minutos depois, alguém bateu à porta. Ela abriu a porta e ficou surpresa ao ver duas pessoas paradas em sua varanda.

- Bom dia.

Um deles deu um passo à frente.

- Oi, você é a Sydney Grey?

- Sim, sou eu.

- Meu nome é Gordon Summit, o oficial de proteção contra incêndios desta área e esta é a prefeita Cindy Givens.

- Sim, eu sei quem são vocês. Eu estava na reunião sobre o incêndio. Entrem. - Ela os conduziu até à sala. - Gostariam de um pouco de café? Acabei de fazer.

- Não, obrigado - disse Gordon Summit.

A prefeita sorriu.

- Eu adoraria. Por favor, poderia ser com um pouco de leite?

- Por favor, sentem-se. Eu volto já. - Sydney encheu sua própria xícara e voltou com os dois cafés.

- Obrigada - agradeceu a prefeita Givens. - Eu amei o que você fez aqui. Esta sala é linda.

- Obrigada. Estou feliz com os resultados. A Rhyder Contracting realmente é ótima. - Sydney sentou-se. - Em que posso ajudá-los?

- O fogo passou a fronteira. Ele está indo para o nordeste no momento. Mais pessoas estão sendo evacuadas entre Osoyoos e a área anteriormente evacuada.

- Meu Deus... isso é terrível. - *Aí está a causa do meu "pressentimento"*. Ela não precisou esperar muito.

- Estamos abrindo o salão comunitário em Stoney Creek para abrigá-los. O que significa que o pessoal do Centro de Controle de Incêndio precisa de uma nova área para se instalar. E a sua fazenda foi recomendada. Sabemos que você tem um estúdio no andar de cima que poderíamos utilizar como escritório para nossas reuniões diárias e uma residência que poderia abrigar alguns de nossos funcionários. Você tem um prado enorme que pode abrigar tendas para nossos bombeiros. O Corpo de Bombeiros pagará por tudo.

Sydney olhou para a prefeita.

- Mas a reforma ainda não terminou. A inspeção predial final ainda não foi feita. Legalmente, aqui ainda não pode funcionar.

- É por isso que estou aqui. E o inspetor de construção - disse a prefeita Givens. - Ele está com os funcionários da Rhyder inspecionando a residência. Se ele a considerar habitável, emitirá uma aprovação temporária e nós lhe daremos uma licença comercial.

Ela voltou-se para o oficial de proteção contra incêndios:

- Então, como tudo isso funcionaria?

- Vamos providenciar banheiros químicos e chuveiros portáteis para os bombeiros que ficarão acampados do lado de fora. Forneceremos as tendas, roupas de cama e lixeiras.

- Eu tenho as roupas de cama para a residência e toalhas de banho, mas ainda não comprei os móveis para os quartos.

- Isso não é um problema. O Corpo de Bombeiros pode fornecer as camas. Se você puder fornecer os lençóis e travesseiros, nós traremos os cobertores. Não estamos procurando quartos quatro estrelas.

Sydney levantou-se.

- Vocês gostariam de ver o andar de cima?

- Por favor.

Os três subiram para ver o estúdio.

- É perfeito! Vejo que você utilizou o antigo piso de madeira. Ficou lindo! - elogiou Gordon. - Você investiu muito dinheiro e esforço na reforma. Saiba que devolveremos sua propriedade exatamente como a pegarmos. Qualquer dano causado a qualquer coisa, incluindo a propriedade externa, será consertado e pago pelo Corpo de Bombeiros. Não quero que você se preocupe com nada.

A prefeita acrescentou:

- A prefeitura fornecerá mesas de dois metros e cadeiras para colocarmos aqui em cima.

Eles saíram da casa e caminharam em direção à residência.

- Quantos vocês pretendem abrigar? E a comida? - perguntou Sydney.

Gordon respondeu às perguntas dela:

- Os bombeiros estão recebendo subsídio. Eles irão comer na cidade. Quanto ao pessoal do administrativo, serão eu, nosso oficial de informações e alguns funcionários em tempo integral. O Membro da Assembleia Legislativa vai ficar indo e vindo e alguns de Kamloops quando necessário. Digamos quatro permanentes e três em tempo parcial. Você consegue nos fornecer as refeições ou prefere que comamos na cidade também?

Sydney riu.

- Vocês não iriam gostar da minha comida, mas se preferirem comer na sala de jantar e o Corpo de Bombeiros incluir o custo para eu poder contratar um cozinheiro, isso pode funcionar.

- Feito! Às vezes trabalhamos por muitas horas e elas são imprevisíveis. Será bom trabalhar, comer e dormir no mesmo lugar - disse Gordon.

- Ainda estou procurando uma mesa que acomodará meus alunos quando o estúdio for inaugurado. - Sydney dirigiu-se à prefeita: - A prefeitura pode providenciar uma mesa e cadeiras extras para minha sala de jantar também?

- Nós faremos isso - disse a prefeita Givens.

Eles se juntaram ao inspetor de construção na residência. Os banheiros e a área de serviço estavam completos. Eram os quartos que faltavam terminar. As paredes haviam sido pintadas, mas o piso era de madeira crua. As molduras do rodapé ainda não tinham sido instaladas, nem ao redor das janelas. Os armários não tinham portas.

- Estes cômodos podem estar inacabados, mas são

habitáveis - disse Tim LeFavre, o inspetor de obras. - Não tenho problemas para emitir a licença. Mas sugiro que quando os meninos das obras públicas trouxerem as mesas e cadeiras, eles também forneçam algumas barricadas. Haverá muitos veículos estacionados nesta propriedade e precisará bloquear por onde passa a tubulação subterrânea. Não vão querer ninguém estacionando em cima dela.

- Muito bom - disse a prefeita Givens.

Sydney balançou a cabeça.

- Há tanto a considerar, fico feliz que todos vocês saibam o que estão fazendo.

- Certo, então, o que nos diz, senhorita Grey? Você está disposta a nos deixar invadir sua vida?

- É Sydney. Quando vocês desejam começar?

- O mais rápido possível. Vou voltar à cidade e pedirei a Kamloops para me enviar um contrato por fax. Estarei de volta antes do almoço. E se você aprovar e conseguirmos sua assinatura, voltaremos para iniciar a preparação esta tarde.

- Tudo bem. Estarei aqui.

Depois que eles saíram, Sydney sentou-se no balcão da cozinha com uma caneta e papel. Ainda havia alguns itens que ela precisava para fazer tudo isso. Ela os escreveu enquanto ainda estavam frescos em sua mente. Quando terminou, ela pensou em Jax. Ela não o tinha visto do lado de fora com a equipe. Seu estômago doeu e sua mão moveu-se inconscientemente para sua barriga. Intuitivamente, Sydney sabia que o incêndio era apenas o começo. Ainda não tinha acabado. *Tem mais coisa vindo.*

Ela saiu para procurar Brian, o capataz. Ela o encontrou no quintal, cortando moldes.

- O lugar está movimentado esta manhã - comentou ele.

- Ei, Brian. Você sabe por que Jax não veio hoje?

- Ele foi para Kelowna a negócios para o pai.

- Ah é? Você sabe quando ele volta?

- Ele não vai voltar.

- O que isso significa... ele não vai voltar?

Brian deu de ombros.

- Tudo que sei é que o pai dele me ligou esta manhã e disse que estava mandando Jax para fora da cidade por tempo indeterminado e, como encarregado, eu devo terminar este projeto.

Sydney sentiu como se alguém tivesse dado um soco em seu estômago. *Claro que algo poderia ter surgido em Kelowna que ele precisava lidar. Mas ele poderia ter me ligado.* Seus sentidos lhe disseram que havia muito mais do que isso.

- Posso ajudá-la com alguma outra coisa? - perguntou Brian.

Sydney concentrou-se no problema em questão. Jax teria que esperar.

- Ah... sim. Se o pessoal do Corpo de Bombeiros se instalar aqui, acho que teremos que suspender o resto do trabalho até o incêndio ser contido.

- Faz sentido. Além disso, quando eles começarem a preparar os aceiros, provavelmente contratarão a Rhyder Contracting e nosso equipamento para trabalhar para eles. Já fizemos isso no passado e eles vão precisar de alguns de nós lá.

- Ok, eles vão trazer um contrato para eu assinar ainda esta manhã. Se for satisfatório, você poderá encerrar por hoje. Mas estou pensando se eu poderia usar você e alguns de sua equipe para me ajudar a conseguir algumas coisas necessárias. Como uma lava e seca para a residência. Jax iria fornecê-la mais tarde, mas eu preciso de uma agora.

- Eu sei onde ele conseguiria uma. Nós podemos fazer isso.

- Vou precisar de algumas cortinas de banheiro e umas oito toalhas de mesa para a sala de jantar. Não me importa como elas são ou de onde vocês irão comprá-las, se vai ser de um brechó, de uma loja de 1,99 ou algo parecido. De qualquer lugar serve por enquanto.

- Entendi.

- E se puder, preciso que alguém passe o aspirador na

residência. Eu vou lavar os banheiros. Ah, vou precisar de cinco persianas para as janelas dos quartos. E novamente, eu não me importo com a aparência delas. Posso substituí-las mais tarde. Eu tenho uma lista que você pode pegar antes de sair.

- Não precisa, nós temos em estoque. Jax já as encomendou. Quando voltarmos à cidade com a sua lista, vamos buscá-las. E não se preocupe com os banheiros, nós vamos lavá-los. Tenho certeza que você tem muitas outras coisas para fazer.

Sydney sorriu.

- Vocês são incríveis. Muito obrigada.

- Nosso objetivo é agradar. Você tem sido uma cliente dos sonhos, Sydney. Todos nós gostamos de trabalhar para você.

- Para mim não, comigo.

❧ 16 ☙

Sydney voltou para dentro de casa e para sua lista. Mas sua mente não conseguia se concentrar. Seu corpo estava pesado e ela se arrastava a ponto de doer os ossos. *Por que essa sensação de pavor desgastante não passou ainda? Já deu, chega! É sobre Jax e o fogo. Vou lidar com isso. Vá embora.* Mais uma vez, seu poder intuitivo assumiu o controle. *Errado!* Ela não conseguia se livrar da sensação de que o pior ainda não havia acontecido. *Ok, então as coisas acontecem em três etapas. Pode vir.*

Ela voltou a trabalhar em sua lista. A próxima coisa que ela precisava fazer era encontrar um cozinheiro. *Eu não conheço nenhum. Quem seria? Talvez a Jessie.* Mas ela estava trabalhando no hospital em Oliver. *A mãe de Jessie?* Sydney procurou o número do telefone e ligou para Nancy Farrow.

— Alô?

— Oi, senhora Farrow. É a Sydney Grey. Tudo bem?

— Estou bem, querida. Ouvi dizer que você anda bem ocupada arrumando a casa de fazenda. Já deve estar terminando.

— Estou sim, e estou bem ansiosa para que fique pronta. Você está sabendo que o fogo cruzou a fronteira do Canadá?

— Sim, é assustador.

- Com certeza. Liguei para perguntar se a senhora conhece algum cozinheiro que eu possa contratar por um curto período de tempo. Alguém que cozinhe ao estilo de acampamento. O Corpo de Bombeiros vai alugar minha casa porque o salão comunitário agora é um refúgio para os desabrigados. Preciso de alguém para cozinhar refeições para cerca de quatro a sete pessoas.

- Hum... sabe, tem uma viúva, Beatrice Gurka. Recentemente, ela se aposentou do trabalho em tempo integral e trabalha meio período em um bufê. Aposto que ela adoraria o trabalho. Quando era mais jovem, ela e o marido trabalhavam nos acampamentos madeireiros em Okanagan.

- Ela parece ser a pessoa perfeita.

- Espere enquanto pego o número dela para você. Ela não está na agenda.

Sydney ouviu a senhora Farrow pousar o telefone. Quando ela voltou e deu o número, Sydney agradeceu. Poucos minutos depois, ela marcou uma entrevista com a senhora Gurka para às treze horas. *Mais uma coisa fora da lista.*

Uma hora depois, o oficial de proteção contra incêndio estava de volta com um contrato.

- Uau, isso foi rápido! - Ela o convidou para ir até à cozinha, fez um café fresco e sentou-se para ler o contrato. - Isso é mais do que generoso, e cobre tudo. - Ela assinou o contrato e a cópia, sorriu e estendeu a mão. - Temos um acordo, senhor Summit.

- Não até você me chamar de Gord.

- Gord!

Gord enfiou a mão em sua pasta e entregou a ela um cheque e um envelope marrom.

- Aqui está uma parte do dinheiro adiantado. Tenho certeza de que você precisa de algum capital para preparar as coisas rapidamente.

Sydney ergueu as sobrancelhas.

- Obrigada.

- Não vamos a lugar nenhum por um tempo e queremos que você seja feliz.

Ela pegou o envelope.

- O que tem aqui?

- É uma aprovação de inspeção temporária e uma licença comercial. A prefeitura disse que você pode acertar com eles mais para frente.

Ela levantou e pegou um café para Gord.

- Você estava planejando dormir aqui esta noite?

- Só se o caminhão chegar de Kamloops com nossas camas e cobertores. Não se preocupe com nossas refeições de hoje.

- Tem uma senhora que irá chegar em breve que poderá trabalhar como cozinheira. Eu aviso você.

Gord terminou seu café.

- Ok, estou indo. Estaremos de volta à tarde para arrumarmos o andar de cima. Ah, haverá dois helicópteros trabalhando no lado leste do incêndio. Eles usarão os lagos de Osoyoos para encher seus baldes. Um terceiro verificará o lado norte por conta própria. Gostaríamos que ele reabastecesse em seu lago. Ele pode ir e vir sem se preocupar com os outros caras. Ele está abastecendo em Osoyoos e deve estar aqui em breve para seu primeiro abastecimento.

Sydney sentiu-se sobrecarregada. Ela sabia que os níveis de atividades estavam prestes a atingir grandes proporções.

- Ah... é melhor eu avisar Brian e os meninos para alterarem a rotina. Não haverá mais reforma por enquanto. Eles irão comprar para mim uma lava e seca para a lavanderia da residência e uma lista com várias outras coisas.

- Então estarei fora de seu caminho.

Ela acompanhou Gord até a porta e o seguiu para fora.

- Estou feliz por termos encontrado este lugar. Isso realmente tornará as coisas mais fáceis para nós. - Gord fez uma pausa, parecendo estudar o rosto dela. - E não se estresse com nada disso. Tudo irá se resolver. Nós vamos ajudá-la.

Acredite em mim, já fizemos isso várias vezes do que gostaríamos de lembrar.

- Obrigada. Até logo.

Sydney contornou a lateral da casa para informar Brian sobre as últimas notícias. Brian reuniu os homens e deu-lhes ordens para pararem de trabalhar. Eles guardaram suas ferramentas e limparam a área de trabalho deles, caso o Corpo de Bombeiros precisasse do espaço. Em seguida, eles dirigiram-se à residência para deixá-la pronta para a ocupação.

Sydney voltou para casa para se reorganizar. A senhora Gurka chegou e Sydney a informou sobre o que seria necessário.

- Então, do que você está precisando? Quer que eu lhe ajude na cozinha? Você quer que eu fique aqui ou só para fazer os jantares?

Sydney ficou chocada.

- Oh, céus, não, Beatrice. Eu sou uma péssima cozinheira. Preciso de uma pessoa que assuma o comando de tudo. A cozinha é sua, assim como a compra dos alimentos, o planejamento das refeições e o preparo da comida. Eu quero que alguém faça isso para mim e comande tudo sem nenhuma interferência minha. Embora, se a senhora precisar, eu posso ser sua assistente. Posso ajudar com a limpeza e coisas parecidas.

A cabeça da mulher foi para trás junto com seus ombros e ela sorriu de orelha a orelha.

- Nesse caso, eu sou a pessoa certa... e me chame de Bea. Quando você quer que eu comece?

Sydney parecia aflita.

- Ontem?

- Aqui está o que eu gostaria: se você tiver um quarto para mim, eu venho para cá hoje mesmo. Esse pessoal tem horários estranhos. Às vezes eles pulam as refeições e querem bebidas e lanches o tempo todo.

Sydney soltou um suspiro.

- Deixe-me pensar. Eu tenho um quarto, mas... - Ela apoiou-se no cotovelo e colocou a mão sobre a boca. - Ok, esqueça isso por enquanto. - Ela pegou um pedaço de papel e escreveu um valor. - Estou pensando em um contrato com um preço fixo que inclui o custo das compras. Este valor é para uma semana e será estendido conforme necessário. - Ela deslizou o papel para Bea.

A mulher arregalou os olhos.

- Caramba, mulher. É muito dinheiro!

- É o governo quem está pagando por tudo isso. Eles têm sido muito mais do que generosos comigo e você merece o mesmo.

- Feito.

- Eu não tenho dinheiro aqui comigo e não posso sair daqui. Vou te dar um cheque para cobrir a primeira semana. Você pode descontar na cidade hoje e comprar alguns mantimentos. A propósito, você vai ser paga por semana, independentemente de quando o trabalho irá terminar.

- Estarei de volta em algumas horas a tempo de fazer o jantar para aqueles que estarão aqui e você está inclusa. Você poderá comer também.

Sydney riu.

- Estou ansiosa por algumas refeições caseiras.

Bea olhou a cozinha.

- E eu estou ansiosa para trabalhar nesta bela cozinha de última geração. Você se importa se eu der uma olhada nas gavetas e nos armários? Posso querer trazer algumas das minhas panelas e utensílios favoritos comigo.

- Claro, fique à vontade. Estou tão feliz por tê-la encontrado, Bea. A senhora tirou um peso enorme dos meus ombros.

Bea deu um tapinha no braço de Sydney enquanto vagava perdida em seus pensamentos sobre panelas e utensílios.

SYDNEY ACOMODOU-SE no sofá com os pés para cima para desfrutar de alguns minutos de paz. Provavelmente os últimos por um tempo. Bea tinha saído para fazer seus afazeres e ela esperava que a qualquer minuto os administradores de incêndio chegassem. Seus pensamentos foram para a equipe da Rhyder. Ela deu uma risadinha. *Pobre Brian.* Quando eles foram pegar a lista de compras, ela acrescentou uma cama de solteiro, uma cômoda e um abajur para Bea. Mais uma vez, ela disse a Brian que não se importava com a aparência, desde que estivessem limpos e com uma boa aparência. O quarto de hóspedes ainda estava vazio e algo a impediu de dar a Bea o quarto de sua avó. Ela também deu a ele as chaves da fazenda e pediu-lhe que fizesse algumas cópias. Ela estava pedindo muita coisa, mas se eles dividissem as tarefas entre eles, fariam tudo naquela mesma tarde. Assim que eles saíram, ela foi para a residência e colocou os lençóis, travesseiros e toalhas extras nos armários da lavanderia. Ela certificou-se de que havia várias toalhas e sabonetes nos banheiros também. Ela colocou algumas roupas de cama, cobertores e um travesseiro no closet do quarto de hóspedes de Bea.

Ela teve dez minutos para descansar quando ouviu os caminhões chegando e foi até a porta para cumprimentá-los. Gord disse a ela que as camas estavam a caminho e chegariam naquela noite. Sydney o levou até à residência para mostrar-lhe onde os lençóis estavam guardados e que os chuveiros estavam prontos para o uso.

Ela também contou que tinha contratado uma cozinheira e o jantar daquela noite seria servido.

Gord sorriu.

- Viu só, eu disse que daria tudo certo. Veja só o que você conseguiu fazer desde que saímos.

Sydney recuou para deixar o primeiro deles subir a escada com as caixas. Dois membros da equipe do serviço público entraram carregando duas mesas de dois metros. Ela os levou até à sala de jantar e eles abriram uma mesa. Um dos homens virou-se para ela.

- Vamos colocar esta contra a parede para o caso de você precisar de mais uma. E vamos deixar algumas cadeiras ali naquele canto. - Ele apontou para um canto perto da porta francesa.

- Maravilha! Obrigada.

Enquanto o caos organizado se desenrolava, o celular dela tocou. Sydney correu até a cozinha e olhou para ele no balcão. A tela exibia *Interior Health*. Seu estômago contraiu de pavor. Ela sabia. *É isso! O terceiro incidente que mudará meu mundo. Este é o pior deles!*

Sydney pegou o celular e o colocou lentamente no ouvido:

- Alô?

- Sydney Grey?

- Sim, sou eu. - As palavras seguintes atingiram sua cabeça como uma britadeira em uma câmara de eco.

- Aqui é do Hospital Geral de Kelowna. Sinto lhe informar que sua avó, Elizabeth Grey, sofreu um acidente.

❀ 17 ❀

Sydney sentou-se na sala de espera enquanto Jessie foi buscar um café para as duas. Sua avó estava em cirurgia. Ela tinha tropeçado na escada e acabou quebrando o tornozelo. Ter Jess com ela era uma dádiva de Deus. Quando o hospital ligou, eles disseram a ela que levaria algumas horas antes que eles pudessem levá-la para cirurgia para restaurar o osso. Ela estava sob efeito de morfina e estava descansando confortavelmente.

Jessie voltou com o café.

- Obrigada. Estou muito grata por pegá-la quando você voltava para casa do trabalho. Significa muito para mim ter você aqui comigo. Acabei de falar com Brian. Todos estão acomodados, o quarto de Bea já está todo arrumado e ela preparou um jantar maravilhoso com lasanha, salada Caesar e pão de alho para todos. Amanhã os bombeiros chegarão com as tendas.

- Eu disse que eles ficariam bem. Os caras do Corpo de Bombeiros já passaram por isso várias vezes. Eles sabem o que fazer. E Bea parece um presente.

- Com certeza. Pedi a Brian que fizesse cópias das chaves da casa e da residência. Ele deu um para Bea, uma para Gord e outra para Kathleen, a oficial de informações de incêndios. Eles estão por conta própria até voltarmos. - Sydney recostou-se e encostou a cabeça na parede. - Que droga, Jess. Tem sido um dia terrível.

- Verdade. Tudo o que temos que fazer agora é tirar sua avó daqui e voltar para a fazenda.

- Ela vai protestar, mas não vai ter jeito. Eu não posso ficar aqui com todas aquelas pessoas morando na minha casa. E vovó não poderá ficar sozinha tão cedo.

- Estou de folga por uma semana. Eu solicitei isso quando o status do fogo mudou. Eu poderei ajudá-la com sua avó. Afinal, sou enfermeira.

Sydney virou a cabeça para Jessie.

- Você realmente é uma ótima amiga, Jess. Devo isso a você.

Jessie franziu a testa para ela.

- Aceito o elogio, mas amigos não devem nada uns aos outros. Um amigo de verdade fica do nosso lado quando é importante.

Ela pegou a mão de Jessie e apertou-a com força.

- Eu odeio que ela viva tão longe de mim. É a primeira vez que fico sozinha e bum, ela está com problemas.

- Pare com isso. Você está se sentindo culpada e isso é ridículo. Sua avó não é uma idosa que você abandonou para que se virasse sozinha. Ela tem sessenta e poucos anos, trabalha, tem amigos e cuida da própria vida. Você sabe que ela pode cuidar de si mesma. Foi um acidente que qualquer um de nós poderia ter sofrido. E você veio quando ela precisou de você.

Sydney sorriu.

- Você está certa. Vovó me diria a mesma coisa.

- Então por que Brian está cuidando de tudo para você? Onde está Jax?

- Jax? Aparentemente, ele está aqui em Kelowna a negócios para o pai.

O dia tinha sido muito caótico para ela ter tempo de pensar em Jax. Não que ela estivesse chateada por ele ter partido por tempo indeterminado. Ela não era possessiva. Negócios são negócios. É que ele não tinha lhe avisado. Depois da noite anterior, ela pensou que a relação deles tinha passado para outro nível. Depois de tudo o que eles tinham conversado, ela acreditou nele quando ele disse que queria continuar vendo ela. E eles tinham um encontro para o café naquela manhã. Tudo o que ele precisava fazer era ligar avisando. E Brian disse que ele não voltaria.

- Sydney?

Ela saiu de seus pensamentos e olhou para cima e viu o doutor Vaser caminhando em sua direção. Ela levantou-se para falar com ele.

- Ela saiu da cirurgia e está se recuperando. Ela está acordada. Está tudo bem. Restauramos o osso e usamos parafusos para prendê-lo no lugar. Colocamos um gesso no tornozelo dela logo abaixo do joelho. Eles devem transferi-la da UTI para o quarto em meia hora e então você poderá visitá-la. Vamos mantê-la aqui esta noite e, se tudo estiver bem, darei alta para ela amanhã.

- E o que acontece depois?

- Nas duas primeiras semanas, repouso total com o pé para cima na cama ou em uma cadeira. Ela não poderá colocar o pé no chão por cerca de quatro semanas. Isso significa que ela terá que usar muletas. Mas nada de muletas nas primeiras duas semanas, até que os analgésicos sejam reduzidos. Ela vai precisar de uma cadeira de rodas. Depois disso, daremos a ela um gesso e ela fará fisioterapia. Levará pelo menos três meses para curar adequadamente se ela seguir minhas ordens.

- Obrigada, doutor - agradeceu Sydney.

- Tem alguém para ficar com ela durante o primeiro mês?

- Eu vou levá-la de volta para a casa de fazenda em Stoney

Creek. Jessie que está aqui comigo é enfermeira e nós cuidaremos dela.

O doutor Vaser sorriu e assentiu com a cabeça para Jessie.

- Que bom. Ela precisará voltar em duas semanas para que possamos verificar a incisão e a recuperação e, após duas semanas, para colocar o gesso ou a bota. A enfermeira virá buscá-la quando ela for para o andar de cima. Vejo vocês pela manhã.

- Obrigada. - Sydney sentou-se com Jessie. - Você e eu podemos ficar na casa de vovó esta noite. Vamos arrumar as coisas dela e trazê-las conosco quando a pegarmos. Eu não a quero perto da própria casa. Ela vai resistir a tudo para poder ficar em casa.

A enfermeira apareceu logo depois e deu-lhes o número do quarto. Sydney não podia acreditar como sua avó estava pálida quando elas entraram para vê-la. Ela estava em um quarto particular. A enfermeira disse que ela teve sorte. Era só o que eles tinham e decidiram que ela precisava de uma boa noite de sono, por isso o quarto tinha ficado para ela.

- Vovó? - ela chamou suavemente.

Sua avó abriu os olhos e sua boca se curvou em um sorriso.

- Oi, querida.

Sydney pegou a mão da avó.

- A senhora certamente nos deu um susto. Mas vai ficar bem.

- Eu estava carregando roupas sujas para cima e algo estava pendurado. Eu pisei nele, ele me parou de repente e então eu caí. O médico disse que quebrei o tornozelo.

- Sim, quebrou. A cirurgia correu bem. Tudo que a senhora precisa fazer agora é descansar, ser mimada e se curar.

- O médico disse que provavelmente posso ir para casa amanhã. Você passa lá para dar comida ao Caesar?

- Eu e a Jessie vamos ficar na sua casa esta noite, vovó. Não se preocupe com seu gato.

A avó deu um tapinha na mão da neta.

- Você é uma garota muito boa.

Sydney sorriu. Sua avó estava tão dopada que falava com ela como se Sydney fosse uma criança.

- Vovó, eu vou embora para a senhora poder dormir. Estaremos de volta pela manhã, ok?

- Ok. - A avó fechou os olhos e adormeceu imediatamente.

Sydney a beijou na bochecha e elas foram embora.

No DIA SEGUINTE, Sydney levou duas malas para o carro. Ela encontrou a caixa de transporte para gatos na garagem, lavou-a e colocou uma toalha junto com o brinquedo favorito dele. Caesar estava inquieto. Ele sabia como a maioria dos animais que algo estava errado. Quando ela o pegou e o carregou até a cozinha, ela manteve a atenção dele focada em seu rosto para que ele não visse a caixa em cima do balcão com a porta aberta. Ela caminhou até à caixa esfregando as orelhas dele e falando suavemente. Ela agarrou a nuca dele com uma das mãos e colocou a outra sob sua barriga. Ela o empurrou para dentro da caixa antes que ele percebesse o que estava acontecendo. Ele soltou um uivo, mas nessa hora a porta já estava fechada e trancada. Caesar protestou com uma série de miados altos. Sentindo que era inútil, ele se acomodou na toalha e foi dormir.

Quando chegaram ao hospital, a avó já havia recebido alta. O médico deu as instruções finais a sua avó e a enfermeira entregou a Sydney uma receita de analgésicos, instruções de banho e uma folha listando os equipamentos médicos a serem recolhidos no armário da Cruz Vermelha em Oliver no caminho de volta.

Sydney deu a notícia a avó de que ela voltaria para casa com ela.

- Ah não, não vou não. Eu quero ficar na minha própria casa - disse ela em um tom desafiador.

- Isso não vai ser possível. Não posso ficar em Kelowna agora e a senhora não pode ficar sozinha.

- Eu tenho meus amigos e vizinhos, eles vão me ajudar.

- Eles teriam que morar com a senhora durante o primeiro mês. A senhora ficará de repouso na cama por pelo menos duas semanas.

- Então eu contrato uma enfermeira em tempo integral.

Jessie avançou e sentou-se ao lado de Elizabeth.

- A senhora realmente quer ter um estranho morando na sua casa quando se tem a mim e sua neta? Eu sou enfermeira e adoraria cuidar da senhora.

Elizabeth Grey suavizou um pouco.

- É muito gentil da sua parte. Mas há muito o que fazer para deixar minha casa por um mês.

- Já está tudo feito, senhora Grey. Sydney cuidou de tudo esta manhã.

Elizabeth olhou desconfiada para a neta.

- Do que você cuidou?

- Bom, vejamos, arrumei duas malas de roupas e produtos de higiene pessoal, trouxe seu próprio travesseiro e cobertor favorito. Peguei seus papéis pessoais; hipoteca, seguros, serviços bancários, etc. e peguei seu laptop. Fechei o registro, suspendi seu telefone na taxa de férias, ajustei o temporizador de luz para a noite, cancelei seu jornal, desliguei o ar-condicionado e avisei seus vizinhos para que eles fiquem de olho na casa. No caminho para cá, passei nos correios e transferi temporariamente sua correspondência para o meu endereço. E Jessie vai nos seguindo de volta para a fazenda em seu carro. Ele estará seguro lá. Esqueci de alguma coisa?

Sua avó tentou esconder um sorriso.

- Espertinha. Não gosto que você tenha feito tudo isso sem me consultar. E eu não gosto que me digam o que fazer.

Sydney sorriu.

- A senhora estava dopada. Como eu poderia ter falado com a senhora antes?

A avó suspirou.

- Como é que você se tornou tão inteligente?

- Com certeza por causa da senhora.

Elizabeth riu e deu um tapa no braço da neta.

- Neste caso, eu lhe perdoo. De qualquer forma, estou morrendo de vontade de ver o que você anda fazendo na fazenda. Então, vamos. O que estamos esperando?

A enfermeira foi buscar uma cadeira de rodas e todas dirigiram-se para o elevador.

- Espere! - gritou a avó.

Assustada, Sydney virou-se e olhou para ela, que parecia estar em estado de choque. Ela ajoelhou-se ao lado da cadeira de rodas e perguntou:

- O que foi, vovó?

Elizabeth olhou para Sydney e então para Jessie.

- Caesar. O que vocês fizeram com meu Caesar?

Sydney e Jessie riram.

- Caesar está bem, vovó. Ele está na caixa de transporte no meu carro. Ele vai amar a vida na fazenda. Há muitos ratos gordos que terão uma surpresa.

$\maltese$ 18 $\maltese$

A descida até a fazenda foi tranquila. A avó dormiu na primeira metade da viagem. Sydney deu a ela outro analgésico quando chegaram em Oliver e ela ficou bem confortável o resto do caminho. Enquanto Jessie entrava no hospital em Oliver para pegar uma cadeira de rodas, um par de muletas, uma cadeira de chuveiro e um assento sanitário elevado com braços, Sydney a informou sobre o fogo e o que estava acontecendo na fazenda.

- O que acontecerá se eles evacuarem Stoney Creek?

- Eles vão mudar o Corpo de Bombeiros para outro lugar e nós vamos fazer as malas e voltar para sua casa em Kelowna. Eles não precisarão mais da fazenda.

Elizabeth parecia horrorizada.

- Oh, querida. Espero que você não perca a fazenda para o fogo.

Sydney pensou no que Jax havia dito a ela para acalmar seu medo sobre isso. *Foi só há dois dias?* Seu coração ficou pesado.

- Isso não vai acontecer. E, se acontecer, vamos reconstruir.

Era hora do jantar quando elas chegaram. Assim que

Sydney entrou na fazenda, ela se deu conta de uma coisa que nenhuma delas havia pensado. *Como vou fazer para levar vovó para dentro de casa? Não há acesso para cadeiras de rodas e ela ainda não pode usar muletas.*

Ela estacionou em frente aos degraus.

- Espere um pouco, vovó. Eu já volto.

Sydney entrou em casa e, para sua surpresa, havia uma mesa cheia de gente comendo na sala de jantar. A princípio eles não a notaram. O nível de ruído enquanto eles riam e comiam a lembrava de estar em um bar barulhento.

- Oi - disse ela.

Todos na mesa pararam de falar e olharam para ela. Imediatamente, eles começaram a fazer perguntas. Ela ouviu alguém dizer:

- Sydney, bem-vinda de volta. Como está sua avó? - Era Brian. *Por que ele ainda está aqui?*

- Ela está bem, assim como esperávamos. Mas eu preciso de uma ajudinha. Temos que tirá-la do carro até a varanda. Eu tenho uma cadeira de rodas.

Gord, o oficial de proteção contra incêndios levantou-se.

- Brian e eu podemos ajudar. Vamos, filho.

Eles seguiram Sydney para fora. Jessie havia chegado e estava montando a cadeira de rodas perto da porta do carro.

- Olá, senhora Grey, sou Gord e este é Brian. Vamos colocá-la nesta cadeira de rodas para entrarmos. - Gord era um homem alto, robusto e certamente em ótima forma. - Só vou virar a senhora de lado em direção à porta. A senhora não é pequenininha. Se quiser colocar os braços em volta do meu pescoço, vou levantá-la e colocá-la na cadeira. - Ele fez isso tão rápido que Elizabeth estava na cadeira de rodas com a perna apoiada no suporte antes que percebesse. Ele a levou até a varanda e a virou de costas para a escada.

- Ok. Brian, você pega esse lado que eu pego deste. Calma aí, senhora Grey, vamos levantá-la no ar e passar por cima dos degraus até a varanda.

Sydney seguiu apenas para ter certeza de que fariam com segurança...

A avó ergueu as sobrancelhas para Sydney e um sorriso malicioso se espalhou pelo seu rosto. Ela acenou com a cabeça na direção de Gord.

- Gostei dele.

Sydney ficou chocada. *Ela está flertando?* Nunca em toda sua vida ela tinha visto a avó flertar com um homem.

Gord riu enquanto colocavam Elizabeth na varanda.

- Bom saber, já que vamos compartilhar a mesma casa por um tempo.

- Bom, será divertido e pode me chamar de Elizabeth.

Ele virou a cadeira e empurrou-a para dentro de casa, os dois tagarelando.

Sydney e Jessie trocaram olhares.

- Acho que são os remédios, Jess. - As duas riram. Ela virou-se para Brian. - Muito obrigada por tudo o que você fez. Mas por que você ainda está aqui?

- Jax me pediu para ficar até você voltar.

O coração dela disparou.

- Jax? Ele voltou?

- Não, eu liguei para ele para falar da reforma e informá-lo sobre o que estava acontecendo aqui. Quando eu contei a ele sobre o acidente de sua avó, ele me pediu para ficar e ajudar. Sou o único aqui que conhece o funcionamento do lugar sem você. Ele queria ter certeza de que a residência estaria digna para receber os hóspedes e que não haveria falhas nos chuveiros, etc.

- Foi muito gentil da parte dele.

- Ele também estava preocupado com o fato de a inspeção final não ter sido realizada, mas eu expliquei tudo a ele. Agora que você está de volta e tudo parece bem, eu vou embora.

- Eu interrompi seu jantar. Por favor, termine de comer antes de ir.

Brian riu.

- Eu adoraria. Bea é uma cozinheira maravilhosa. Tenho certeza de que há mais do que o suficiente para você e Jessie.

Jessie gemeu.

- Estou morrendo de fome. Mas vamos acomodar sua avó na cama primeiro.

Quando elas se juntaram a Elizabeth, ela estava entusiasmada com a reforma.

- Oh, Sydney, ficou tudo tão lindo! Eu não tinha ideia de que ficaria assim. O piso de madeira, a escada - um trabalho deslumbrante.

- É mesmo. Vamos levá-la para a cama, vovó. A senhora deve estar exausta.

- Estou cansada, mas ainda não, quero ver a casa. Pelo menos este andar.

Jessie empurrou a cadeira de rodas e Sydney caminhou ao lado da avó, mostrando as coisas que Jax tinha feito. Quando elas chegaram à cozinha, ela ficou sem palavras.

- Oh... uau! Eu teria amado uma cozinha como esta quando morávamos aqui.

Bea entrou apressada na cozinha carregando pratos vazios.

- Oi, Lizzie, bem-vinda de volta!

- Bea? É você?

- Pode apostar que sim. Como está se sentindo, querida?

- Um pouco chapada no momento. Tenho certeza que a dor vai voltar uma hora.

Sydney interrompeu:

- Vocês duas se conhecem?

- Claro que sim. Éramos rivais quando fazíamos tortas na Feira Anual de Outono. Bea sempre vencia. Nunca consegui superar a torta de maçã dela.

- Isso foi até aquele último ano, quando Pam roubou minha receita e deu para Chelsea.

As duas mulheres riram compartilhando um momento de nostalgia.

Sydney ficou olhando para Bea.

- Você deve ser a mãe de Pam, a melhor amiga de minha mãe.

- Isso mesmo.

Sydney olhou para a avó que a encarava de maneira esquisita. *Ops.* A avó não sabia sobre os diários. *Eu não deveria saber sobre a Pam.* Ela disparou em direção à lavanderia.

- Vamos Jess, traga sua majestade junto. Vamos continuar a tour. - Ela tagarelou para distrair a avó até que elas chegassem ao quarto principal.

- Eu pensei em colocar a senhora no meu quarto porque é maior e tem suíte. Mas então percebi que não conseguiríamos colocar a cadeira de rodas no banheiro. Então, acho que a senhora ficará melhor em seu próprio quarto com a gente te levando até o banheiro principal.

- É um quarto lindo - para você. Não gosto desses roxos e laranjas. Mostre-me meu quarto.

Jessie e Sydney riram e a levaram para o corredor. Elas pararam no banheiro. Gord já havia esvaziado os dois carros e instalado o assento.

- Este é um bom homem - disse Elizabeth.

- Senhora Grey, que tal eu ajudá-la já que estamos bem aqui. Foi uma longa viagem e, então, a levaremos para a cama. - Jessie empurrou a cadeira para dentro do banheiro.

Sydney foi em direção ao quarto. Ela tirou as malas do caminho, colocou a caixa de areia para gatos em um canto e uma tigela com água e comida para Caesar em outro. Ele estava bem irritado, batendo contra a porta para sair de sua caixa.

Jessie entrou com Elizabeth, cuja cabeça foi em todas as direções ao mesmo tempo. Suas mãos voaram até a boca.

- Oh, Sydney... este quarto é a minha cara. Você me conhece tão bem! As cores quentes e as flores. Muito mais aconchegante do que seu quarto.

E novamente elas riram.

- Então a senhora gostou?

- Não, eu amei. Eu nunca imaginei que sua decoração ficaria assim tão elegante. Muito obrigada.

Jessie a colocou ao lado da poltrona perto da janela saliente e ela e Sydney arrumaram a cama.

- Oh, meu Deus, vocês vão querer ver isso - disse Elizabeth.

Elas se juntaram a ela na janela. O prado ao lado do pomar das árvores de magnólia estava cheio de tendas. Havia homens sentados em grupos e deitados no chão. Alguns estavam nadando no lago.

- É a equipe de bombeiros - disse Sydney.

De repente, um barulho vindo de cima foi ficando cada vez mais alto. Os homens que estavam nadando no lago saíram a tempo de um helicóptero com um balde aparecer. Elas o observavam enquanto ele ia descendo até o balde submergir. Ele pairou por um tempo e subiu para puxar o balde cheio para fora do lago.

O barulho e a quantidade de pessoas na fazenda fizeram Sydney refletir. Parecia que elas estavam em um campo de batalha.

- Acho que trazer a senhora para cá não foi uma boa ideia. É muito barulho.

- Você está de brincadeira? Se eu tivesse que ficar sem colocar o pé no chão por duas semanas em casa, eu ficaria doida. Pelo menos aqui terei algum estímulo. Eu amei. E amei meu quarto.

Elas colocaram Elizabeth na cama.

- Confortável? - perguntou Sydney.

- Hum... muito.

- A senhora está com fome?

- Não, acho que preciso tirar uma soneca. Talvez eu coma mais tarde.

Sydney a beijou.

- Vou deixar o Caesar sair da jaula. Preparei tudo para ele

aqui. Vamos fechar a porta para que ele possa ficar com você esta noite. Amanhã deixaremos ele explorar a casa.

Elas deixaram Caesar explorar o quarto. Ele farejou a caixa de areia e foi até sua tigela de comida. Ele deu algumas mordiscadas e saiu andando. Sydney o pegou e o colocou na cama ao lado de Elizabeth. A avó esfregou as orelhas dele e falou suavemente:

- Oi, bebê. Estou aqui. Venha com a mamãe. - Caesar lambeu a mão dela e se aproximou. Ele acomodou-se e certificou-se de que suas costas encostassem no quadril dela.

Quando Sydney e Jessie saíram, a avó fechou os olhos. Caesar estava com uma pata apoiada na mão dela. Ele estava ronronando e ela sorrindo. Elas fecharam a porta atrás delas.

As duas meninas olharam uma para a outra e Sydney soltou um longo suspiro.

- Obrigada, Jess.

Jessie abriu os braços e as duas se abraçaram fortemente.

- Você se saiu muito bem como neta.

Acomodada em sua cama naquela noite, Sydney sentia-se reprimida demais para dormir. Mas o estresse dos últimos dias a tinha deixado exausta. Assim que fechou os olhos, o sono a levou imediatamente.

ELA ABRIU os olhos e sentiu uma mudança no quarto. A temperatura havia caído e ela estava com frio. Os números digitais vermelhos do despertador marcavam três e quinze da manhã. Um movimento repentino chamou sua atenção perifericamente e ela virou a cabeça. A luz da lua que entrava pela persiana destacou uma figura negra ao pé da cama.

Ela deixou escapar um grito sufocado:

- Aaah... - Sydney pulou na cama e encarou a figura escura. Seu coração batia forte em seus ouvidos. Ela não conseguia identificar quem era. *Um dos funcionários ou algum bombeiro?*

- Quem é você? O que você está fazendo no meu quarto?

Assim que ela falou com a figura, ela se dissipou em uma névoa sem forma. Segundos depois, ela havia desaparecido da vista dela.

Sydney olhava para a escuridão atordoada. Ela acendeu o abajur da cabeceira, vasculhando com os olhos cada canto do quarto. *Nada. Que diabos foi isso?* Ela saiu da cama e entrou no banheiro. Ela lavou o rosto e as mãos e olhou para seu reflexo no espelho. *Deve ter sido um sonho. Não há outra explicação.*

Ela voltou para a cama sem sono. *Não vou dormir agora.* Ela pegou o terceiro diário de sua mãe da mesa de cabeceira e começou a ler.

❧ 19 ❧
UMA VIDA INESPERADA, 1995-96

2 de setembro

Querido diário,
Eu mal consigo escrever isso. Mas preciso porque não posso mais ignorar. ESTOU GRÁVIDA! MEU DEUS... nem consigo acreditar que estou realmente escrevendo isso. E sabe o que é pior? Eu não sei quem é o pai! Acho que minha última menstruação foi uma semana antes de Chaz ir embora. Nós fizemos amor duas vezes naquela semana. Então, duas semanas depois, eu fiquei com Danny. Jesus... eu nem sei o sobrenome dele. Eu tive um corrimento com sangue em julho e pensei que era o meu emocional por causa de Chaz. Mas meu corpo está mostrando mudanças. Fui ao médico ontem e é oficial. O bebê está previsto para abril. Eu não sei o que fazer. Pam é a única que sabe, porque devemos nos mudar para Kelowna em dezembro para começar a estudar em janeiro. Como posso contar a mamãe? Ela vai ficar tão decepcionada comigo. E papai? Ele vai me odiar mais ainda. Talvez ele me expulse de casa. Mas eu me protegi, então como isso aconteceu????

5 de setembro

Querido diário,
Mamãe está olhando para mim desconfiada. Eu vomitei esta
manhã. Enjoo matinal. Não posso adiar mais. Eu vou contar a
ela quando papai for ao celeiro.

6 de setembro

Querido diário,
Meus pais estão sabendo. Mas não contei a eles quem é o pai
(como se eu soubesse). Foi difícil ver minha mãe chorando. Ela
contou ao papai. Ele ficou tão bravo que saiu de casa e não
voltou o dia todo. Lembra que eu disse que eles nunca se falam?
Apenas coexistem? Falar é tudo o que eles fazem agora - sobre
mim. Acho que na verdade eles não conversam - eles discutem.
Mamãe diz que eu deveria fazer um aborto. Que vai arruinar
minha vida e que não é justo com o bebê. Papai diz que para
Deus isso é pecado. Ele diz que eu deveria ter o bebê e entregá-lo
para adoção. Mamãe disse que ele não fazia ideia de como seria
doloroso carregar uma criança durante nove meses e depois
desistir dela para sempre. Papai disse que é a penitência de Deus
para mim. Que devo pagar por meus pecados. Ninguém me
pergunta o que eu quero. Eu não sei o que quero fazer. Eles falam
como se a decisão fosse deles. Estou com tanto medo, diário.

7 de setembro

Querido diário,
Eu disse a mamãe e ao papai que eu não sabia quem era o pai.
Recusei-me a dizer a eles com quem estive. Não tive notícias de

Chaz desde que ele foi embora e atribuir isso a ele (se ele é o pai) arruinaria a vida dele. Não sei como entrar em contato com Danny e nem mesmo sei seu sobrenome. De qualquer forma, ele não iria querer nada comigo ou com o bebê, pois é casado e tem filhos. Papai está com nojo de mim. Eles ainda estão brigando por causa da situação difícil do meu bebê.

13 de setembro

Querido diário,
Estou farta das discussões deles. Eu disse que a decisão não é deles. É minha. Legalmente, embora eu seja menor de idade, é direito da mãe decidir fazer um aborto (se eu quiser). Isso é legal no Canadá. E, se eu decidir ter o bebê, eu nunca o entregaria para adoção. Este bebê é meu e ninguém vai criá-lo além de mim (se eu ficar com ele). Eu disse a eles que se eu ficar com o bebê, ele terá meu sobrenome. Estou tão confusa.

15 de setembro

Querido diário,
Esta não é a vida que planejei para mim. Eu queria ser livre. Talvez eu devesse fazer um aborto para ter minha liberdade de volta. Pam e eu temos planos de partir. Eu nunca abriria mão disso, então o aborto é a única alternativa. Estou sendo egoísta?

17 de setembro

Papai veio ao meu quarto ontem à noite. Ele disse que não se importa com a lei. Esta é a casa dele, com as regras dele e, se eu fizer um aborto, ele vai me expulsar. Esta é uma casa cristã e eu seria uma pecadora e ele não me toleraria sob seu teto. Se eu tiver o bebê e decidir ficar com ele, ele não tolerará que a mamãe o crie por mim. A responsabilidade é minha e devo carregar este fardo. E ele não quer ser lembrado dos meus pecados cada vez que olhar para o bebê. Então, eu e o bebê teríamos que ir embora. Meu bebê não é um pecado! Eu chorei até dormir.

20 de setembro

Querido diário,
O médico disse que preciso tomar uma decisão. Se vou fazer um aborto, seria melhor agora, antes que seja muito tarde. Por outro lado, eu poderia estar de 12 semanas se o bebê for de Chaz.

23 de setembro

Querido diário,
Meu Deus... enjoo matinal é muito ruim. Mamãe me dá bolachas de água e sal todas as manhãs. Elas realmente ajudam a acalmar meu estômago. Eu fico me perguntando quanto tempo isso ainda vai durar.

25 de setembro

Querido diário,
Já tomei minha decisão. Não farei o aborto. Não porque papai iria me odiar (ele já odeia) ou porque é pecado aos olhos de Deus,

mas porque uma vida está crescendo dentro de mim. É uma parte de mim. Quão lindo e maravilhoso é isso? Vou prosseguir com a gravidez. Eu disse ao papai que gostaria de ficar até o bebê nascer e depois vamos embora se é isso o que ele quer. Ele nunca disse uma palavra. A parte mais difícil foi contar a Pam. Ela vai estudar em Kelowna sem mim.

3 de outubro

Querido diário,
Adivinha? Os enjoos matinais acabaram. Viva! Cara, meus seios estão doloridos e estão ficando grandes. Eu gostaria de poder compartilhar isso com Chaz (se ele for o pai). É difícil passar por isso sozinha. Sinto falta dele, embora ainda esteja com raiva dele. Mas este bebê é mais importante. Ele precisa de mim, mesmo que Chaz não precise. É isso.

12 de outubro

Querido diário,
Mamãe e papai voltaram a ser o que eram. Não estão se falando. Eles apenas coexistem. Pelo menos temos paz. O Dia de Ação de Graças foi difícil este ano. Fomos a um jantar comunitário no salão. Todo mundo sabe que estou grávida. Mamãe manteve a cabeça erguida e ignorou os olhares. Ela ficou ao meu lado o tempo todo, até que implorei por um tempo a sós com Pam. Eu - não me importo com o que os outros pensam. Muitos deles têm segredos vergonhosos, então que todos vão para o inferno. Meu pai se afastou de nós assim que pôde e sentou-se com alguns dos homens.

28 de novembro

Querido diário,
O bebê chutou hoje. Como posso descrever a sensação? Minha
barriga ainda não está muito grande. Mamãe disse que ele está
na minha costela e isso geralmente significa que é uma menina.

20 de dezembro

Querido diário,
De repente minha barriga começou a aparecer. Estou gorda.
Estou comprando algumas coisas fora das minhas medidas todos
os dias. Algumas amigas de minha mãe me deram coisas usadas
de bebê que elas haviam guardado. Nada ainda de Chaz. Achei
que talvez com o natal chegando ele pudesse fazer contato. Tenho
que deixá-lo para trás de uma vez por todas. Minha filha vai ser
minha vida e terá o meu amor.

15 de janeiro

Querido diário,
O natal foi tranquilo. Mamãe comprou um berço para a bebê e
algumas roupas de cama. Eu lhe disse que é uma menina? Eles
me perguntaram se eu queria saber e eu respondi que sim. Uma
menina! Não consigo acreditar que terei um bebê em três meses.
Ela se mexe bastante agora. Eu fico me perguntando se ela vai se
parecer comigo. Oh, meu Deus... talvez ela se pareça com Chaz.
Espero que sim. Mas então todos saberiam que ele é o pai (se ele
for). Ele não entrou em contato comigo durante as festas, então

tomei a decisão certa de não procurá-lo. Eu sempre vou amá-lo, mas ele me magoou. Mas mesmo assim, eu o perdoo. Eu não quero carregar o fardo do ódio. Desejo-lhe tudo de bom.

20 de fevereiro

Querido diário,
Eu sinto falta da Pam. Ela liga de vez em quando. Mas agora estamos vivendo vidas diferentes e nos distanciando. Não estamos mais próximas. É assustador às vezes pensar que sou tudo o que este bebê tem para atender às suas necessidades. Ela vai depender totalmente de mim. Uau!

1 de março

Querido diário,
Tive que parar de trabalhar no café. O médico me colocou em repouso absoluto até o final da gravidez. Minha pressão arterial está alta e meu ferro está baixo. Aparentemente, isso é comum em mães adolescentes. Papai diz que tudo faz parte da minha penitência. Ele é muito negativo.

10 de março

Querido diário,
Mamãe e papai tiveram uma briga feia ontem à noite. Papai estava falando sobre como vai ser depois que a bebê nascer e como ele espera que eu tenha feito pesquisas em Kelowna. Existem recursos para ajudar eu e a bebê a morar lá. Ele disse que me

daria um mês e então teríamos que ir embora. Eu nunca tinha ouvido minha mãe gritar daquele jeito com ele. Ela disse a ele que ficaríamos o tempo que precisássemos e o quanto quiséssemos. E que era melhor ele se acostumar com isso. Eu sou a única filha dela e minha bebê, sua neta, e que ela não iria deixar que ele nos tirasse dela. E que, se ele nos expulsasse, ela iria conosco e ele poderia ficar em casa e apodrecer aqui sozinho na fazenda. Ela estava uma fera. Papai ficou bem chocado. Ele a encarou com a boca aberta por um bom tempo. Mamãe não disse uma palavra, mas olhava desafiadoramente para ele com as mãos na cintura. Com uma voz baixa e derrotada, ele disse: "Tudo bem, mãe. Você venceu." Tenho muito respeito por ela agora. Provavelmente foi a primeira e única vez que ela o enfrentou em seu casamento - e foi por minha causa. Te amo muito, mãe.

❧ 20 ❧

Em poucos dias, uma rotina foi estabelecida. Todas as manhãs, o chefe administrativo da cidade, a prefeita e o sargento-chefe da Real Polícia Montada do Canadá iam até a fazenda para tomar café da manhã. Após a primeira refeição, uma reunião era realizada no andar de cima com quem era requisitado pela administração e pela equipe naquele dia. Os números variavam dependendo das demandas do fogo. Sydney era convidada para as reuniões para mantê-la a par de quem estava indo e vindo e por quê. Isso a ajudou a supervisionar as necessidades da lavanderia e roupas de cama na residência e Bea a planejar suas refeições. No final da semana, Stoney Creek foi colocado em alerta de evacuação.

Gord podia sentir o pânico dela com as notícias.

- Não deixe isso lhe afetar. O alerta dá a todos tempo suficiente para arrumar o que vocês vão querer levar, tomar providências para deslocar os animais e a ficarem prontos para partir se e quando vier a ordem. Assim que a Real Polícia Montada do Canadá disser para saírem, normalmente temos que sair dentro de trinta minutos a duas horas. É quando vocês entrariam em pânico se não estivessem prontos. Pode não chegar a ser uma evacuação, mas pelo menos estarão prontos para partir.

- Entendi. Minha maior preocupação, claro, é com minha avó e não comigo.

- Não se preocupe. Na maioria das vezes, há várias pessoas por aqui para ajudá-la com ela. É raro você ficar sozinha. Mas, eu farei disso minha missão pessoal se acontecer uma evacuação, para ter certeza de que estarei aqui. Eu devo estar de qualquer maneira, porque este é o nosso centro de comando de incidentes.

- Você me tranquilizou. Obrigada.

A avó dela também encontrou uma rotina. Ela sempre tomava café da manhã e almoçava no quarto. Às vezes, ela descansava na cama e outras ia até à poltrona perto da janela saliente, onde lia seus livros, observava a atividade do helicóptero enchendo o balde e o Corpo de Bombeiros montando uma tenda nos fundos. Havia muitos visitantes também. Mulheres que se lembravam de Elizabeth dos velhos tempos e que ainda viviam em Stoney Creek, iam ver como ela estava. Quando o jantar era servido, Elizabeth se acomodava na sala de estar em uma mesinha. Sydney se juntava a ela e às vezes Gord também.

Uma noite, depois de sua primeira semana na fazenda, Gord e Elizabeth estavam sentados na sala de estar terminando o jantar.

Sydney sentou-se à mesa com Kathleen, a oficial de informações sobre incêndios. A neta estudou a avó. Parecia que ela e Gord tinham se tornado amigos. Eles certamente pareciam gostar da companhia um do outro. Gord levantou-se e levou os pratos vazios para a cozinha. Ele voltou e empurrou Elizabeth em direção à porta francesa.

- Estamos indo lá fora tomar nosso café no deck - disse Elizabeth. - Não sei quem decidiu colocar essa porta francesa, mas foi uma ideia maravilhosa. Ela abre a casa para o lago e permite a entrada de muito mais luz.

Sydney pensou em Jax e no dia em que ele sugeriu que ela colocasse a porta. O presente dele. Foi também a primeira vez que ele a beijou. Ela estava triste e com raiva ao mesmo tempo. Sua raiva era dirigida a si mesma tanto quanto a Jax. Mas ela não iria insistir nisso. *As coisas são como são. Uma noite de sexo incrível. Hora de seguir em frente.*

Ela observou a avó e Gord do lado de fora. Ela não conseguia ouvir o que eles estavam conversando, mas viu a naturalidade na comunicação deles e as risadas. Vovó parecia feliz. Os sinos de alerta soaram. Talvez fosse porque ela estava cuidando de seu coração partido e queria proteger a avó. *E o que sabemos sobre Gord, afinal? Ele tem uma esposa em Kamloops?*

- Fale-me sobre Gord - disse Sydney.

Kathleen olhou para fora.

- Ele é um cara ótimo. Eu trabalho com ele há anos. Ele é dedicado e se preocupa com os outros.

- E quanto a vida pessoal dele?

A mulher encarou Sydney por um momento.

- Ele está divorciado há anos. Acho que a esposa dele não gostava que seu trabalho o deixasse tanto tempo fora de casa, principalmente na época do ano em que as famílias geralmente saem de férias juntas. Ele tem dois filhos adultos e cinco netos.

Sydney sorriu para ela.

- Eu sei que não é da minha conta, mas ele e a vovó parecem estar se dando bem.

Kathleen sorriu de volta.

- E você está sendo protetora.

Ela assentiu com a cabeça.

- É que eu cresci com a minha avó, ela nunca teve namorados e nunca se interessou por ninguém. Esta é a primeira vez. Eu nunca a vi flertar ou rir tanto quanto esta semana. No início, pensei que era porque ela estava muito dopada. Estou... surpresa.

- Eu nunca vi Gord tão encantado por uma mulher desde

que seu casamento acabou. Eu não me preocuparia com ela. Se não houver mais nada, ele será um bom amigo.

Sydney riu.

- Então vamos deixá-los por conta própria e deixar a natureza seguir seu curso.

Mais tarde naquela noite, Sydney sentou-se na cama ao lado de sua avó. Elizabeth estava apoiada em travesseiros.

- Como a senhora está se sentindo? Seu tornozelo dói muito? - perguntou Sydney.

- A dor vai e volta. Mas ficarei feliz quando colocar um gesso para eu poder me mover. Depender da cadeira de rodas é muito ruim.

- Percebi que a senhora reduziu a quantidade de comprimidos que está tomando. Talvez quando voltarmos ao médico daqui a uma semana, ele deixe a senhora andar com muletas. A senhora não está tão grogue como quando chegou.

- Elas vão me ajudar muito até eu começar a usar o gesso ou a bota.

- A senhora parece feliz, vovó. Eu nunca a vi rir tanto.

Elizabeth a encarou.

- Você quer dizer com Gord.

Sydney ia começar a protestar, mas a avó a interrompeu:

- Não se faça de inocente, mocinha. Eu a vi nos observando. Ele se tornou meu amigo. E não é da sua conta.

Sydney riu.

- Eu sei. Ah, vovó, é que eu nunca vi a senhora com um homem.

Elizabeth amoleceu.

- Sabe, depois que seu avô morreu, eu fiquei muito feliz por estar sozinha. Criar você foi uma grande alegria para mim e era tudo o que eu precisava. Mas depois que você se mudou para cá, percebi que havia me afastado da vida social. Ah, eu ia ao bingo e recebia minhas vizinhas para um chá, mas minha vida social se restringia a isso e aos meus clientes de cabelo. Eu vivia através da vida deles, seus filhos, netos e comemorações.

Sydney sentiu-se mal.

- Lamento que a senhora tenha se sentido tão sozinha depois que me mudei.

- Não seja boba. É perfeitamente natural que você se torne independente e viva sua própria vida. E foi realmente a melhor coisa que poderia ter acontecido comigo. Tenho pensado muito nesses últimos meses. Eu estava pronta para um Gord entrar em minha vida. Oh, não sei se seremos mais do que amigos. É tudo novo para nós dois. Mas ficamos confortáveis na presença um do outro e rimos muito. Decidimos ir devagar e aproveitar o que quer que isso seja. Queremos ver até onde isso vai dar.

- Uau, que rápido, considerando que vocês só se conhecem há uma semana.

Elizabeth riu.

- Quando se chega à nossa idade, você percebe que a vida é muito curta para ficar com joguinhos. Nunca se sabe o dia de amanhã.

- Bom, estou feliz por você. - Sydney pegou a mão da avó. - A senhora também parece ter aceito bem em estar de volta à fazenda sem parecer estressada. Talvez sejam os remédios.

A avó deu um tapinha na mão da neta.

- Se a fazenda fosse a mesma de quando eu morava aqui, talvez as velhas memórias voltassem para me assombrar. Mas esta é uma casa nova, um novo começo. E, como você pode ver, meu objetivo agora é recomeçar.

- Estou surpresa com a quantidade de visitantes que a senhora vem recebendo.

- Isso me surpreendeu também. Eu não sabia que tantas pessoas se importavam comigo. Voltar para a casa de fazenda tem sido bom. - Elizabeth fez uma pausa. - Isso me deu um encerramento do passado, se é que você me entende.

- Meu avô era um homem difícil, não era?

- Sim, ele era controlador e difícil de conviver. Suas crenças religiosas eram um pouco exageradas. Ou era do jeito dele ou não era. Mas ele nunca foi fisicamente abusivo. Ele não bebia e trabalhava duro para sustentar a família.

- A senhora o amava?

Elizabeth encarou os cobertores por um momento.

- No começo sim. Ambos fomos criados em famílias que acreditavam que as mulheres tinham que ficar em casa para cuidar da casa e da família. Que isso era o trabalho de uma mulher.

- A senhora já sonhou com uma outra vida?

- Sim, eu sonhava em ser cantora igual a Barbara Streisand.

- É sério? Que legal!

- Veja bem, não que eu saiba cantar, mas esse era o meu sonho.

Elas riram. Sydney levantou-se e foi para o outro lado da cama. Ela subiu nela e sentou-se de pernas cruzadas, de frente para Elizabeth.

- Eu nunca contei isso a ninguém, muito menos ao seu avô. Ele nunca entendeu sua mãe. Ele achava que ela era uma pecadora selvagem. Eu a entendia porque ela era tudo o que eu queria ser. Ela era um espírito livre. Você é muito parecida com ela, sabia?

Essa foi a primeira vez que sua avó falou abertamente sobre sua mãe. Era um momento crucial. Sydney não tinha certeza até onde deveria ir, mas como sua avó parecia confortável com a conversa, ela continuou:

- A senhora já tentou encontrá-la com o passar do tempo, mas não descobriu nada?

- Sim, depois que seu avô morreu e quando nos mudamos para Kelowna. Era para lá que ela queria ir para continuar seus estudos e eu procurava por ela toda vez que saíamos. Assim que o dinheiro do seguro de vida de seu avô saiu, contratei um detetive particular. Ele nunca encontrou nada.

Ele disse que ou ela tinha sido morta ou tinha mudado de nome para não ser encontrada.

- O que a senhora acha que aconteceu?

- Eu realmente não sei. Ela amava você e era uma ótima mãe. Simplesmente não fazia sentido ela ter ido embora sem você. Principalmente porque ela brigou justamente por isso com o pai dela. Ele nunca quis que ela ficasse com você quando você nasceu. Mas ela ficou e ele passou a amar você. Quando ela nos disse que estava pensando em se mudar para Kelowna para voltar a estudar, ele queria que ela deixasse você aqui conosco. Mas ela estava irredutível dizendo que vocês iriam juntas. Então, um dia, ela fez uma mala e desapareceu.

- Ela deixou algum recado?

- Um bilhete digitado no computador dela e impresso na impressora dela. Ela disse que estava partindo para se encontrar e que voltaria para buscá-la. Ela nem mesmo assinou. Apenas carimbou com um pequeno carimbo de madeira que ela tinha... uma mulher em posição de ioga.

- Ela a machucou e a senhora ficou com raiva por muitos anos - acrescentou Sydney.

- Isso é verdade. Mas minha raiva era mais por ela ter abandonado você e como isso poderia machucar você.

Sydney pesou suas palavras.

- Suponho que se eu tivesse tido mais tempo com ela, eu teria sofrido mais. Mas eu não me lembro dela de jeito nenhum. Foi a senhora quem foi minha mãe e quem sempre esteve do meu lado. Eu tive uma infância boa, vovó.

Elas ficaram sentadas em silêncio por alguns minutos, perdidas em seus próprios pensamentos.

- A senhora já entrou em contato com a melhor amiga dela, a Pam? Ela teve notícias dela?

- Eu falei com ela uma vez. Não houve nenhum contato. Quando você e eu nos mudamos para Kelowna, Pam estava casada e morava em outro lugar. - Elizabeth olhou para ela com uma expressão confusa. - Como você sabe sobre a Pam e que Bea é mãe dela?

Chegou a hora de confessar.

- Quando Jax reformou o andar de cima, ele encontrou uma caixa de madeira trancada sob o piso do closet do quarto. Nela tinha quatro diários. Os diários da minha mãe.

A avó sentou-se na cama.

- É mesmo?

- Eu li três deles, vovó. Os dois primeiros são sobre os últimos anos na escola. O terceiro é sobre o ano em que ela estava grávida de mim. Não li o último ainda.

Elas se encararam em silêncio.

- A senhora gostaria de lê-los?

Ela viu o rosto de sua avó se contorcer por causa de uma série de emoções.

- Ainda não. Acho que está na hora de dormir.

Sydney percebeu a mudança no humor da avó.

- Eu entendo, também levei um tempo. - Ela levantou-se e deu a volta na cama. Assim que sua avó se deitou confortavelmente, ela a beijou na testa. - Boa noite, eu te amo.

Ela estava na metade do caminho para a porta quando ela mal pôde ouvir a avó perguntar com um tom de voz bem suave:

- Ela fala de mim e do pai?

Sydney virou-se e, rapidamente, pensou nas palavras que deveria dizer.

- Fala sim. Creio que ela pensava que o pai não gostava dela. Mas ela tinha muito respeito pela senhora. Ela te amava muito.

Os olhos da avó se encheram de lágrimas. Ela sorriu.

- Boa noite, querida. Eu te amo.

❄ 21 ❄

Na tarde seguinte, Arne Jensen foi visitar Elizabeth. O pessoal estava trabalhando no andar de cima e Bea estava na cidade fazendo compras. Sydney levou a avó para a sala de estar e os deixou tomando café enquanto ela foi até à residência para lavar a roupa e os banheiros.

- Apesar do tornozelo quebrado, você parece bem, Lizzie - disse Arne.

- Obrigada. Vejo que você envelheceu bem. Acho que as demandas físicas da agricultura o mantêm em boa forma. - Lizzie estava realmente surpresa. Ela se lembrou de Mary dizendo a ela que ele não conseguia ferver uma água ou até mesmo usar a máquina de lavar. Vivendo sozinho por tanto tempo, ela esperava vê-lo desgrenhado e magro. Ela reprimiu um sorriso. *Machismo reverso.* - Eu sinto muito pela Mary. Ela nos deixou muito jovem. Você deve se sentir solitário naquela casa grande de fazenda.

Arne pigarreou.

- No início sim, mas eu tinha meus cachorros.

Cachorros? Então Mary foi substituída por cachorros? Ele sempre foi um cara estranho. Elizabeth tentou não demonstrar sua surpresa.

- Olha. - Ela apontou para o prato de biscoitos na mesa de centro para mudar de assunto. - Coma os biscoitos de chocolate deliciosos que Bea fez. Essa mulher é uma cozinheira incrível.

- Obrigado. - Arne pegou dois. Ele deu uma mordida em um e falou enquanto mastigava. - Qualquer pessoa cozinhando é melhor que eu, sou um péssimo cozinheiro.

Hunf... ele não parece ter sofrido muito. Elizabeth observou os farelos voarem da boca dele e caírem na mesa de centro enquanto falava. *Este homem não tem boas maneiras.*

- Está acontecendo muito coisa por aqui. Estou surpreso que você tenha voltado para a fazenda com o alerta de evacuação em Stoney Creek.

- Eu cheguei antes disso acontecer. Eu precisava de alguém para me ajudar por um tempo. Se não fosse pelo Corpo de Bombeiros estar instalado aqui na fazenda, Sydney teria ficado comigo em Kelowna. Mas estou feliz por estar aqui. Na verdade, tem sido empolgante com todas essas pessoas ao redor. Eu sei que as circunstâncias são ruins, mas tem sido bem divertido.

- Melhor aqui do que na minha casa. Não gosto de tanta gente assim a minha volta.

- Hum... você é muito parecido com o meu Frank. Um pouco solitário.

Arne a encarou por um momento.

- Você era uma boa amiga para Mary. Eu sei que ela nunca gostou de solidão.

- Não, ela não gostava.

- Mas você gosta. Você até trabalhou com Frank nos campos.

- Bom, eu vim de uma família de fazendeiros, ela não. E eu tinha minha filha para me manter ocupado.

Arne engasgou com um pedaço de biscoito e começou a tossir.

- Você está bem? Tome um gole de café.

- Eu estou bem.

Sydney entrou pela porta dos fundos e juntou-se a eles. Ela sentou-se no sofá e olhou para Arne.

- Você já arrumou as coisas que planeja levar se formos evacuados?

-Não, eu não vou sair da fazenda.

As duas mulheres pareciam chocadas.

- Mas se a Real Polícia Montada do Canadá disser que precisamos sair, teremos que obedecer - disse Elizabeth.

- Eu disse ao pessoal da triagem que eles poderiam equipar minha casa com sprinklers, mas que eu não irei sair. Se a evacuação acontecer, eu vou ficar. Eles não podem me obrigar a sair. Se eu sair da propriedade, eles podem me impedir de voltar e se eu resistir, eles podem me prender porque estarei em terreno público. Enquanto eu estiver em minha propriedade, não há nada que eles possam fazer. Minha casa está bem abastecida com comida e água.

- Mas por que você faria isso? - perguntou Sydney. - Você pode estar colocando sua vida em perigo.

Elizabeth interrompeu:

- E a vida das pessoas que terão que cuidar de você.

- Eu vivi a minha vida toda naquela casa. Se o fogo vier, eu lutarei por ela e essa é minha escolha.

Elizabeth percebeu que Arne estava ficando agitado.

- Bom, vamos esperar que não chegue a esse ponto. Eu odiaria que você ou qualquer um de nós perdêssemos nossas casas ou nossas vidas. Que você fique bem.

Arne sorriu e relaxou.

- Então, você está planejando voltar para Kelowna assim que puder?

- Sim, porém, devo dizer que com toda a reforma que Sydney fez, a fazenda certamente possui um certo atrativo.

Ele lançou um olhar vazio para Sydney.

- Ela é muito parecida com Chelsea, não é mesmo? Mas

mais bonita... e, claro, mais jovem. - Arne levantou-se. - Bom, só passei aqui para cumprimentá-las e para ter certeza de que estão bem. Está na hora de eu ir embora.

- Obrigada pela visita - agradeceu Elizabeth.

Sydney o acompanhou até a porta. Elizabeth a ouviu abri-la.

- Tchau - Sydney despediu-se. Ela fechou a porta e voltou a sentar-se no sofá.

A avó balançou a cabeça.

- Eu nunca gostei desse homem. Ele é grosso.

- Eu não o conheço. Ele sempre foi educado comigo e ofereceu ajuda se caso eu precisasse. Mas ainda assim... - Sydney parou.

- O problema é que Mary me contou algumas coisas sobre ele. Seu avô era controlador e exigente, mas Frank nunca encostou a mão em mim, em sua mãe ou em você. Mary não tinha ninguém. Eu era a única com quem ela podia conversar. E ela tinha hematomas, mas eles não eram visíveis. Mary me disse uma vez que ele sempre batia em lugares onde ela podia esconder com suas roupas. Isso é cruel e calculado.

- Isso é horrível.

- Sim, ela não era feliz. Talvez se ela tivesse tido filhos, mas Arne é estéril por causa de um caso grave de caxumba quando era menino.

- Talvez tenha sido isso que o tornou rude.

- Chega de falar sobre ele. Sobre a reforma, com certeza gostaria de poder ver o que você fez lá em cima.

- Sabe, eu tirei algumas fotos do antes e depois. Eu não descarreguei meu celular ainda. Muita coisa acontecendo. Pelo menos a senhora pode ter uma ideia do que fizemos lá.

- Que maravilha! - Elizabeth empurrou a cadeira de rodas para trás e girou-a para deixar a sala de estar, mas algo a interrompeu e ela bateu com o tornozelo na mesinha de centro. - Que droga! - Seu rosto contorceu-se de dor.

- Ai! Deixe-me ajudá-la. - Sydney endireitou a cadeira, certificando-se de estar longe da mesa. - A senhora está bem?

- Sim, obrigada. Foi uma estupidez minha. Você poderia me levar até o meu quarto? Sinto que está chegando um cochilo.

SYDNEY FOI para seu quarto e sentou-se em frente ao laptop. Ela conectou o celular ao computador e iniciou a transferência de imagens em uma nova pasta. Ela olhou pela janela enquanto as fotos eram transferidas. A vida tinha sido muito corrida nos últimos meses. Ela havia conhecido tantas pessoas maravilhosas. E ela estava amando ter sua avó com ela. Assim que o fogo estivesse sob controle e todos fossem embora, ela ficaria sozinha. De alguma forma, a perspectiva de tudo aquilo não era tão emocionante quanto parecia quando ela chegou na fazenda. *Mas isso é o que chamamos de vida adulta. Talvez, assim que eu colocar o negócio para funcionar, eu me sinta mais à vontade e me acomode em uma rotina.*

Ela olhou para o laptop. A transferência estava concluída. As fotos estavam ótimas. Sydney quase tinha se esquecido de como era a casa de fazenda antes de começarem a reforma. As fotos do estúdio finalmente surgiram. *Mas o quê?* Ela olhou para duas das fotos que continham parte da parede espelhada. Elas foram tiradas de ângulos diferentes, mas cada uma tinha um reflexo no espelho no mesmo lugar - a silhueta de um homem. Ela era escura e não dava para ver as feições dele, o que causou calafrios na espinha dela. Sydney verificou as fotos que tinha tirado diretamente do local exato e não através do espelho. Não havia nada. A hora mostrava que as fotos haviam sido tiradas com segundos de intervalo. E ainda assim a silhueta apareceu nas fotos espelhadas. Ela estudou a silhueta novamente. *Meu Deus... parece com a que eu vi no meu quarto na noite em que a vovó chegou.*

E, naquele momento, tudo veio à tona; as portas batendo, o frio nos cômodos, as silhuetas escuras e a garota de cabelo rosa. Calafrios percorreram pela espinha dela.

A fazenda está mal-assombrada? E se sim, por quem?

❧ 22 ❧

Sydney dirigiu pela rua principal de Stoney Creek. Fazia duas semanas desde o acidente de sua avó. Elas haviam voltado para Kelowna no dia anterior para uma consulta com o médico de Elizabeth. O tornozelo estava sarando, mas não tão rápido quanto o médico gostaria. A fratura tinha sido feia. Ele sugeriu que ela evitasse andar por mais algumas semanas e voltasse a usar o gesso. Ele permitiu que ela pudesse andar de muletas, desde que nenhum peso fosse colocado sobre o pé.

A fumaça no vale ia e voltava. Elas tiveram dias bons e ruins. Esse era um bom dia. As pessoas estavam fora de casa. Ao olhar para a esquerda, ela engasgou. *Lá está ele!* Ele tinha acabado de sair do correio e começava a descer a escada. O coração dela disparou. *O cara que estava me perseguindo!* Ela parou em um estacionamento vazio e o observou atravessar a rua. O veículo preto familiar estava na estrada momentos depois. Ela estava dirigindo o carro da avó nesse dia, depois de levá-lo para uma troca de óleo. Ela colocou seus óculos escuros e puxou o boné para baixo. *Ok, otário. É a sua vez de ser perseguido.*

Ela o seguia a uma distância segura, esperando não atrair a atenção dele. Ele virou à esquerda e dirigiu-se à saída norte da cidade. Sydney fez o mesmo, mas permitiu que alguns carros ficassem entre eles. Poucos minutos depois, eles saíram da cidade. Ele virou à direita em direção ao rio. Era uma área desconhecida para ela. Novas subdivisões estavam surgindo ao longo do rio e, pouco depois, o estranho entrou em uma delas. Quando ela se aproximou da curva, uma placa entalhada em madeira estava identificada como Riverside Estates. Ela mal acompanhava a traseira da SUV que desapareceu em uma garagem no final da rua. Ela ia devagar pela estrada, deu meia-volta e estacionou do lado oposto. O veículo estava estacionado em frente à garagem, sem que o homem fosse visto em lugar nenhum. *Uau, lote de esquina, cerca de quatro mil metros de propriedade, bem nas margens do rio. Seja ele quem for, se deu bem.*

Sydney observou que a SUV era um modelo mais recente, Hyundai Santa Fe. Ela não conseguiu enxergar o número da placa. A traseira do veículo estava coberta de terra. Sydney procurou pelos números das casas, mas não encontrou nenhum. Uma olhada ao redor da rua fez ela perceber que aquelas casas ainda estavam em construção. Algumas estavam ocupadas, outras ainda estavam à venda. Uma sebe de cedro escondia a frente da casa. Talvez os números estivessem lá, mas ela não estava disposta a bisbilhotar. Sydney dirigiu lentamente pela rua, observando os números visíveis dos outros ocupantes. Ela os anotou e voltou para a cidade.

O correio tinha um índice de endereços. Sydney encontrou uma cópia e procurou por Cherry Point Road. Não estava lá.

Um dos atendentes do balcão estava livre.

- Com licença - disse Sydney. - Estou procurando por uma rua em uma das novas subdivisões ao norte da cidade. Ela não está listada no livro.

- Qual subdivisão?

- Riverside Estates, Cherry Point Road.

- Não está mesmo, não entrou no livro este ano. Qual é o número da casa?

Sydney balançou a cabeça.

- Eu não sei. A casa está sem número.

- Você sabe o nome do proprietário?

- Não - disse Sydney em desespero.

O atendente franziu a testa e deu de ombros.

- A única coisa que posso sugerir é ir até à imobiliária que está cuidando dessa subdivisão. Pode ser que eles possam ajudá-la...

- Obrigada.

Sydney sentou-se em seu carro e pensou a respeito. Ela não conseguia pensar em um motivo para fazer perguntas ao corretor de imóveis sobre uma casa que já estava ocupada. Ele ficaria desconfiado. Ela poderia ir à polícia com o que sabia até então sobre o cara. Mas eles poderiam pensar que ela estava perseguindo ele. *Ok, isso requer ajuda e eu sei exatamente de quem preciso.*

Vinte minutos depois, Sydney estava voltando à subdivisão com uma Jessie relutante sentada ao seu lado.

- Acho que você deveria denunciar à polícia e deixar que eles investiguem esse cara.

- Acho que não tenho o suficiente para que eles me levem a sério, Jess. Vamos bater na porta para ver se você reconhece ele. Se não o reconhecer, veremos como ele reage por eu estar em sua porta. Eu só vou confrontá-lo para descobrir por que ele está me perseguindo. Se ele for realmente assustador, vamos direto à polícia.

Logo elas estavam estacionadas na casa da Cherry Point Road. O Santa Fe não estava mais estacionado na frente da casa.

- Ele deve ter saído de novo - comentou Jessie.

Sydney abriu a porta.

- Ou guardou o carro na garagem. Vamos descer e seguir com nosso plano. Se alguém atender a porta, vamos inventar o nome de alguém que pensávamos que morava na casa.

- Não estou confortável com isso.

- Você já disse isso um milhão de vezes. Eu realmente preciso que você esteja aqui comigo. Não posso ir sozinha e estou cansada de querer saber sobre esse cara. - Foi um apelo tanto quanto uma declaração.

- Está bem.

As duas mulheres atravessaram a rua e subiram na calçada. Não havia como ver dentro da garagem. Sydney foi direto até a porta e tocou a campainha. Elas esperaram. Ela tocou novamente e esperaram um pouco mais.

Jessie virou-se para a rua.

- Vamos, não tem ninguém em casa.

Sydney olhou na direção oposta, ao longo de um caminho na frente da casa. Ela agarrou Jessie pela mão e puxou-a por esse caminho.

- O que você está fazendo? - perguntou Jessie.

- Olha! - Sydney aproximou-se de uma porta francesa e olhou para dentro. - Parece um escritório. - Ela girou a maçaneta e deu um pequeno empurrão. A porta se abriu. - Vamos.

- Sid, pare! Isso é invasão de domicílio.

Sydney virou-se para Jessie.

- Não estamos arrombando. A porta está aberta. Só quero encontrar uma correspondência ou algum papel com o nome dele. Vamos entrar e sair num instante.

- Se formos pegas, isso é crime. Podemos ir para a cadeia... sem contar o registro criminal.

Sydney estava atrás de Jessie.

- Não pense demais, Jess. - Ela a empurrou pela porta aberta. - Vamos.

Enquanto Jessie ficou paralisada, Sydney olhou em cima da mesa. Não havia nada lá que identificasse o cara. Ela tentou abrir as gavetas, mas estavam trancadas. Ela espiou embaixo dos objetos da mesa para ver se tinha alguma chave escondida, mas sem sorte.

- Nada. Vamos procurar na entrada ou talvez em uma

gaveta da cozinha. Deve haver uma correspondência em algum lugar.

As duas mulheres moveram-se sorrateiramente pela entrada. Havia uma mesa perto da porta com alguns papéis. Sydney vasculhou-os sem sucesso. Frustrada, ela virou-se para encontrar a cozinha.

- Esta casa é muito limpa e arrumada.

No meio da escada para o andar de cima, uma voz ecoou sobre elas:

- O que vocês duas estão fazendo aqui?

Jessie soltou um grito e Sydney congelou. Ela virou a cabeça e olhou para cima. Parado no meio da escada estava um homem nu, exceto pela toalha enrolada em sua cintura. O cabelo molhado caia sobre o rosto dele. Ela não conseguia se mover e, então, algo estalou. Tudo o que ela conseguiu dizer foi:

- Jax?

- Jesus, Jax! Você nos assustou! - exclamou Jessie.

- E vocês me assustaram. - Os olhos dele examinaram a porta da frente. - A porta está trancada. Como vocês conseguiram entrar?

Jessie deu de ombros.

- Tocamos a campainha, mas ninguém atendeu. Achamos que não tinha ninguém. De quem é esta casa?

- Você não me disse como entraram aqui. - Jax dirigiu-se a Jessie, ignorando Sydney, o que era bom, pois ela estava sem palavras.

- Bom, a porta francesa estava aberta. - Jessie riu e jogou as mãos para cima. - E aqui estamos.

Jax parecia confuso e bravo.

- Então vocês não sabem quem mora aqui. Não sabiam que eu estava aqui, mas entraram mesmo assim? Isso é crime, sabiam?

- Sabia, eu falei isso a Sydney, mas ela estava determinada. - Jessie olhou para Sydney, que ainda parecia estar em choque.

- Então, o que você está fazendo aqui pelado no meio do dia?

- Eu tenho permissão para estar aqui e eu estava tomando banho.

Sydney de repente voltou à vida. Havia tantos pensamentos e emoções misturados em sua cabeça que as palavras saíram sem nenhum senso de ordem ou controle:

- Ele está se escondendo de mim. É isso o que ele está fazendo aqui. Achei que você estava trabalhando para o seu pai em Penticton. Hum... - Ela marchou até a escada. - Então o que você *está* fazendo aqui nesta casa? Tem alguém escondido no andar de cima em um dos quartos? Ela sabe que você vai largá-la amanhã e desaparecer?

Jessie foi quem falou primeiro:

- Sydney, o que...

O rosto de Jax ficou vermelho e Sydney interpretou isso como um sinal de culpa. Ela não conseguia parar, as palavras continuavam saindo:

- Ou você está tendo um caso com a esposa do canalha que é o dono desta casa. Estavam de conversinha enquanto ele estava lá fora me perseguindo.

Agora era Jessie que parecia sem palavras.

Jax parecia completamente arrasado.

- Perseguindo você? Do que você está falando?

Antes que Sydney pudesse continuar seu discurso, um barulho nos degraus da varanda chamou a atenção deles. Sydney virou-se e viu a caixa de correio fechar e as cartas caírem no chão. O tempo parou por alguns segundos, mas pareceu uma eternidade. Sydney correu e pegou um envelope para ler o destinatário.

Não.

Ela disparou para Jax:

- Seu *pai* é o dono desta casa?

Jessie aproximou-se e leu o envelope. Ela arregalou os olhos.

- Eu não sabia que seu pai morava aqui.

- Sim, esta casa é do meu pai. Mas se vocês não sabiam disso, então por que estão aqui?

- Porque eu segui o homem que está me perseguindo há dois meses até aqui. Seu *pai*.

- Isso é ridículo. Meu pai não é um perseguidor - retrucou Jax. - O que está acontecendo Sydney?

Sydney largou a carta que constava o nome *Wesley Rhyder* de volta no chão com as outras cartas, mas não antes que um outro envelope chamasse a sua atenção. Ela o pegou e o encarou. Nele tinha o nome completo dele digitado em negrito.

- Meu Deus... - *Não é possível. Será?* Toda a raiva e as emoções que ela estava sentindo se dissiparam. Ela olhou para Jax e arregalou os olhos. *O que isso significa?* - Você sabia?

Jax parecia aflito.

- Sabia do quê? Eu... eu não tenho certeza se estamos falando a mesma língua. Olha, você precisa falar com meu pai. Não posso falar com você agora.

Jessie olhou para ele e para Sydney.

- O que está acontecendo com vocês dois? Alguém pode me dar uma pista?

- Eu preciso sair daqui. - Sydney dirigiu-se ao escritório e depois voltou até a porta. Ela girou a maçaneta para o lado errado e tentou abrir a porta. Ela fez isso repetidamente e virou-se em pânico. - Alguém por favor, poderia abrir essa maldita porta?

Jax estava em um estado de zumbi, com os olhos fixos no chão. Jessie correu e abriu a porta.

Sydney passou correndo pela porta, parou e virou-se para Jax:

- Quando seu pai chegar em casa, diga a ele que é melhor ele ir até à fazenda. Vou esperá-lo antes do final do dia.

✤ 23 ✤

Sydney não conseguia dirigir. Ela jogou as chaves para Jessie e sentou-se no banco do passageiro.

Jessie esperou até que estivessem na estrada antes de perguntar:

- Você está bem?

- Eu pareço bem? - Sydney gritou e olhou para ela. - Desculpe. Oh, Jess, nem sei por onde começar. Isso tudo é uma grande confusão.

- Bom, comece do início.

- Do início? - perguntou Sydney.

- Sim, o que começou essa grande confusão?

Sydney pensou a respeito.

- Começou quando eu dormi com Jax.

Jessie olhou para ela imediatamente.

- Você dormiu com Jax? Quando?

- Algumas semanas atrás. Na noite em que o fogo atravessou a fronteira.

- E por que você nunca me contou?

- Eu ia. Foi mágico, Jess... o melhor sexo que já experimentei... não que eu seja assim experiente... eu...

- Syd, você está divagando. Então, por que você não me contou?

- Ele me fez acreditar que significou algo. Que eu não era apenas mais uma de suas garotas. Mas no dia seguinte ele saiu da cidade e nunca mais me ligou. Foi Brian quem me contou isso. Então teve essa coisa do incêndio e o acidente da vovó. Ficou tudo tão confuso. Hoje é a primeira vez que o vejo ou falo com ele desde aquela noite. Algo mudou depois que dormimos juntos. Você viu. Ele estava hostil e evasivo.

- Mas nós tínhamos acabado de invadir a casa do pai dele.

- É mais do que isso, Jess. Ele disse para eu falar com o pai dele.

- E o que significa tudo isso?

Sydney colocou uma mão sobre a boca.

- Oh Deus, é aí que realmente fica complicado.

- Pode falar, eu tenho alguns neurônios.

Sydney abriu um meio sorriso.

- Nos diários de minha mãe, ela se refere a todos pela inicial. Por exemplo, Jess seria J, exceto por um garoto que ela apelidou de Chaz e, se seus pais lessem o diário, eles não saberiam quem era.

Jess deu uma risadinha.

- Típico pensamento de uma adolescente.

- Ela amava o Chaz. Eles foram à formatura juntos e ela dormiu com ele naquela noite. E mais algumas vezes depois disso, até que ele se mudou para ir para a universidade. - Sydney fez uma pausa para pensar.

- E?

- Algumas semanas depois, com o coração partido, ela ficou com um funcionário do carnaval que era casado. Ela ficou bêbada e dormiu com ele uma vez. Um deles é o meu pai, mas ela não sabia de qual dos dois eu sou filha.

- Eu sinto muito, Jess. Mas o que isso tem a ver com Wesley Rhyder?

- O nome do meio de Wesley Rhyder é Charles. Chaz é um apelido para Charles.

- Então sua mãe dormiu com o pai de Jax?

- Com base no comportamento de Jax, estou achando que sim. Entendeu agora?

- Então, se ele for o Chaz, ele *pode* ser seu pai.

- Jess? Pense mais um pouco.

Jessie ficou em silêncio.

- Você está me ouvindo? Você ainda não entendeu?

- Entendi. Você e Jax podem ser meios-irmãos - disse Jess suavemente.

- Meios-irmãos que dormiram juntos.

Jessie quase saiu da estrada. Ela encostou o carro e olhou para Sydney.

- Oh, Syd...

Sydney desatou a chorar e Jessie a abraçou enquanto ela chorava.

- Isso é realmente confuso - disse Jessie. - Mas talvez ele não seja o Chaz.

Sydney assoou o nariz e colocou a cabeça para trás no encosto do banco.

- Jax estava chateado. Ele não conseguia falar comigo. Acho que talvez Wesley seja o Chaz. De alguma forma, ele descobriu que estávamos juntos e contou ao Jax.

- Sua avó deve saber.

Sydney virou-se para Jessie.

- Por que ela saberia quem é o Chaz?

- Ela pode não o conhecer como Chaz, mas ela sabe com quem sua mãe foi à formatura.

- Mas é claro! Estou tão emotiva que não estou conseguindo pensar direito. Mas eu não quero envolvê-la nisso ainda. Vou esperar até falar com Wesley Rhyder. Por que ele não me contou? Eu não entendo.

Jessie começou a voltar para a estrada e parou.

- Talvez seja por isso que ele anda observando você. Se

sua mãe não sabia quem era seu pai, ele também não tinha certeza.

- Tudo que sei é que é hora de descobrir. Chega de segredos.

Elas voltaram para a casa de fazenda, cada uma perdida em seus próprios pensamentos. Jessie parou na garagem... Ao saírem do carro, elas sentiram as gotas de chuva. Elas olharam para o sul e viram nuvens escuras chegando.

- Pelo menos essa é uma notícia boa. Não chove há dois meses - disse Jessie.

Elas entraram na casa. Bea saiu da cozinha para cumprimentá-las.

- Está muito calmo por aqui. Onde está todo mundo? - perguntou Sydney.

- Estão todos em Osoyoos. Está tendo uma grande reunião por lá. Aparentemente, grandes quantidades de chuvas estão chegando. Já está chovendo no estado de Washington. Eu poderia ter dito isso a eles ontem à noite. Minha artrite está doendo desde então.

- Você consegue prever se vai chover pelos seus ossos? - perguntou Sydney.

- Claro. Não precisa de nenhuma estação meteorológica ou de um meteorologista lendo telas de computadores.

Sydney deu um abraço em Bea.

- Você é tão engraçada, Bea!

- E às vezes você só precisa olhar pela janela. Esta pode ser a oportunidade que eles precisam para controlar o fogo - disse Jessie.

Bea assentiu com a cabeça.

- Só podemos ter esperança. Você vai ficar aqui por um tempo? Eu gostaria de correr até a cidade para fazer algumas coisas e não queria deixar sua avó sozinha.

- Por favor, vá. Onde está minha avó?

- Lizzie está cochilando.

Sydney tocou o braço de Bea.

- Obrigada por estar aqui.

- Sem problemas. Se vocês estiverem com fome, tem alguns sanduíches e salada na geladeira. E um pouco de café fresco. Voltarei para fazer o jantar para nós quatro, se você for ficar Jessie.

- Estarei aqui - disse Jessie.

As meninas foram até à cozinha, prepararam um prato de comida, sentaram-se no balcão e comeram em silêncio.

- Fico feliz que tudo esteja tranquilo por aqui se Wesley Rhyder aparecer - disse Sydney. Ela mal havia dito as palavras quando a campainha tocou. Sydney congelou.

- Você quer um pouco de privacidade? - perguntou Jessie.

- Não... eu preciso de seu apoio.

Jessie colocou os pratos e as xícaras dentro da pia e seguiu Sydney até a sala. Ela sentou-se enquanto Sydney ia até a porta.

Assim que o viu, Sydney reconheceu o senhor Rhyder como o homem que Sydney pensou que a estava perseguindo.

- Senhor Rhyder, por favor, entre.

Ele a seguiu até a sala de estar.

- Acredito que o senhor já conhece a Jessie.

- Sim, conheço. Olá.

Jessie assentiu com a cabeça para ele.

- Senhor Rhyder.

- Jess vai se juntar a nós. Ela está aqui para me apoiar e é discreta.

Ele parecia um pouco inseguro, mas sentou-se na beira do sofá.

- Eu quero me desculpar com você. Jax me disse que você pensou que eu estava a perseguindo. Certamente não era minha intenção assustar você. Egoisticamente, eu olhei para a coisa toda da minha própria perspectiva, sem considerar o seu lado nisso tudo.

Sydney sentou-se em frente a ele.

- E qual é a sua perspectiva, senhor Rhyder?

Ele respirou fundo.

- Eu conhecia sua mãe. Nós íamos à escola juntos. Aliás, eu estava apaixonado por ela. - Ele fez uma pausa, parecendo aflito. - Hum... sua mãe e eu, nós estávamos... - Ele hesitou.

- O senhor é o Chaz, não é? - perguntou Sydney.

Ele levantou as sobrancelhas.

- Como você sabe disso? Que eu saiba, ninguém sabia que ela me chamava assim.

- Jax encontrou os diários dela escondidos no chão quando ele começou a reforma o quarto dela lá em cima. Deixe-me ajudá-lo. Eu sei que você e minha mãe eram namorados. Eu sei que você foi embora com sua família depois de terminar o ensino médio. E sei que você partiu o coração dela.

- Ela escreveu isso? - O senhor Rhyder perguntou baixinho.

- Sim, escreveu. Eu não sabia quem era Chaz até hoje. Ela o amava e esperava que você escrevesse para ela. Mas você nunca escreveu.

- Oh, mas eu escrevi. E por favor, me chame de Wes - protestou. - Eu escrevi para ela uma vez por semana durante dois meses. Ela nunca respondeu a nenhuma das minhas cartas, então eu parei. Tentei ligar para ela algumas vezes, mas ela estava no trabalho.

- É sério?

- Sim, eu não entendo.

Ele parecia tão desnorteado que Sydney estava tentada a acreditar nele. *Mas então o que aconteceu com as cartas?*

- Então, por que você estava - por falta de uma palavra melhor - me perseguindo?

- Na primeira noite em que a vi, quando você trombou em mim no restaurante, eu fiquei chocado. Você se parece tanto com sua mãe que por um minuto achei que fosse ela. Claro que isso parece ridículo porque ela teria a minha idade agora. Eu não conseguia parar de me perguntar quem era você e por que estava aqui em Stoney Creek. Então eu fiquei e a observei. E depois que descobri que você era neta de Elizabeth, eu soube que você era filha de Chelsea.

- E quanto as outras vezes? Por que você não veio falar comigo imediatamente?

- Para falar o quê? Eu queria me aproximar de você, mas eu não tinha ideia e ainda não tenho do que disseram a você sobre sua mãe e seu pai. Quando eu finalmente decidi falar com você, toda vez que eu ia até à cabana ou vinha aqui, você estava rodeada por pessoas ou estava indo dormir.

Sydney estava brava.

- Se você tivesse se esforçado mais, não teria causado toda essa confusão. Já se passaram dois meses.

- Você tem razão e acho que todas as vezes que não deram certo de conversar com você, eu usei como uma boa desculpa para procrastinar por mais um tempo, e eu sinto muito por isso.

Sydney suspirou.

- Bom, tudo o que sei sobre meus pais vem dos diários de minha mãe. Minha avó não conseguia falar sobre isso. Enquanto eu crescia, ela carregava muita raiva e dor em relação à filha. O assunto era um tabu.

- Você compartilharia comigo o que leu nos diários de Chelsea?

- Claro. Minha mãe escreveu que ficou triste quando você se mudou, e não ter notícias suas partiu o coração dela. Ela cometeu um erro algumas semanas depois que você foi embora, quando ela e a melhor amiga, a Pam, curtiram com alguns funcionários do carnaval. Ela dormiu com um deles e só depois ele contou a ela que era casado. Ela carregava a culpa de não saber qual de vocês era meu pai.

- Eu não entendo por que ela não tentou descobrir. Se eu fosse seu pai, eu teria ficado do lado dela.

- Mas ela nunca teve notícias suas. Ela...

- Mas eu...

Sydney levantou a mão.

- Eu sei, você disse que escreveu várias cartas, mas obviamente ela nunca as recebeu. Ela escreveu que, se eu fosse filha de Danny, ele não iria querer se envolver com ela porque já tinha uma família. E ela pensou que você tinha seguido em frente e não queria arruinar sua vida.

Os olhos de Wes se encheram de lágrimas.

- Ela não poderia estar mais enganada. Quando soube que ela estava grávida, a história era que ela estava dormindo com alguém. Liguei para perguntar se você era minha e o pai dela atendeu. Ele me disse que o bebê não era meu e que ela não queria nada comigo. Ele foi bem rude e me culpou por brincar com ela. Ele também disse que ela não iria ficar com o bebê e que não queria que eu ligasse nunca mais.

Sydney lançou-lhe um olhar duro.

- E você acreditou nele? Você deveria saber como ele controlava Chelsea e minha avó.

- Claro que eu sabia. Então, escrevi mais uma carta. No final, acabei acreditando nele porque ela nunca respondeu as dezenas de cartas que escrevi a ela.

E foi então que Sydney compreendeu.

- A vovó me disse que ele era uma criatura de hábitos diários. Um deles era pegar a correspondência nas caixas rurais. Ele deve ter escondido as cartas.

- É a única explicação, não é? - comentou Wes.

Uma voz falou do corredor:

- E é a certa.

Wes, Jessie e Sydney olharam na direção da voz. Elizabeth estava se equilibrando em suas muletas na entrada da sala.

❧ 24 ❧

Elizabeth entrou na sala e sentou-se ao lado de Sydney.

- Olá, Wes. Meu Deus, você ainda parece o mesmo de dezoito anos atrás. Só um pouco mais cinza nas laterais.

Wes abriu um sorriso fraco.

- Senhora Grey, sinto muito pelo seu acidente.

- Obrigada, mas se eu puder ser filosófica por um momento, às vezes as coisas acontecem por uma razão. Estou começando a achar que esse acidente foi providencial. Assim como Sydney estava escolhendo voltar para Stoney Creek.

- O que a senhora está querendo dizer, vovó? - perguntou Sydney.

- Que se não fosse por tudo o que tem acontecido nos últimos meses, nenhum de nós estaria sentado aqui hoje. E eu realmente acredito que chegou a hora de conversarmos.

Sydney segurou a mão da avó.

- Quanto da nossa conversa a senhora ouviu?

- Tudo. A campainha me acordou. Eu não ia entrar na conversa até que Wes mencionou as cartas.

Por um momento, todos se entreolharam. Wes assumiu a liderança:

- Senhora Grey, posso perguntar o que a senhora sabe sobre o senhor Grey interceptar minhas cartas a Chelsea?

- Pode me chamar de Elizabeth. Acredito que meu marido tenha escondido as cartas. Se eu soubesse na época, teria brigado com ele. Quer ele concordasse com o relacionamento de vocês ou não, a decisão não era dele. Ela tinha dezoito anos. O que ele fez contribuiu para a infelicidade dela e, como mãe, isso é imperdoável.

- Se na época a senhora não sabia, então por que a senhora acha que ele interrompeu a entrega?

- Depois que o pai de Chelsea morreu, decidi me mudar para Kelowna com Sydney. Aluguei a fazenda a uma família que queria trabalhar nela. Entrei no galpão de equipamentos para empacotar as ferramentas de Frank e levá-las conosco e acabei encontrando as cartas escondidas na caixa de ferramentas. Elas estão na minha casa em Kelowna. Eu sabia o que ele tinha feito. Eu as li. Essa foi a primeira vez que soube sobre o quão íntimo o relacionamento de vocês tinha sido. Chelsea nos disse que teve mais de um parceiro e não conseguia saber quem era o pai. Mas ela não nos disse com quem saía. Ela deu a Sydney o sobrenome Grey ao nascer.

Wes parecia chateado.

- Então, ela nunca soube que eu a amava e que não tinha me esquecido dela.

- Eu pensei em devolvê-las com uma carta explicando tudo, mas ouvi dizer que você estava casado e tinha um filho. Na época, me pareceu cruel abrir feridas antigas e perturbar sua nova família. Chelsea tinha desaparecido e ainda não sabíamos se você era o pai de Sydney. - Elizabeth fez uma pausa. Ela parecia triste. - E, receio que eu estava sendo egoísta. E se você descobrisse que era o pai de Sydney? Você poderia querer tirá-la de mim e eu não suportaria perdê-la também. Ela era tudo o que eu tinha. Eu estava errada.

- Acho que talvez todos nós tenhamos tomado algumas decisões que, em retrospecto, parecem erradas. Mas o retrospecto não reflete a vida real e as circunstâncias daquela época.

A emoção pairava na sala. Ninguém parecia saber o que dizer a seguir.

Jessie pigarreou.

- Se eu puder intervir, fiquei aqui sentada em silêncio ouvindo vocês e percebi que tem uma coisa que não está se encaixando.

- Vá em frente, Jess - disse Sydney.

- A Sydney não está apenas lutando com a ideia de que você possa ser o pai dela, Wes. E sim, com a possibilidade de ser meia-irmã de Jax. Ele é um ano mais velho que Sydney. Como isso é possível? Isso só seria possível no seu último ano do ensino médio, enquanto você estava namorando com a Chelsea.

Sydney congelou. Ela arregalou os olhos.

- Eu estava tão chateada hoje, que nem pensei nisso. - Ela olhou para Wes esperando por uma resposta.

O rosto vermelho de Wes mostrou seu constrangimento.

- É porque Jax não é meu filho biológico. Eu o adotei quando ele tinha dois anos. Meu...

- Meu Deus... então, mesmo que você seja meu pai, Jax e eu não somos irmãos. - Sydney deixou escapar um longo suspiro. - Graças a Deus!

Elizabeth parecia confusa e Wes abalado.

- Infelizmente essa não é a história toda. Jax não sabia que era adotado. Eu vi vocês juntos naquela noite do lado de fora do restaurante. Quando vocês se abraçaram e se beijaram, eu sabia que tinha que contar a verdade a ele. Fui até à casa dele naquela noite e ele ficou arrasado.

- Então, a saída da cidade foi sobre vocês dois e não sobre nós? - perguntou Sydney.

- Não, mas infelizmente não é só isso. Jax é filho da minha irmã mais velha. Ele é meu sobrinho de sangue. Eu estava no segundo ano da faculdade quando minha irmã e o marido morreram em um acidente de avião. Meus pais estavam muito velhos para cuidar de Jax. Na época, fazia dez meses que eu estava saindo com uma garota. Ela se apaixonou por Jax e então decidimos nos casar e adotá-lo. Acho que éramos um pouco idealistas. O casamento não deu certo. No entanto, com o tempo, enquanto estávamos juntos, Jax nos chamava de papai e mamãe e deixamos isso para lá. Ele estava feliz. Sempre tive a intenção de contar a ele, mas nunca imaginei que seria nessas circunstâncias.

Sydney estava desanimada.

- Então, ainda podemos ser primos?

Wes fez uma careta.

- Eu sinto muito, Sydney. Eu gostaria que tivéssemos nos falado antes.

Elizabeth olhou para Wes e depois para Sydney.

- Por que você está tão chateada por ser parente desse Jax?

Sydney olhou para a avó. Era a hora da verdade.

- Porque Jax e eu ficamos próximos nos últimos dois meses. Duas semanas atrás, um dia antes do seu acidente, nós ficamos íntimos. - Os olhos de Sydney se encheram de lágrimas. - Ah, vovó!

Elizabeth a tomou nos braços e acariciou os cabelos da neta.

- Eu sinto muito, Sydney. Que teia emaranhada essa que todos nós tecemos.

Sydney sentiu a força da avó. Ela puxou a energia dela e sentou-se determinada a permanecer forte.

- Então, o que faremos a partir de agora?

Jessie assumiu o comando novamente.

- Precisamos fazer um teste de paternidade para saber se Wes é seu pai. Se vocês quiserem, posso ajudá-los com isso.

Wes falou primeiro.

- Claro. Sydney?

- Com certeza.

- O tipo de sangue pode descartar ou estabelecer uma

possível paternidade. Um bebê deve ter o tipo sanguíneo da mãe ou do pai, ou uma combinação dos dois. Wes, qual é o seu tipo sanguíneo?

- Eu sou tipo O.

- Elizabeth, qual era o tipo de Chelsea?

- Ela era tipo A.

- Então o tipo de sangue de Sydney tem que ser A ou O.

Sydney parecia triste.

- Eu sou O.

- Portanto, não podemos descartar Wes como o pai. No entanto, isso não prova que ele seja. Significa apenas que ele pode ser. Mas entenda que o sangue tipo O é o tipo de sangue mais comum. Danny também pode ser O.

- Então, o que fazemos agora? - perguntou Sydney.

- Um teste de DNA. Se vocês dois quiserem ir ao hospital amanhã, posso fazer isso para vocês. Nós temos os kits. É bem simples, é só esfregar um cotonete na parte interna da bochecha. Vou encaminhar o teste através do hospital para os especialistas em DNA em Penticton. Levará algumas semanas para sair o resultado. O custo é de cento e noventa e cinco dólares.

- Eu insisto em pagar por ele - disse Wes.

Sydney agradeceu.

Elizabeth dirigiu-se a Wes:

- Quando eu voltar a Kelowna para colocar meu gesso, se você quiser, posso pegar as cartas.

- É muito gentil da sua parte. Sim, gostaria de tê-las - disse Wes. Ele estudou Elizabeth por um momento. - Posso perguntar se você já ouviu falar da Chelsea? Você sabe onde ela está?

- Não, nós nunca soubemos. Tentei encontrá-la quando me mudei para Kelowna, mas não havia nenhum vestígio. Eu sabia que ela iria embora um dia, mas nunca esperei que ela deixasse Sydney para trás. Durante anos fiquei cega pela minha raiva e acreditei que ela tinha abandonado a filha. Mas agora que estou vendo as coisas com mais clareza, lembro-me de como ela era como mãe e o quanto amava Sydney. Estou começando a pensar que ela foi vítima de um crime.

Wes olhou para Sydney.

- Não há nada nos diários dela que possa sugerir o motivo de ela ter ido embora daquela maneira?

- Eu só li os três primeiros. Os dois primeiros eram sobre a escola e a típica angústia adolescente. O terceiro diário terminou com ela prestes a dar à luz. Estou prestes a começar o último, o que farei esta noite. Veremos.

Wes assentiu com a cabeça.

- É melhor eu ir. Acho que todos nós estamos um pouco sobrecarregados no momento. O que acha de eu pegar você amanhã de manhã para irmos ao hospital juntos? - Wes olhou com expectativa para Sydney.

- Tudo bem.

Ele virou-se para Elizabeth.

- Tenho certeza que voltaremos a conversar.

Elizabeth apertou a mão dele. Impulsivamente, ela aproximou-se e puxou-o para um abraço.

Sydney o acompanhou até a porta.

- Sinto muito por termos invadido sua casa hoje.

Wes sorriu pela primeira vez.

- Tudo bem. Você não só se parece fisicamente com Chelsea, vocês também têm a mesma personalidade. Assim como você, ela era impulsiva. E eu sinto uma força em você. O que ela também tinha.

- Obrigada. Até manhã.

Sydney fechou a porta, voltou à sala, inclinou-se e deu um beijo na avó.

- Estou muito feliz pela senhora estar aqui, vovó.

❧ *25* ❧

SYDNEY E EU, 1996-97

10 de abril

Querido diário,
Eu, Chelsea Grey, sou MÃE! Isso mesmo, querido diário. E você nunca irá adivinhar quando ela nasceu. 1º de abril. No meu aniversário. Minha bolsa estourou no dia 31 e eu fiquei em trabalho de parto por doze horas. MEU DEUS... achei que iria morrer. Foi muito doloroso. Mas sabe de uma coisa? Quando vi aquele pacotinho em meus braços, toda a dor foi esquecida. Ela é pequenininha, tem apenas dois quilos e meio. Mas ela é saudável e proporcional. É normal para uma mãe adolescente dar à luz a um bebê pequeno. Ela nasceu duas semanas adiantada. O que também é normal para nós, mães adolescentes. Ela é tão linda, seu cabelo é loiro e fino, e sua pele é clara e sedosa. Seus olhos são escuros com um brilho cinza. Mas pode ser que eles mudem. O médico disse que provavelmente serão azuis como os meus. A semana passada não foi fácil, porque ela não estava recebendo leite suficiente. Mas parece que meu leite está descendo e ela está entrando em uma rotina. Bem a tempo, porque o médico quase lhe receitou a fórmula, mas está tudo bem.

Sydney releu o registro várias vezes. Todas as dúvidas que sua mãe pudesse ter vivenciado durante a gravidez, desapareceram assim que ela nasceu. Chelsea a amou assim que a viu. *Ela me amava.* Foi um momento doce para Sydney, saber que sua mãe a amou no momento de seu nascimento, mesmo sem saber o motivo de ela a ter abandonado um ano depois, há tantos anos.

20 de abril

Querido diário,
Estou amando minha mãe. Papai está mal-humorado porque não posso ajudá-lo a preparar os campos para a primeira fenação. Mamãe disse a ele para contratar alguém para ajudá-lo, porque estou muito ocupada com a bebê agora. É cansativo tentar tirar uma soneca quando Sydney cochila, lavar a roupa, etc. Embora Sydney realmente dorme bem. Mamãe ajuda quando papai está no campo. Ele é tão inflexível que eu faço tudo sozinha. Eu não esperava que os bebês precisassem de cuidados vinte e quatro horas por dia, sete dias por semana, isso é surpreendente. Mas estou muito feliz por não ter feito o aborto. E quanto à adoção, nunca faremos isso - nunca, nunca.

15 de maio

Querido diário,
Sydney adora tomar banho e está sorrindo agora. Eu amo a hora do banho e a amo muito. Ela está ganhando peso e o médico está feliz com a saúde dela. Em uma nota pessoal, estou começando a praticar ioga e meditação. Eu nunca saio de casa e preciso voltar a ficar em forma. O ônibus biblioteca passa a cada duas

semanas. Estou lendo um livro chamado "Be Here Now" de Ram Dass. É sobre os princípios da ioga e como um homem transforma sua vida, bem como sobre o nosso lado espiritual.

30 de junho

Querido diário,
Não tenho muito tempo para escrever. Eu gasto meu tempo livre fazendo ioga, lendo e meditando. Papai acha que o livro de Ram Dass é um lixo. Ele diz que meditar é egocêntrico e que me permite ser preguiçosa. Ele diz que tudo o que tenho que fazer é orar aos domingos que obterei os mesmos benefícios. Ele me disse que íamos começar a estudar aos domingos novamente e eu me revoltei. Eu disse que agora sou adulta e tenho idade suficiente para fazer minhas próprias escolhas. Eu disse a ele que sou um ser espiritual e não religioso, e que o poder superior em que acredito é o amor e não em algo cheio de ódio e punição. Ele ficou com raiva e começou a mesma velha besteira de "minha casa, minhas regras". Um olhar da mamãe e ele calou a boca. Mamãe está se impondo agora. É muito triste que isso tenha demorado tanto. Você acha que eu deveria dizer a ele que estou lendo sobre a viagem da alma? Cara, ele piraria com isso. Provavelmente ele me chamaria de demônio ou bruxa.

15 de julho

Querido diário,
Papai permitiu que mamãe cuidasse de Sydney para que eu pudesse trabalhar com ele nos campos para a primeira fenação da temporada. Era bom estar ao ar livre e aproveitar o sol. Foi a primeira vez que eu realmente gostei do trabalho. Olha o que

encontrei em uma loja de artesanato: um carimbo de ioga! Eu uso ele em tudo. Não é legal?

SYDNEY FICOU OLHANDO para o símbolo. Ela já tinha o visto várias vezes. Afinal, ioga era o seu trabalho. *Este deve ser o carimbo que a vovó disse que ela usou na carta que deixou no dia em que desapareceu. Que estranho que eu segui o caminho da ioga e da meditação, sendo que minha mãe também as praticava.*

22 de agosto

Querido diário,
Sydney está com quase seis meses. E adivinha? Os olhos dela estão totalmente azuis. Ela se senta e rola. Ela está tentando engatinhar. Ela é uma bebê muito feliz, está sempre sorrindo e rindo. Até o papai está olhando para ela de uma forma diferente agora. Antes, ele agia como se ela não existisse. Mamãe o fez segurá-la outro dia. Dá para acreditar que essa foi a primeira vez? Sydney estendeu as mãos e tocou as bochechas dele e riu. Todo o corpo dele relaxou e ele realmente sorriu de volta.

13 de outubro

Querido diário,
Ando tão ocupada. Ajudei papai com a segunda fenação e estou
trabalhando meio período no café novamente. Sydney está
engatinhando por tudo agora. Tivemos que adaptar a casa para
ela. Ela é o amor da minha vida. Ela está comendo alimentos
macios e tomando uma mamadeira antes de dormir. Então, desde
sua última mamadeira que é por volta das vinte e duas, estou
tendo uma noite inteira de sono até as seis da manhã. Minha
vida finalmente está com uma rotina normal. Eu realmente gosto
de meditar e adoro meus exercícios de ioga. Eu me sinto em paz.
Essa é a primeira vez em muito tempo. Às vezes penso em Chaz e
me pergunto se ele está feliz. Ele ficou em meu passado e agora
preciso olhar para frente. E eu amo ouvir música. Cyndi ainda é
minha favorita assim como Madonna. Mas agora há algumas
cantoras novas que gosto também, Gwen Stefani e Melissa
Ethridge. E, claro, duas canadenses com um estilo diferente,
Sarah McLachlan e Diana Krall. Papai gosta de Diana Krall,
só porque ela canta alguns dos grandes nomes do jazz que ele
conhece.

2 de janeiro

Querido diário,
O natal foi tranquilo como sempre. Só nós quatro. Papai fez uma
oração no jantar. Ele pediu que orássemos por alguns minutos e
eu fiz isso por ele. O natal é uma época para a família e para
agradecer. Mamãe tem me ensinado a cozinhar e eu realmente
estou gostando. Imagina só, eu?! Ontem, dia 1º, recebemos
alguns amigos dos meus pais e suas famílias para o jantar.
Mamãe e eu cozinhamos por dois dias e tivemos um bufê com
charutos de repolho, pierogis de queijo com cebola, presunto
cozido, saladas e, de sobremesa, guloseimas assadas. Raramente
recebemos visitas e foi muito divertido. O idiota veio. Ele ainda

me assusta. Sempre me observando. Eu diria algo, mas ultimamente tenho pensado muito em minha vida e na de Sydney. Estou verificando algumas coisas em Kelowna e, se eu for embora, não terei mais que me preocupar com esse Idiota.

8 de fevereiro

Querido diário,
ELA ESTÁ ANDANDO! Dez meses e Sydney já está andando. Ela está adiantada. Apenas alguns passos e ela cai. Mas ela fica com aquele olhar teimoso e desafiador no rosto que mamãe diz que ela herdou de mim e, então, ela se levanta e cai de novo. Tão fofa. Estive em contato com o serviço social. Eles têm um programa para mães adolescentes solteiras que querem voltar a estudar. As novas turmas do curso de Técnico de Laboratório começam no dia 1º de junho. Há uma creche na escola para Sydney. Eles vão me ajudar com um apartamento e posso receber alguns cheques do serviço social até me formar e conseguir um emprego. Pam ainda está em Kelowna. Ela conheceu um cara na escola e eles estão morando juntos. É hora de conversar com mamãe e papai sobre isso.

20 de fevereiro

Querido diário,
Por que meu pai é um idiota? Estamos brigando há uma semana sobre minha mudança para Kelowna. Ele acha que eu deveria ficar aqui, onde tenho família e amigos. Eu disse a ele que não queria passar minha vida trabalhando como garçonete. Não há nada de errado em ser garçonete. Elas trabalham duro e tal, mas eu tenho outros sonhos. Quero poder ganhar um dinheiro decente

para cuidar da minha filha. Eu o lembrei que ele queria que eu assumisse a responsabilidade pela minha vida e por Sydney e é isso que estou tentando fazer. Poucos dias depois, ele disse que estava satisfeito por eu estar pensando no meu futuro e no de Sydney, mas que se eu quisesse voltar a estudar, deveria deixar ela aqui com eles. Assim que eu terminar e arrumar um emprego, posso ficar com ela. Expliquei a ele como o programa funciona e que sem a Sydney eu não me qualificaria porque é apenas para mães adolescentes solteiras.

25 de fevereiro

Querido diário,
Papai não vai ceder. Nem eu. Tenho três dias para avisar o serviço social se vou me inscrever no curso. Ele não gosta da ideia que estranhos cuidem de Sydney enquanto eu estiver estudando. Expliquei que a creche é na escola para que eu possa vê-la nos intervalos e as pessoas são avaliadas e qualificadas. Mamãe está triste por me ver partir, mas diz que a decisão é minha.

SYDNEY FECHOU o diário e desligou o abajur. Ela queria ler mais, mas não conseguia manter os olhos abertos. *Eu não entendo. Ela me amava. Ela realmente me amava. Por que ela me deixou? E o que aconteceu com ela?*

❦ 26 ❦

Sydney olhava pela janela da SUV preta - aquela que por meses ela pensou pertencer a um pervertido. Ela olhou para o perfil de Wes e para a janela novamente. Até então, a conversa deles tinha sido formal. Eles falaram sobre o tempo, a reforma da fazenda, o incêndio... mas nada em um nível pessoal. Estava chovendo forte desde a noite anterior. Um bom sinal para os bombeiros.

Finalmente, Wes começou a falar:

- Às vezes me pergunto se as coisas teriam sido diferentes se eu simplesmente tivesse voltado para falar com Chelsea cara a cara, em vez de esperar que ela me contatasse. Mas havia muita coisa contra mim naquela época. Meus pais, as aulas da faculdade... - ele parou.

- Não foi você quem disse ontem que uma retrospectiva é uma coisa maravilhosa, mas que não tem nada a ver com a realidade?

Wes sorriu.

- Sim. Não com essas palavras, mas com o mesmo significado.

- Posso lhe perguntar uma coisa?

- Claro.

Sydney virou-se para ele.

- Se você tivesse falado com minha mãe e descobrisse que o bebê não era seu, você ainda iria querer ela em sua vida - comigo?

Wes levou um tempo para responder.

- Se fosse hoje, com certeza. Naquela época? Tenho a certeza que sim. Mas a pressão de seu avô e de meus pais teria sido enorme. Vai saber o que teria acontecido.

- Você foi sincero. Sabe, mesmo se você e minha mãe ficassem juntos comigo, com a morte de sua irmã e Jax sendo inserido nesse meio, vocês dois poderiam ter cedido à pressão e seguido pelo mesmo caminho de seu casamento.

Wes lançou-lhe um olhar rápido e sorriu.

- Como pode você ser tão inteligente?

Sydney riu.

- Só estou dizendo que as coisas também poderiam não funcionar como felizes para sempre depois disso. E o que quero dizer é que eu não me lembro da minha mãe, então, embora eu saiba que perdi a oportunidade de ter uma mãe como as outras crianças, vovó foi uma influência muito estável e positiva em minha vida. Eu a amo demais e ela é como se fosse minha mãe. Eu tive uma infância feliz.

- Fico feliz em ouvir isso. Hoje em dia, com divórcios e pais solteiros, não há uma regra. Ser feliz é o que importa.

- Isso mesmo. Então, vamos esquecer essa coisa de "eu deveria ter feito isso ou aquilo". As coisas são como devem ser. O que importa é para onde vamos a partir de agora.

Wes ficou em silêncio por um momento.

- Você definitivamente tem a força de sua mãe.

- Obrigada.

- Então, como você está lidando. Quero dizer, você e Jax?

Sydney sentiu como se tivesse levado um soco no estômago. Ela enrijeceu.

- Podemos simplesmente não falar disso agora? Eu entendo o motivo de ele desaparecer depois que você conversou com ele naquela noite. Até eu saber se somos primos, simplesmente não consigo processar nada. Posso conversar sobre qualquer coisa, menos sobre isso.

- Claro. Jax está com a mesma mentalidade que você. Lamento ter tocado no assunto. Mas o desaparecimento dele depois daquela noite foi para fugir de mim também. Ele está nutrindo muita raiva por eu não ter contado antes sobre a adoção. E ele me culpa pela dor que você também está sentindo. Ir para Kelowna por um tempo foi uma boa fuga.

Sydney olhou para o perfil dele mais uma vez. Todos os três estavam sofrendo.

- Acho que o tempo vai resolver algumas coisas para todos nós. - Ela precisava mudar de assunto. - O que o trouxe de volta a Stoney Creek?

- Bom, meu casamento acabou e eu tinha a guarda total de Jax. Eu não queria criá-lo na cidade. Eu tinha um ótimo emprego em um escritório de arquitetura, um bom dinheiro, perspectivas futuras dentro do executivo, mas decidi voltar para cá e abrir minha própria empresa. A vida em uma cidade pequena parecia melhor do que o caos de atender às demandas de uma empresa grande e ser um pai solteiro. Aqui eu poderia passar mais tempo com Jax.

- Alguma vez Jax viu sua ex-esposa?

- Sim, ele sempre pensou que ela era a mãe dele, e ela o amava como um filho. Ela se casou novamente e teve duas filhas, mas eles sempre incluíram Jax.

Sydney tirou os sapatos e apoiou os pés no painel.

- Como seus pais reagiram à mudança? Aposto que eles não gostaram.

Wes franziu a testa.

- Não, eles não gostaram. Naquela época, eles não gostavam de nada que eu fazia, desde me apaixonar por Chelsea até adotar Jax e me casar. O que fez você pensar que eles não aprovariam minha mudança de volta para Stoney Creek?

- Minha mãe mencionou em seus diários que eles eram controladores assim como meu avô. E que meu avô pensava que seus pais eram "esnobes".

Wes caiu na gargalhada.

- Chelsea estava certa. Eles eram e ainda são, mas eles aceitaram minhas escolhas.

- Ela também disse que eles tinham grandes planos para você e que ela não era boa o suficiente para eles.

- Não acho que seja porque ela não era boa o suficiente. Eles sentiam que não era o momento certo para nós. Foi seu avô quem tentou colocar esses pensamentos na cabeça de Chelsea porque ele não gostava da minha família. Acho que ele não se sentia bem o suficiente e estava tentando protegê-la.

- Suponho que você esteja certo, mas ele era um homem duro. Acho que todos os pais pensam que sabem o que é melhor para os filhos. O truque é deixá-los descobrir por si mesmos, cometer seus próprios erros.

Wes lançou-lhe um olhar surpreso.

- Obrigado. Isso é algo que eu precisava ouvir agora. Sem perceber, você acabou de me ajudar com uma grande decisão de negócios com a qual venho lidando.

Sydney sorriu.

- Fico feliz por ter ajudado.

Eles estacionaram no estacionamento do hospital em Oliver e foram à procura de Jessie. Quando terminaram, Wes levou Sydney de volta a Stoney Creek. Ele entrou no Rattlesnake Grill e estacionou.

- O que você acha de eu pagar um almoço para nós antes de levar você para casa?

Sydney apertou os lábios.

- Desculpe, mas podemos ir a outro lugar? Este é... o nosso lugar, meu e de Jax.

Wes pareceu aflito.

- Oh, querida, peço desculpas novamente, de verdade. - Ele saiu do estacionamento e seguiu para a rua principal. Eles entraram em um pequeno café. - Eles têm ótimos almoços especiais aqui. Nada extravagante, mas a comida é boa.

Eles pediram a comida e, enquanto esperavam, Sydney olhou ao redor. Um sorriso malicioso espalhou-se pelo rosto dela.

- E este era o lugar de vocês.

Wes levantou as sobrancelhas.

- Meu lugar.

- Seu e da minha mãe. Ela trabalhava aqui.

- Ah... sim! Você está certa. Quando estávamos no ensino médio, vínhamos aqui com nossos amigos na hora do almoço para comer batatas fritas e Coca-Cola. E depois da patinação de inverno, vínhamos para beber chocolate quente para nos aquecer.

O almoço foi tranquilo e Sydney ficou surpresa em como eles ficaram à vontade um com o outro. Uma hora se passou e eles seguiram em direção à fazenda.

Wes parou na entrada da garagem e inclinou-se sobre ela para abrir a porta.

- Então... acho que agora é esperar. Só quero dizer que, por uma série de razões, espero não ser seu pai. Mas, por outro lado, se eu for, terei muito orgulho de chamá-la de minha filha. Você é uma boa jovem.

- Obrigada e, apesar do fato de que por alguns meses eu pensei que você fosse um pervertido, acho que você é um bom homem. Dá para ver porque minha mãe o amava. - Eles trocaram sorrisos e ela saiu do veículo.

Elizabeth e Gord estavam sentados à mesa da sala de jantar terminando de almoçar quando Sydney entrou em casa.

- Como foi, querida? - perguntou Elizabeth, dando um tapinha na cadeira ao seu lado - Está com fome?

- Foi tudo bem. Almoçamos no caminho, voltando para a cidade. - Ela virou-se para Gord. - Espero que toda essa chuva esteja causando algum impacto no fogo.

- Estamos esperando mais chuva para esta noite, mas, infelizmente, sendo uma área árida, provavelmente acabará acontecendo deslizamentos de terra em vez de conter o fogo. O que precisamos é que o vento diminua. Pelo menos os helicópteros e bombardeiros tiveram um dia de folga. Iremos reavaliar amanhã. Os bombeiros estão voltando encharcados e sujos, então eles têm mantido a lavanderia funcionando a todo vapor.

- Eu deveria pegar as toalhas e os lençóis da residência e trazê-los para cá - disse Sydney.

Bea entrou na sala de jantar com três xícaras de café.

- Eu já fiz isso esta manhã. Sente-se e beba um café com sua avó.

- Ah, Bea querida, como se você já não tivesse o suficiente para fazer. Eu poderia fazer isso agora à tarde.

- Você já tem muito com que se preocupar. Venha, sente-se.

- Quando tudo isso acabar, sentirei sua falta.

- Não vai não. E eu vou lhe dizer o porquê: porque quando você colocar esse seu negócio para funcionar e tiver aqueles retiros de ioga, ninguém vai querer comer sua comida. Você vai me contratar para fazer isso por você.

O queixo de Sydney caiu enquanto todos riam.

- Nem um pouco presunçosa, porém a senhora está certa.

$\maltese$ 27 $\maltese$

Gord estava em frente à parede e bateu no mapa.

- Aqui vocês podem ver a nova linha do fogo.

Sydney recostou-se na cadeira e observou a mesa. Eles estavam com a casa cheia nesse dia porque chegaram ao ponto decisivo que esperavam. Era um grande dia com grandes novidades. Eles tinham acabado de subir depois de Bea ter se movimentado pela sala de jantar servindo café e comidas variadas para o café da manhã.

- Os ventos diminuíram e isso deu-lhes o tempo de que precisavam. O fogo está setenta e cinco por cento controlado em ambos os lados da fronteira. O alerta de evacuação será cancelado para Stoney Creek. Cerca de setenta e cinco por cento dos evacuados de Osoyoos já poderão voltar para casa. E não será mais considerado um incêndio de interface.

A prefeita perguntou:

- Quando você acha que eles poderão ir para casa?

- Provavelmente no final desta manhã, assim que os aviões e a equipe de terra verificarem a chamada. Devemos ter notícias aqui em algumas horas. Os poucos que ainda não têm permissão para voltar para casa serão abrigados em Osoyoos.

Eu gostaria de limpar o salão de Stoney Creek e prepará-lo para uma reunião da comunidade hoje à noite.

- O que nós podemos fazer para ajudar? - perguntou o diretor administrativo da cidade.

- A equipe daqui fará os panfletos sobre a reunião desta noite. Gostaríamos de entregá-los nos locais, como na escola para que as crianças possam levá-los para os pais quando chegarem em casa, deixar alguns no correio, etc. Se você puder nos emprestar alguns funcionários para ajudar a distribuí-los e colocá-lo em seu site, nós agradeceríamos.

- Farei isso.

- Sydney, vamos sair deste andar esta tarde e voltaremos ao salão comunitário. Dessa forma, os residentes poderão aparecer nos próximos dias para fazer perguntas. Mas eu, um dos funcionários do escritório e Kathleen ficaremos na residência até que o incêndio acabe. Se tudo correr bem, provavelmente estaremos aqui até o final da semana. E, por favor, não mande Bea para casa antes de partirmos. - Todo mundo riu.

O diretor administrativo se manifestou:

- Entraremos em contato com nossa equipe de limpeza para perguntar se eles podem limpar o salão quando todos saírem. Sydney, vamos enviar servidores públicos para pegar os móveis daqui e limpar este cômodo para você.

Gord acrescentou às palavras da prefeita:

- A maioria dos bombeiros será mandada para casa. Manteremos uma equipe de limpeza no prado. Um helicóptero cuidará dos pontos críticos e encherá os baldes em Osoyoos. Vai ficar um pouco mais silencioso por aqui.

Sydney pediu licença para se retirar da reunião. Ela já tinha ouvido tudo o que precisava. O resto era processual e não a envolvia. Quando ela voltou ao andar de baixo, sua avó estava sentada na sala de estar tomando café com Bea. Ela informou às duas sobre o que estava acontecendo e dirigiu-se à residência para lavar roupa.

Uma hora depois, Gord juntou-se a ela na residência.

- Acabamos de receber o aviso. Estou indo ao salão para fazer os preparativos para que os evacuados voltem para casa e movam os outros para Osoyoos. A equipe do escritório está trabalhando no andar de cima, imprimindo os panfletos. Um os levará para a cidade e o outro ficará para trás e embalará a central. Nos vemos no almoço.

Sydney terminou as tarefas na residência e voltou para a casa de fazenda e encontrou Brian esperando por ela.

- Ei, como você está?

- Estou bem. Eu vim ver se você está livre para ir comigo olhar uma mesa de jantar. Jax a encontrou em uma venda de bens e acha que é o que você está procurando. A família está guardando ela para você.

Ouvir o nome de Jax a assustou.

- Hum... sim! Você quer ir agora?

- Com certeza. Vamos na minha caminhonete e se você quiser podemos trazê-la conosco.

Eles dirigiram-se a Stoney Creek.

- Fica ao sul da cidade.

- Foi legal da parte de Jax pensar em mim. Espero que eu goste.

A casa era enorme. A sala de jantar dava para o jardim dos fundos e tinha janelas que iam do chão ao teto. A mesa em si estava posta para seis pessoas com as partes abaixadas em cada extremidade. Se você levantasse uma delas, mais três assentos seriam acrescentados. Ambas as extremidades levantadas acomodavam doze pessoas. A mesa era de madeira de pinus natural, manchada com um acabamento fosco claro. As listras azuis aumentavam sua beleza.

O besouro do pinheiro que destrói os pinheiros carrega um fungo azul em sua boca que ajuda a quebrar as defesas da árvore. Sydney passou a mão pela mesa.

- Nossa, esta mesa é incrível! Eu amei que a madeira tenha

ficado natural para que as listras azuis se destacassem. Fazer com que as partes dobrassem nas extremidades foi engenhoso.
- As pernas e apoios eram quadrados e pintados de azul marinho. As cadeiras de madeira eram da mesma cor com um assento de madeira de besouro de pinho. - Quantas cadeiras vocês têm?

- Doze.

- Ótimo. Vamos fazer um acordo.

Vinte minutos depois, eles estavam voltando para a fazenda com a compra.

- Tem um caminhão da prefeitura atrás de nós. Aposto que eles estão nos seguindo até sua casa para pegar as mesas e as cadeiras - disse Brian.

- A casa ficará estranhamente calma quando todos tiverem ido embora.

Brian deu uma risadinha.

- Apenas você e sua avó... e os fantasmas.

Sydney virou a cabeça bruscamente. Brian estava sorrindo.

- Como?

Ele ficou vermelho.

- Você não ouviu falar sobre isso?

Sydney olhou para o perfil dele.

- Sobre o quê?

- Puxa, eu pensei que com todas as brincadeiras acontecendo, você tinha ouvido. Quando começamos a reforma, um dos caras jurou que viu uma garota parada no bosque de magnólias. Então, na semana passada, um dos bombeiros não conseguia dormir. Era de madrugada e ele caminhou até o lago. Ele olhou para a casa e viu um homem parado na janela de um dos quartos - o quarto de sua avó.

Sydney ficou chocada, lembrando-se da silhueta escura que tinha visto em pé sobre sua própria cama.

- Ele o descreveu?

- Ele era alto e magro, usava um macacão jeans justo e óculos redondos com aro de tartaruga. Ele não reconheceu o homem e pensou que poderia ser alguém visitando sua família. Quando a figura viu que o bombeiro estava olhando, ele desapareceu. Mas não recuou ou saiu andando... apenas evaporou no ar. Isso realmente o assustou e os caras ficaram zombando pesado dele por causa disso.

Ela estava atordoada. E agora sabia exatamente quem era o homem. *Ou devo dizer, quem era o espírito - meu avô.*

Quando estacionaram na entrada, o caminhão da prefeitura estacionou atrás deles. Dois homens desceram e foram até a picape de Brian.

- Finalmente você encontrou sua mesa - disse um deles. - Bem na hora. Podemos levar de volta a mesa e as cadeiras e ajudá-la com esta.

Sydney bateu palmas.

- Obrigada, rapazes!

Antes de entrarem na casa, Gord dirigiu-se até o quintal.

Em questão de minutos, a mesa da sala de jantar estava no lugar. Bea tinha uma panela enorme de ensopado no fogão e sanduíches embrulhados na geladeira. Sydney convidou Brian e os caras da prefeitura para almoçar. Bea e Elizabeth já tinham almoçado, então a mesa foi posta para seis pessoas.

Bea colocou os pratos de sanduíches na mesa e levou tigelas fumegantes de ensopado.

- Sem biscoitos por hoje. Todos eles amoleceram com a umidade da chuva.

- Há muita comida aqui. Não precisamos de tanto - comentou Sydney.

Elizabeth estava sentada na sala de estar, admirando o cenário.

- Parece tão natural, e a parede de pedra torna o ambiente aconchegante. Foi uma ótima escolha.

- O que me convenceu foram as extremidades dobráveis.

Eu não queria uma mesa enorme aqui quando não fosse necessária. E as cadeiras extras podem ser armazenadas no mudroom - acrescentou Sydney. Ela olhou para seus convidados do almoço e disse: - Vamos comer, pessoal. Vamos batizar minha mesa nova.

Durante o almoço, Gord os informou sobre o que estava acontecendo na cidade:

- Todos os evacuados estão voltando para suas casas ou indo para o salão em Osoyoos. Minha equipe está preparando tudo para a reunião de hoje à noite.

Uma hora depois, Gord subiu as escadas e ajudou seu funcionário a terminar de empacotar. Todas as caixas foram carregadas em seu caminhão e eles partiram. Os garotos da prefeitura carregaram todas as mesas e cadeiras para levar para o pátio da cidade. Outro veículo chegou.

Sydney abriu a porta para duas mulheres que carregavam material de limpeza. Ela sorriu.

- Entrem. Está parecendo uma estação central por aqui hoje.

Elas se apresentaram como sendo da equipe de limpeza. Uma carregava um vaporizador de piso e uma caixa com produtos de limpeza, enquanto a outra carregava uma polidora. Sydney mostrou a elas o caminho para o andar de cima e as deixou com seu trabalho. Não demorou muito para que as mulheres terminassem e estivessem prontas para ir embora.

- Uau, vocês são rápidas! Muito obrigada, senhoritas.

Bea saiu pela porta com as duas mulheres.

- Eu também vou até à cidade. Estarei de volta em duas horas.

- Espere aí, Bea. - Sydney foi até seu quarto e voltou. - Aqui está seu cheque desta semana.

- Obrigada, querida. Até mais tarde.

Sydney foi procurar a avó e a encontrou sentada na

poltrona em seu quarto. Um livro estava em seu colo, mas ela estava olhando pela janela.

- Agora somos só nós duas, vovó. A casa está tão quieta e tranquila.

Elizabeth riu.

- Uma ocorrência rara desde que cheguei aqui. Estou observando os bombeiros fazerem as malas. Parece que metade deles está indo embora.

Sydney sentou-se à janela saliente, no banco que Jax havia construído.

- Estou ansiosa para voltar ao normal e ter a reforma concluída. Vai ser bom ter o lugar só para nós duas. - Ela olhou para a avó. - Pelo menos até a senhora voltar para Kelowna.

As duas mulheres se olharam em silêncio.

- De qualquer maneira, provavelmente temos mais três semanas - disse Elizabeth.

- Já pensou em ficar? É evidente que a senhora está feliz aqui.

A avó olhou para o lago.

- Admito que estou mais confortável do que pensei que estaria. Você transformou a antiga casa de fazenda em uma casa de campo aconchegante. Mas... em algum momento, terei que voltar a Kelowna. É hora de você voar sozinha.

- Eu sei. Estou animada para começar meu negócio e isso me manterá bem ocupada.

- Você não terá que me arrastar até aqui. Eu virei com frequência. Afinal, este quarto é meu.

Sydney deu uma risadinha.

- Sim, é. Ninguém mais vai dormir aqui. Os outros quartos que serão de hóspedes para quem vier nos visitar.

- Posso trazer algumas coisas de casa para colocar aqui, como minhas pinturas e bugigangas? E aquele cobertor lindo de crochê que você comprou no meu aniversário para colocar nesta poltrona?

- Claro, o que a senhora quiser.

Elizabeth apertou a mão da neta.

- Sabe, estou muito orgulhosa de você.

Elas trocaram sorrisos.

- Obrigada.

Sydney levantou-se e espreguiçou-se.

- Não tenho um bom treino há semanas. Elas terminaram de limpar o estúdio. Acho que vou subir e fazer alguns alongamentos de ioga e meditar. - Sydney fez uma pausa. - Posso lhe fazer uma pergunta?

- Claro.

- Minha mãe escreveu no último diário sobre seus estudos, práticas de ioga e meditação. A senhora não achou estranho eu ter escolhido estudar a mesma coisa e fazer disso minha carreira?

- Sim, fiquei chocada quando você mencionou isso pela primeira vez. Mas não estávamos falando sobre sua mãe naquela época... foi minha culpa. Isso era mais um lembrete para mim do quanto você é parecida com ela.

- Ocorreu-me que talvez fosse memória genética quando li sobre isso no diário dela.

- Só que você nasceu antes de Chelsea mergulhar nessa prática. Talvez seja mais uma experiência sensorial. Você era apenas um bebê, mas muitas vezes ela repetia sua rotina na sua frente. Você ria de algumas das posições contorcionistas que ela fazia.

Sydney parecia pensativa.

- Pode ser isso. Bom... estou indo.

- Antes disso, estive pensando, você pode me dar os diários de Chelsea? Agora estou pronta para lê-los.

Sydney pareceu surpresa, mas ficou feliz.

- Estou na metade do último. Vou lhe dar os três primeiros.

Sydney foi até seu quarto para pegar os diários. Era difícil acreditar na reviravolta de cem por cento da avó em relação a sua mãe. Elas falavam com bastante facilidade sobre Chelsea agora e, quando ela fazia perguntas, Elizabeth estava preparada para responder.

Dizem que você não pode voltar para casa. Mas isso era exatamente o que sua avó precisava fazer.

Sydney subiu a escada até o estúdio. *Uau! Ninguém falaria que alguém esteve aqui.* Fiel à sua palavra, Gord tinha cumprido sua promessa. As paredes estavam intocadas e os pisos vaporizados e polidos. *Parece novo em folha. E é.* Ela sorriu. Sydney caminhou ao redor de todo o estúdio algumas vezes, balançando os braços e aquecendo as pernas. Ela refletia sobre suas aulas. Sydney queria ensinar todos os níveis: iniciante, intermediário, avançado e suave para aqueles com restrições físicas. Seus cursos incluiriam mente, corpo e espírito através da combinação de exercícios, filosofia, respiração, dieta e meditação. Suas meditações incluiriam práticas de aterramento nas estações apropriadas.

Ela abriu um armário e pegou um tapete, um bolster e uma almofada. De outro armário, ela pegou um CD player. Para seu treino de ioga, ela colocou o álbum *The Great Mystery*, de Desert Dwellers. Sydney começou com exercícios de alongamento, seguidos de ioga intermediária, levando-a à posições avançadas. Ela manteve cada posição por dois a três minutos cada, tempo necessário para desafiar sua flexibilidade. Assim que ela ultrapassava seu limite e seu controle da respiração diminuía, Sydney mudava de posição. A rotina total levou uma hora para ser concluída.

Ela colocou *Yellow Brick Cinema* para tocar, música relaxante para meditação e sentou-se no tapete na posição de lótus. Com as pernas dobradas e cruzadas, ela colocou as mãos nos joelhos com o polegar e o indicador fechados em um círculo. Sydney concentrou-se em seus exercícios respiratórios, deixando a música fluir pelo corpo. Ela sentiu o calor e a proteção da luz curadora da energia universal branca movendo-se desde os dedos dos pés, através das pernas, alcançando o torso e empurrando a energia ruim para cima. Ela concentrou-se no calor, apagando todos os outros pensamentos da mente. Continuou subindo para o peito e ombros, empurrando um pouco da energia ruim para baixo nos braços, mãos e saindo de seu corpo pelas pontas dos dedos. Seus músculos relaxaram. O calor viajou por seu pescoço e sua cabeça até que toda a tensão fluiu para fora do topo da cabeça. Os músculos da testa relaxaram, em seguida as bochechas, até que ela relaxou o queixo e o maxilar, deixando seus lábios ligeiramente entreabertos. O exercício estava completo e ela se sentia desprovida de qualquer estresse.

A vibração da música tântrica pulsava pelo chão e em seu corpo. Ela se sentia unida à sala. Sua respiração estava profunda e relaxada. Seu corpo físico parecia leve e sua mente limpa. Sydney perdeu-se na música até ela acabar. Ela manteve sua posição, sem sentir vontade de se mexer. O CD reiniciou e começou a tocar de novo. Seu estado era tão atraente que ela não queria quebrar a magia eufórica.

E, então, duas coisas aconteceram.

O odor distinto de magnólias encheu a sala. O doce aroma pungente com um toque de baunilha encheu suas narinas e ela inalou o cheiro familiar profundamente em seus pulmões. Em seguida, ela ouviu uma voz falando com ela.

Uma voz? Sim, isso mesmo.

Não era uma voz externa, mas uma que falava com ela em sua própria mente. Baixinho e suplicante, a "voz" sussurrou:

- Tenha cuidado. Por favor, tenha cuidado. - Tais palavras foram seguidas pelo som de soluços. Não eram altos ou barulhentos, mas ecoavam em sua cabeça como se tivessem viajado de um lugar muito distante para alcançar os confins da mente.

Sydney abriu os olhos. Ela estava de frente para a parede espelhada e permaneceu em posição de lótus enquanto seu corpo se reorientava ao estado físico. Ela olhou para o espelho e deixou seus olhos viajarem pela sala através do reflexo.

Admiração, incredibilidade - mas principalmente medo - congelou seu olhar em um ponto no espelho.

Cerca de um metro e meio atrás de seu ombro direito, estava uma jovem. A mesma garota que ela tinha visto na árvore. Ela estava imóvel, com os pés descalços, um jeans rasgado, uma camiseta branca e aquele cabelo comprido rosa pálido. *Minha amiga imaginária.* Ela ainda podia ouvir a leve ressonância de soluços em sua mente. O rosto da menina estava molhado por causa das lágrimas que saíam de seus olhos azuis.

Sydney saiu de sua posição de lótus e girou no tapete. A sala atrás dela estava vazia. Ela girou de volta e olhou para o espelho. Ninguém. Levantando-se, ela balançou as pernas e os braços, recuperando o equilíbrio físico. Ela foi até à janela e olhou para os campos do outro lado da estrada.

Aquela mulher me deu um aviso. Por que ela estava chorando? De onde ela veio? E eu devo ter cuidado com o quê?

Apesar de todas as perguntas sem respostas, havia uma coisa da qual Sydney tinha certeza.

Essa garota não é e nunca foi uma amiga imaginária, mas sim um espírito. Quem é ela?

O FINAL de semana trouxe o fim do incêndio florestal - pelo menos do lado canadense. O último membro da equipe de limpeza tinha ido para casa. E o pessoal da equipe tinha voltado para Kamloops no dia anterior, exceto Gord. Ele iria embora no dia seguinte. Ele e Elizabeth salvaram seus números no celular um do outro. Gord insistiu em levá-la para jantar naquela noite. Era 1º de julho, o Dia do Canadá, a celebração da federação do Canadá. Mas Stoney Creek e Osoyoos cancelaram suas comemorações daquele ano por causa do incêndio.

Elizabeth estava conseguindo andar que nem uma lesma com suas muletas, mas pelo menos ela conseguia se mover sozinha. Gord a levou a um restaurante grego em Osoyoos com vista para o lago. Era uma noite quente e eles viam pessoas pulando de uma balsa e crianças cavando na areia.

- Eu tinha esquecido como é tranquilo aqui no extremo sul de Okanagan. Kelowna também tem belas praias, mas muito mais tráfego atualmente - disse Elizabeth.

- Eu gosto de morar em Kamloops. Tem sido bom para mim financeiramente e em termos de carreira, mas minha aposentadoria chegará em breve. Sempre adorei Okanagan. - Ele olhou para Elizabeth. - Sabe, Lizzie... talvez eu me mude para mais perto. - Ele segurou a mão dela.

Elizabeth sorriu.

- Quando é seu aniversário?

- Em fevereiro. Eu gostaria de sair antes que a temporada de incêndios comece no próximo ano. Posso colocar a casa à venda quando voltar, caso demore um pouco. Eu preciso reduzir a equipe de qualquer maneira e poderia alugar um apartamento até eu ir embora.

Elizabeth pensou no que ele havia dito.

- Eu adoraria ter você mais perto. Se pretendemos nos ver exclusivamente, é uma viagem de duas horas, ida e volta. Mas eu não quero que você se desloque por minha causa. Tudo isso é novo para nós dois e não estou pronta para nada muito permanente, você sabe disso. Quero dizer, se não funcionar conosco, você pode vir a se arrepender de uma mudança tão grande em sua vida.

- Bom, em primeiro lugar, temos cerca de oito ou nove meses antes de eu me mudar. Até lá saberemos sobre nós. De qualquer maneira, eu planejava reduzir a equipe quando me aposentasse. Se não dermos certo, posso comprar uma townhouse ou em algum condomínio em Kamloops. Mas meus filhos estão espalhados em Kamloops, Kelowna e Vernon. Portanto, minha preferência após a aposentadoria é estar em algum lugar na área de Okanagan, e não na localidade do rio Thompson.

- Então, estou ansiosa para tê-lo mais perto. - Elizabeth apertou a mão dele também.

Gord recostou-se em sua cadeira enquanto o garçom trazia os pratos de souvlaki, arroz e salada grega.

- Eu tenho a sensação de que Sydney gostaria que você ficasse aqui e não voltasse para Kelowna.

- E eu acho que você está certo. Mas estou a dois anos da aposentadoria. Não consigo me imaginar desistindo do meu negócio agora. Meu planejamento financeiro está vinculado aos últimos anos. Além disso, ela precisa se estabelecer e ser independente.

- Hum... esta carne é tão macia! - Gord terminou de mastigar e engoliu o pedaço picante. - Não foi por isso que ela veio para Stoney Creek em primeiro lugar?

- Esse era o plano dela, mas com tudo o que vem acontecendo, acho que ela está se agarrando a mim porque está se sentindo insegura. Assim que eu voltar para casa, ela encontrará seu caminho.

- Quando você acha que volta?

Elizabeth bebeu um gole de seu vinho tinto.

- Eu ia embora quando pegasse meu gesso, mas tem sido tão caótico com todas aquelas pessoas na casa de fazenda.

Talvez eu fique mais algumas semanas apenas para desfrutar da tranquilidade.

Gord riu.

- E para ter certeza de que Sydney está bem?

- Não consigo enganar você.

- Você tem sido uma boa mãe e avó para ela. Eu não quero bisbilhotar, mas ela parece um pouco estressada esta semana. Está tudo bem?

Elizabeth ponderou a pergunta dele. Ela não estava acostumada a compartilhar assuntos pessoais com ninguém. *Isso é novo e estranho. Mas se Gord e eu vamos ter um relacionamento, precisamos confiar um no outro.* Ela relaxou enquanto contava a Gord a história de sua filha e Wes Rhyder. Ela hesitou inicialmente quando contou a ele sobre Sydney e Jax porque isso era assunto pessoal de Sydney, e não dela. Mas ela continuou e em pouco tempo ele estava sabendo de tudo.

- Jesus. Não me admira que ela queira que você fique. Ela precisa do seu apoio agora. Acho que você deveria ficar por um tempo. Você está recebendo auxílio doença e se seus clientes de cabelo podem esperar, isso é necessário.

- A maioria deles está comigo há anos, eles estão me dando muito apoio. E se eu perder alguns, posso encontrar novos.

- Então fique. Talvez até mais, se for necessário. É verão e é a época mais agitada para mim. De qualquer maneira, vou ficar ocupado com outros incêndios florestais por alguns meses, então nosso tempo juntos será esparso. Você ainda precisa da ajuda dela também. Quando você começar a fisioterapia, você não vai poder fazer muito esforço.

Elizabeth riu.

- O que foi?

- Não estou acostumada a ter alguém cuidando de mim. Já se passou muito tempo desde que um homem me disse o que eu deveria fazer.

Gord baixou o garfo e estendeu o braço sobre a mesa. Ele entrelaçou seus dedos nos dela.

- Escute-me, eu não estou dizendo o que você tem que fazer. Estou apenas sugerindo o que eu faria. A escolha é sua.

- Obrigada. Escolhi mal as palavras - programação antiga. Se eu realmente achasse que você me diria o que fazer, eu já o teria mandado embora.

Eles riram.

- Aposto que sim.

Eles terminaram a refeição e deixaram o restaurante. Em vez de seguir para o norte, para Stoney Creek, Gord virou para o sul e dirigiu em direção à fronteira com os Estados Unidos. Eles viraram para o leste na Crowsnest Highway e subiram até o Anarchist Lookout que fica a cerca de 460 metros acima de Osoyoos.

Eles estacionaram e saíram do veículo.

- Não venho aqui desde que eu era criança - disse Elizabeth.

- Já se passaram muitos anos para mim também.

Eles encontraram uma pedra grande para sentar e viram o sol se pôr no oeste. Eventualmente, o céu começou a escurecer e o ar noturno esfriou.

- Está sentindo a brisa? Eu amo as brisas noturnas. Sem elas, as temperaturas do deserto seriam insuportáveis - disse Elizabeth.

- É engraçado como os turistas ficam surpresos que algumas áreas do Canadá têm desertos. Eles acham que aqui é só frio e neve.

Elizabeth deu uma risadinha.

- A nossa geografia é bem diversificada.

Eles assistiram as luzes se acenderem na cidade. Elas brilhavam como estrelas na escuridão.

Gord levantou-se, ajudou Elizabeth a se levantar e entregou-lhe as muletas. Quando chegaram ao carro, ele abriu a porta e colocou as muletas no banco de trás. Ele virou-se para Elizabeth, que estava segurando a porta esperando por ele para ajudá-la a entrar no carro. Antes que ele a ajudasse, Gord a tomou nos braços e a abraçou forte contra seu peito. Ele abaixou a cabeça e encontrou a boca dela. O beijo deles foi curto e doce; um teste para ver se seus sentimentos correspondiam. Ele afastou-se e olhou nos olhos dela. Elizabeth sorriu e seus lábios se juntaram um pouco mais necessitados dessa vez. Elizabeth cedeu à sensação e sentiu um calor envolvê-la.

Enquanto desciam a montanha, ela curtiu o momento. Eles haviam compartilhado alguns beijos rápidos nas últimas semanas, mas este foi o primeiro beijo apaixonado que consolidou seus sentimentos mútuos. Elizabeth sorriu para si mesma enquanto observava as luzes lá embaixo. *Quão romântico é isso? Os jovens pensam que dominaram o mercado do romance. Quem disse que não dá para se divertir e viver um romance depois dos sessenta?*

❊ 29 ❧

B rian ligou para Sydney da Rhyder Contracting para dizer que os homens estariam de volta no meio da semana para continuar o trabalho na propriedade. Bea recebeu o pagamento pelo resto da semana e insistiu em ficar com ela e Elizabeth. Sydney estava grata. Ela ajudava Bea na cozinha com algumas das refeições e aprendera ótimas dicas de culinária. Mas ela pretendia aprender mais. Claro, sua avó era uma ótima cozinheira, mas equilibrar-se nas muletas enquanto cozinhava não era uma opção. Quando Bea fosse embora, Sydney percebeu que poderia lidar com a comida de maneira adequada.

O celular no bolso de Sydney vibrou. Ela puxou-o e olhou o número na tela.

- Oi, Jess. E aí?

- Oi. Odeio ter que lhe dizer isso, mas recebi uma ligação do laboratório sobre sua amostra de DNA.

O coração de Sydney começou a bater forte.

- Já? Mas nem se passou uma semana ainda.

- Desculpe, não é sobre o resultado. Infelizmente, sua amostra foi comprometida e está contaminada. Preciso que você volte e faça uma nova coleta.

Sydney respirou fundo.

- Tudo bem. Quando você quer que eu vá?

- Você pode vir hoje? Temos uma remessa que vai para o laboratório no final da tarde e eu gostaria de incluir a sua.

- Estou a caminho. Até daqui a pouco.

Ela foi procurar a avó para dizer aonde estava indo.

- Posso ir com você? Está um lindo dia para um passeio e está muito quieto por aqui.

- Claro.

Vinte minutos depois, elas estavam indo em direção ao hospital em Oliver.

- É bom que eles não estraguem esta amostra também. Agora temos que esperar ainda mais pelo resultado - disse Sydney.

- Que vergonha. Isso vai acabar logo, querida, e você terá sua resposta. Você já conversou com Jax?

- Não, estamos nos evitando. O que há para dizer até sabermos se somos parentes? Se descobrirmos que somos primos, será constrangedor para nós dois. E nós achávamos que tínhamos algo especial.

- Eu gostaria de poder tornar isso mais fácil para você, mas não posso. Às vezes sinto-me um fracasso como mãe e avó. - Elizabeth olhou pela janela do carro.

Sydney ficou chocada.

- Ah, vovó, por que a senhora está dizendo isso? A senhora é uma ótima avó. E Chelsea escrevia em seus diários que a senhora era uma boa mãe.

Elizabeth resmungou:

- Eu nunca conheci minha filha de verdade até começar a ler os diários. Digo, eu reconhecia que ela era mais forte e mais livre em seus pensamentos do que eu. Eu admirava seu caráter e traços de personalidade. Mas eu realmente não sabia ou não entendia a angústia que ela sentia pelo pai. Ela sempre o enfrentava, às vezes com raiva e outras vezes com humor. Achei que ela tivesse encontrado uma maneira de lidar com os modos dele. Eu estava errada e ela sofria por causa disso.

- Não se subestime. Adolescentes e pais sempre têm relacionamentos tênues e problemas na comunicação. Acho que no último ano, depois que eu nasci, ela entendeu melhor a senhora e te amou muito. - Sydney olhou para a avó e viu uma lágrima escorrer pela bochecha dela. - A senhora é uma boa pessoa, vovó. Fez o seu melhor e é isso que conta.

- Obrigada, querida. Eu só queria ter enfrentado seu avô mais cedo.

- Isso é o que chamamos de maturidade.

Elizabeth riu.

- Lá vem você, sendo a inteligente de novo. Você é muito mais madura do que eu na sua idade.

- É porque a senhora cresceu em uma vida protegida e papai deu continuidade a isso. Eu, por outro lado, fui mais exposta à vida. A televisão, vídeos e a internet expuseram as crianças a mais coisas do que quando a senhora crescia na fazenda.

Um carro disparou da frente de uma garagem bem na frente delas. Sydney pisou no freio para evitar uma batida.

- Que idiota! Posso lhe perguntar uma coisa?

- Claro.

- A senhora acredita em Deus?

Sydney pôde sentir o olhar silencioso que sua avó lhe lançou.

- Se é assim que você quer chamá-lo. Eu acredito em um poder superior. Certamente não estamos no controle, estamos?

- Por que a senhora nunca me mandou à igreja quando nos mudamos para Kelowna?

- Eu ia à igreja com Frank e Chelsea porque ele exigia. E naquela época, Stoney Creek tinha poucos habitantes. A única vida social era a igreja. Eu gostava de ir, mas sempre acreditei que se Deus está em todo lugar e vê tudo, ele também está no meu jardim, então, quando estou de joelhos trabalhando nele, posso orar que ele vai me ouvir.

- Faz sentido.

- Também acredito que você só precisa seguir uma regra para ser uma pessoa boa - a Regra de Ouro. Faça aos outros o que gostaria que fizessem a você. Para mim, isso resume tudo o que está escrito na Bíblia, Alcorão, Torá e Tripitaka.

Sydney assentiu com a cabeça.

- Lembro-me de a senhora falando comigo sobre a Regra de Ouro quando eu era pequena.

- Quando Frank decidiu que a igreja havia se tornado liberal demais, fazíamos reuniões de oração nas manhãs de domingo em casa. Pobre Chelsea, tinha que ler os versículos e dizer a ele o que ela achava que significavam, então ele discutia sobre.

- Hum... lembro-me de me esconder na árvore de magnólia e de ouvi-lo me chamando para estudar. Eu era muito nova para ler, mas lembro-me dele lendo as escrituras para mim. Eu não entendia nada, mas algumas delas me assustavam um pouco. Eu ficava escondida até ouvir aquele certo tom em sua voz, então eu sabia que se eu resistisse mais, ele ficaria muito bravo e tiraria meus privilégios.

- E é por isso que não levei você à igreja em Kelowna. Ele assustou você e sua mãe com a imagem que ele passava sobre o fogo e o enxofre da bíblia. Eu acreditava que ir à igreja deveria ser uma escolha, algo que desejamos e apreciamos. Então, decidi lhe ensinar a regra de ouro e deixar que você descobrisse o resto quando se tornasse adulta.

Elas chegaram ao hospital e entraram. Elas encontraram Jessie, e Sydney submeteu-se a tirar outra amostra.

- Eu sinto muito, Syd. A espera disso deve ser horrível - disse Jessie.

- A culpa não é sua. Eu estou bem. - Sydney deu um abraço na amiga. - Por que você não aparece esta noite para o jantar? Agora que todo mundo foi para casa, seremos só nós e Bea.

- Estarei lá.

- Vejo você às dezoito.

Elas moveram-se a passos lentos pelo hospital com Elizabeth usando muletas e mantendo a perna direita no ar. Sydney a teria colocado em uma cadeira de rodas, mas sua avó insistia em ser independente. Sydney olhou ao redor enquanto elas moviam-se lentamente pela entrada. Sentado em uma cadeira na área de espera, ela avistou Arne, seu vizinho. Ele já tinha visto as duas e eles trocaram olhares. Não havia como ignorá-lo. Ele levantou-se e caminhou em direção a elas.

- Boa tarde, senhoras. Está tudo bem?

- Sim, Arne. Acabei de fazer um exame - disse Elizabeth. - E você?

- Mesma coisa. Estou esperando uma radiografia das minhas costas. Foi um mal jeito levantando fardos de feno.

Elizabeth continuou andando.

- Cuide-se. Dor nas costas pode ser a pior que existe.

- Tenham um bom dia, senhoras. - Arne olhou para Sydney que não havia dito uma palavra. Ele a olhou de cima a baixo, acenou com a cabeça e sorriu. - Sydney.

Sydney assentiu de volta.

- Cuide-se - disse ela, seguindo a avó até às portas eletrônicas.

Por que é que alguns homens acham que não há problema em nos despir com os olhos e depois esperar que nos sintamos lisonjeadas? Quando chegaram ao veículo, Sydney sentia-se enojada por causa daquele homem. Ela ajudou a avó a acomodar-se no banco do passageiro e deu a volta em direção ao lado do motorista. Ela notou que a caminhonete de Arne estava estacionada bem ao lado do veículo delas. Não havia muito espaço entre eles. Quando ela chegou a sua porta, ela olhou para a janela do passageiro do veículo dele. O que ela viu a fez parar. Ela se aproximou e olhou pelo vidro. Havia uma pilha de livros no banco da frente da Oliver Branch, Biblioteca Regional de Okanagan. A pilha havia deslizado para o lado e se espalhado pelo assento. Um livro em particular chamou a atenção dela. Um livro de ioga. *Arne?*

Ela entrou em seu próprio veículo e tentou visualizar a perspectiva de seu antigo vizinho sentado em um tapete em posição de lótus. Uma risadinha escapou de sua boca.

- O que é tão engraçado?

- A caminhonete de Arne está estacionada ao nosso lado. Há alguns livros da biblioteca no assento. Um é sobre ioga.

- Isso é engraçado - disse Elizabeth, rindo.

- A senhora realmente acha que ele gosta de ioga?

A avó deu de ombros.

- Vai saber. Ele tem um problema nas costas e ioga é um exercício suave e eficaz.

Sydney balançou a cabeça e saiu de sua vaga. De volta à estrada, a caminho de casa, ela se esqueceu de Arne.

Elas passaram uma noite agradável com Jessie e Bea. Sydney insistiu que, enquanto elas estivessem juntas, Bea não deveria se considerar uma funcionária. Ela fazia parte da família, era uma delas. Sydney disse que pretendia trabalhar com ela na cozinha para ir aprendendo. Na hora da refeição, ela deveria sentar-se com elas para comer e socializar. A limpeza seria feita em conjunto. Jessie e Sydney deixaram Elizabeth e Bea falarem mais enquanto compartilhavam a infância e juventude em Stoney Creek. Foi uma noite divertida e cheia de risadas. Logo, Jessie teve que ir embora e era hora de dormir.

Sydney acomodou-se sob as cobertas e encostou-se nos travesseiros. Mais uma vez, ela pegou o último diário e continuou sua leitura.

26 de fevereiro

Querido diário,
Está feito. Fiz a minha matrícula. Não contei aos meus pais. Se eu confiar na mamãe, ela vai contar a ele em algum momento e estou cansada de discutir com ele. Sinto-me mal por não contar a ela. Tenho cerca de dez semanas antes de partirmos e não quero mais ter que lidar com a ira de papai. Mal posso esperar para começar minha vida nova. Vou deixá-los pensar que cedi aos desejos de papai.

10 de março

Querido diário,
O serviço social encontrou para mim um apartamento de porão mobiliado a alguns quarteirões da escola. Posso chegar em meados de maio, duas semanas antes do início das aulas. Eles vão me dar algum dinheiro para comprar móveis para Sydney no Exército de Salvação. Vou levar apenas o carrinho de bebê, os brinquedos favoritos de Sydney e as roupas dela. Levarei uma mala e uma mochila com meu laptop. A CONTAGEM REGRESSIVA COMEÇOU!

23 de março

Querido diário,
Mamãe me perguntou hoje se eu ainda estava planejando fazer o curso e eu menti. Eu sei diário, eu menti para minha mãe. Eu disse a ela que não poderia começar na turma do dia 1º de junho e que provavelmente entraria na próxima que começará em dezembro. Sinto-me péssima mentindo para mamãe. Espero que

um dia ela me entenda. Papai resmungou e deixou para lá,
porque ainda vai demorar.

1 de abril

Querido diário,
Hoje é meu aniversário e de Sydney. Mamãe fez um bolo para
nós duas e comprou um tapete de ioga para mim. Foi um presente
dos dois, mas sei que foi ela quem comprou. Eles compraram
para Sydney um ursinho de pelúcia do tamanho dela. Ela amou.
Imagina só - minha Sydney fez um ano. Ela está andando, ou
melhor dizendo, correndo agora e se metendo em tudo. Ela é uma
gracinha. Eu a amo demais.

Os OLHOS de Sydney se fecharam e ela balançou a cabeça
para se manter acordada. Ela queria ler mais. Em um estado
sonolento, ela leu a próxima anotação. *O quê?* Ela parou e
começou de novo. Quando terminou, ela pulou na cama e a
leu novamente. Sua cabeça girou e seu corpo ficou gelado.
Meu Deus!

4 de abril

Querido diário,
Adivinha? Assisti a biografia de Cyndi Lauper ontem à noite na
televisão. A roupa dela era tão legal. Eu nunca encontraria um
vestido como aquele em Stoney Creek (risadinha)... provavelmente
em Kelowna também não. As roupas dela não combinam com
cidades agrícolas pequenas haha. Mas o que eu realmente amei

foi o cabelo dela. Rosa! Dá para acredita nisso? Muito legal. Agora isso eu poderia fazer. E... você me conhece, eu... SIM, EU FIZ ISSO. Pintei meu cabelo de rosa igual o dela. A mamãe e o papai não estão em casa. Não sei o que eles vão pensar. Ops... tarde demais.

❧ 30 ☙

Jax atendeu o celular:

- Oi, Jess. Como estão as coisas?

- Ei, Jax. Não está muito tarde, está?

- Não, estou limpando minha casa para ver se fico com sono.

- Oh, então você voltou para sua casa?

- Sim, eu precisava ficar longe do meu pai. E assim que Syd soube que eu estava de volta à cidade, não havia necessidade de me esconder.

- Como você está lidando com tudo isso, meu amigo?

Ele afundou-se em uma poltrona e colocou os pés em cima da mesa de centro.

- Estou com raiva, muita raiva. Como a Syd está?

- Acho que ela superou a parte da raiva. Ela entende o motivo pelo qual você sumiu. Ela perdoou seu pai e disse a ele que o passado não é a realidade atual, e que todos têm que seguir em frente.

Jax ponderou isso por um momento.

- Provavelmente ela esteja certa, mas papai demorou muito para me contar sobre o meu passado. E ele deveria ter ido falar com Sydney mais cedo sobre suas suspeitas de que poderia ser o pai dela.

- Não posso falar pelo seu pai sobre isso, mas ele disse a Sydney que não tinha ideia do que ela tinha ouvido sobre o passado dela e que ele estava com medo de se impor e perturbá-la. Acho que foi um ponto válido.

- É, também acho que foi.

- Olha, eu queria que você soubesse que o laboratório contaminou a amostra de Sydney, mas ela fez outro teste hoje. Então vai demorar um pouco mais antes de vocês descobrirem. Deixei uma mensagem para o seu pai.

- Droga! Pobre Sydney. Isso deve estar sendo muito difícil para ela.

- Está sendo difícil para todos vocês.

A campainha tocou e Jax foi ver quem era.

- Tem alguém à minha porta. É melhor eu desligar. Obrigado por ligar, Jess.

- Sem problemas. Até mais.

Jax abriu a porta e viu seu pai ali parado, parecendo um pouco inseguro.

- Acabei de voltar de Kelowna e vi suas luzes acesas. Posso entrar? - perguntou Wes.

- Claro. - Jax o conduziu até à sala de estar. - Quer uma cerveja?

- Sim, obrigado. - Wes sentou-se no sofá.

Jax voltou da cozinha, entregou uma garrafa a Wes e voltou para a poltrona.

- Como vão as coisas em Kelowna?

- Bem, está tudo correndo bem. - Wes fez uma pausa para tomar um gole de cerveja.

- Eu estava conversando com a Jess. Ela me contou sobre Sydney ter que refazer o teste.

Wes balançou a cabeça indignado.

- Como se ela já não estivesse estressada o suficiente. Ouvi dizer que o incêndio acabou e todos os bombeiros foram embora.

Jax disse:

- Sim, Brian e o pessoal estarão de volta à fazenda amanhã para retomar a reforma.

- Isso é... isso é bom. Lamento que você tenha que ter deixado o trabalho, filho. Eu sei o que esse projeto significa para você.

Jax deu de ombros.

- Eu poderia ter uns dias de folga. Estou colocando a casa em ordem.

- Você ainda está com raiva de mim. Nunca conversamos sobre isso na noite em que lhe contei. Então, quando você voltou para trabalhar na linha de fogo com a escavadeira, nunca mais o vi. Podemos conversar agora?

Ele estudou o rosto do pai. Jax podia ver o quão cansado e estressado ele parecia estar. Essa coisa toda estava pesando sobre ele também.

- Eu não consegui falar sobre isso quando você me disse que eu era seu sobrinho, e não seu filho. Acho que eu teria lidado melhor se Sydney e eu não tivéssemos ficado íntimos. A coisa toda do incesto foi demais... pensar que no início poderíamos ser irmãos e, em seguida, primos, me deixou sobrecarregado.

- Eu sinto muito por ter feito você sofrer. Meu lado racional pede desculpas e ficar me lembrando o quão mal eu lidei com tudo não vai melhorar em nada para nenhum de nós. Mas você tem que saber que adotado ou não, você é meu filho e sempre será. - Wes tomou mais alguns goles para relaxar e acalmar o nervosismo. - Eu te amo, filho.

Jax relaxou um pouco.

- Eu sei que você me ama. Você foi um bom pai e sei que ser um ótimo pai vai muito além do sangue. E ei, ainda temos o mesmo sangue. - Ele observou um pouco da tensão deixar o rosto do pai. - Eu estava conversando um pouco sobre isso com Jess. Ela me ajudou a enxergar melhor algumas coisas. Acho que talvez eu deva parar de sentir raiva, pai. Eu também te amo.

Os dois homens ficaram sentados em silêncio por alguns minutos. Wes falou primeiro:

- Obrigado. Você está... - Wes fez uma pausa. - Você está pronto para falar um pouco de negócios?

- Claro.

Wes abriu uma pasta com zíper que carregava debaixo do braço. Ele puxou um documento e o entregou a Jax.

- O que é isto?

- Isso significa que a Rhyder Developments está migrando para projetos comerciais e essa não é uma direção que você deve seguir. Ofereci a chefia da divisão de Stoney Creek a Josh Peterson. Ele é um bom homem e mais do que qualificado para o cargo.

- Sim, eu concordo. Ele é uma boa escolha. Mas e isto? - Jax ergueu os papéis.

- Eu não poderia simplesmente soltar você para começar e ter que lutar tudo de novo. Você conquistou seu lugar nesta empresa e quero ajudá-lo. Meus advogados criaram uma empresa subsidiária, a Jax Rhyder Construction, Remodelação e Reformas Residenciais. É sua e você pode ficar com sua equipe se eles quiserem ficar com você.

Jax estava sem palavras.

- Mas você disse que a Rhyder Developments não poderia ser comercial e residencial.

- Os advogados encontraram um jeito. E quando você estiver estabelecido, podemos examinar de separá-lo da Rhyder Developments. A empresa será sua para você administrar como achar melhor.

- Nem sei o que dizer.

- Você pode agradecer a Sydney. Foi ela quem abriu meus olhos para permitir que você trilhasse seu próprio caminho.

O rosto de Jax demonstrou preocupação e ele abaixou os papéis.

Wes viu a mudança no comportamento do filho.

- Jesus! Desculpe, eu não deveria ter mencionado a Sydney.

- Não, está tudo bem. É só... - Jax respirou fundo. - Você não sabe o que isso significa para mim. Claro, eu adoraria ter minha própria empresa. Mas posso pensar sobre isso?

Wes parecia confuso.

- Eu não entendo. Achei que você ficaria animado.

- Oh pai, acredite em mim, eu estou. Mas se caso eu e Sid formos parentes, vai ser difícil eu ficar por aqui, sabe? Vou precisar de algum tempo para resolver isso e ela também.

Wes suspirou.

- Claro. Entendi. Espere até que toda essa bagunça seja resolvida. Quando sua mente estiver mais clara, você saberá o que fazer.

- Obrigado, pai.

❀ 31 ❀

Sydney saiu da cama e foi até à janela saliente. Ela sentou-se no assento embutido e olhou para a noite. A lua minguante brilhava no lago, proporcionando luz suficiente para ver o bosque de magnólias. Ela olhou para as árvores, digerindo o que a última anotação no diário de sua mãe havia revelado. Ela agora sabia, sem qualquer sombra de dúvida que, quem ela pensava que era uma amiga imaginária quando criança e que ela veio a conhecer como um espírito nas últimas semanas era sua mãe, Chelsea Grey. O peso disso comprimiu seu peito. Se o espírito da mãe estava ali junto com o espírito do avô de Sydney, isso significava que ela estava morta. Um arrepio percorreu o corpo dela. Ter o conhecimento disso abriu um novo conjunto de perguntas para as quais Sydney não tinha respostas. *Por que você está aqui na casa de fazenda? Como você morreu? O que você está tentando me dizer?*

Uma porta se abriu no corredor. Sydney ouviu o movimento constante das muletas de sua avó no piso de madeira. Elizabeth entrou no banheiro e, alguns minutos depois, saiu para continuar andando pela casa. Um farfalhar nos armários da cozinha chamou a atenção de Sydney e ela foi se juntar à avó.

- Oi, vovó. Não consegue dormir?

- Estou morrendo de fome. Nunca consigo dormir quando estou assim. Bea deixou algumas sobras de frango e salada de batata na geladeira. Quer um pouco?

- Não, obrigada. Vou pegar um pouco de granola na despensa. - Sydney abriu a porta e logo encontrou o que desejava. - Sente-se, eu pego a comida para a senhora. - Ela pegou um prato e alguns utensílios, tirou os alimentos da geladeira e os colocou na ilha. - Que tal um copo de limonada?

- Sim, por favor - disse Elizabeth.

Sydney serviu um copo para as duas e voltou para a ilha. Ela sentou-se em um banquinho em frente a sua avó. Sydney observou ela comer enquanto mordiscava passas, nozes e frutas secas.

- Por que você não está dormindo? - perguntou Elizabeth.

- Eu estava lendo o último diário. Estou quase terminando. Eu a ouvi levantar e decidi me juntar à senhora. - Sydney não tinha contado a ela sobre as coisas paranormais que estavam acontecendo na fazenda. Ela não queria incomodá-la, mas tinha chegado a hora de elas considerarem o que poderiam ser algumas verdades duras. - Vovó... minha mãe escreveu que pintou o cabelo de rosa igual o de Cyndi Lauper. A senhora se lembra disso?

Elizabeth riu e assentiu com a cabeça enquanto mastigava uma coxa de frango.

- Sim, era diferente, mas combinava com ela. Ela era louca pela música da mulher. Não conhecíamos a cantora, mas as duas pareciam ter traços de personalidade semelhantes. Espíritos livres. Seu avô, é claro, enlouqueceu.

Sydney decidiu ir direto ao assunto.

- Quando eu estava em Kelowna em maio, perguntei

sobre minha amiga imaginária. Desde que voltei para a fazenda, eu a vi em mais de uma ocasião.

Elizabeth pousou o garfo, limpou as mãos em um guardanapo e olhou para a neta.

- Você viu sua amiga imaginária de infância aqui? Recentemente?

- Sim, eu vi. E ela não é imaginária, vovó. Ela é um espírito. A senhora me contou que eu a chamava de Candy. A senhora sabe por quê?

Elizabeth balançou a cabeça negativamente, sem tirar os olhos do rosto de Sydney.

Sydney respirou fundo e falou quase em um sussurro:

- Porque o cabelo dela era comprido e me lembrava algodão doce... algodão doce cor-de-rosa.

As duas mulheres olharam profundamente nos olhos uma da outra em silêncio. Elizabeth levantou a mão para cobrir a boca. Sydney pegou a outra mão de sua avó.

- Minha mãe ainda tinha cabelo rosa no dia em que desapareceu?

A avó pigarreou.

- Sim, você poderia ir ao meu quarto e trazer minha bolsa, por favor?

Ela voltou com a bolsa de Elizabeth e a colocou no balcão.

A avó pegou a carteira, tirou uma foto de dentro dela e a entregou à neta.

Sydney olhou para a foto.

- Meu Deus... é ela! - Ela não conseguia tirar os olhos da foto. - Acho que ela não fugiu, vovó. Algo aconteceu com ela. O espírito dela está preso aqui entre os dois mundos. Eu a vi no estúdio. Ela estava chorando e me implorou para tomar cuidado.

Elizabeth apertou a mão da neta com mais força.

- Tomar cuidado com o quê?

- Eu não sei. Ela desapareceu sem me dizer. Meu intestino diz que o que quer que tenha acontecido com ela, aconteceu aqui. Ela nunca saiu da fazenda naquele dia. - Os olhos de sua avó se encheram de lágrimas. - A senhora está bem?

Elizabeth falou em um sussurro:

- No fundo, eu sabia que algo tinha acontecido com Chelsea. Uma mãe sempre sabe. Mas era mais fácil acreditar que ela tinha fugido de nós. Era mais fácil ficar brava com ela todos esses anos do que me permitir aceitar que ela tinha ido embora para sempre.

- Ah, vovó, há outras coisas acontecendo também.

- Que tipo de coisas?

- Um homem de pé ao lado da minha cama à noite quando eu estava dormindo. Um dos bombeiros viu uma jovem no bosque de magnólias e outro viu um homem ao amanhecer parado na janela de seu quarto. A descrição dele correspondeu ao vovô. - Sydney observou a avó cuidadosamente, examinando sua expressão facial.

Elizabeth endireitou-se e jogou os ombros para trás.

- Tenho tido alguns sonhos. Seu avô me visita neles. Às vezes ele se senta e chora... outras vezes, ele pede desculpas. O último, ele me pediu para "ajudá-la".

- É como se os dois estivessem tentando nos avisar de algo - disse Sydney.

- Oh, Sydney. Não a mim, mas você. Seu avô quer que eu cuide de você e se Chelsea está aparecendo, ela está lhe avisando do perigo.

Sydney respirou fundo.

- É o que parece.

- Você já está acabando o diário?

- Faltam algumas páginas. Por quê? - perguntou Sydney.

- Vá pegá-lo. Vamos terminar juntas. Pode haver mais alguma coisa nele que pode nos dar uma pista sobre o que aconteceu com Chelsea.

Sydney limpou o balcão.

Elizabeth pegou suas muletas.

- Vá ao meu quarto.

Quando Sydney juntou-se à avó, Elizabeth estava acomodada na cama, encostada em seus travesseiros. Ela deu um tapinha no outro lado.

- Junte-se a mim, igual quando você era criança.

Sydney subiu na cama para ficar ao lado da avó. Ela abriu o diário e começou a ler, recomeçando por algumas anotações de quando ela decidiu se matricular nas aulas de 1º de junho daquele ano e até a parte em que Sydney descobriu que sua mãe tinha cabelo rosa.

A avó chorou baixinho. Sydney pegou um lenço de papel e o colocou na mão de Elizabeth.

- Eu nunca suspeitei. Ela deveria ter confiado em mim. Eu não teria contado ao pai dela. Há algo muito errado quando uma filha não consegue confiar na mãe.

- A senhora está bem?

A avó abriu um sorriso fraco.

- Sim, estou bem. Por favor, continue.

6 de abril

Querido diário,
Nós sabíamos que isso aconteceria, não é mesmo, diário? Mamãe
apenas sorriu para o meu cabelo rosa. Papai surtou. Ele disse
que se Deus quisesse que eu tivesse cabelo rosa, eu teria nascido
com ele. Minha defesa foi que muitas garotas pintam o cabelo. É
divertido. Ele disse que apenas aquelas pessoas do entretenimento
sem moral tingem seus cabelos de cores estranhas. E já que eu
nunca serei uma artista, ninguém me daria um emprego e que
provavelmente iriam me despedir do café. Não. Todos gostaram.
Bom - alguns clientes não, mas minha personalidade encantadora
os conquistou - haha.

11 de abril

Querido diário,
Estive separando minhas coisas, decidindo o que vou levar.
Mantendo minhas roupas e as de Sydney limpas. Eu disse a
mamãe que estou limpando todas as minhas coisas de infância e
roupas velhas para abrir mais espaço. Em seguida, arrumei o
que gostaria de manter para pegar em uma data posterior e
guardei no closet. Fique orgulhoso de mim, pois eu estou. Meu
quarto NUNCA foi tão arrumado.

25 de abril

Querido diário,
Não contei a Pam que vamos porque quero fazer uma surpresa
para ela. Outra razão é que temo que ela cometa um erro e
mencione isso para a mãe dela. Eu nem contei a ninguém do café
que estou indo. Estou de folga do trabalho por alguns dias antes
de irmos. Outra coisa pela qual me sinto mal é porque eles têm
sido bons comigo. Não posso arriscar que meu pai ouça isso de
alguém. Eu poderia contar a eles e ele não pode me impedir, mas
a vida será um inferno. E se papai me seguir até a rodoviária e
me envergonhar na frente das pessoas? Não... é melhor assim.

10 de maio

Querido diário,
O idiota tentou falar comigo hoje. Ele disse que papai contou que
eu estava pensando em ir embora ainda este ano. Me deu um
susto porque quase pensei que ele sabia que vou embora daqui
cinco dias. Ele disse que eu deveria ficar aqui com as pessoas que

me amam, não apenas mamãe e papai, mas pessoas como ele, que me conhecem desde sempre. Quase ri dele. Ele me ama? Está mais para uma cobiça. Eu sempre o pego olhando para meus seios ou quandome viro, sei que está olhando para minha bunda. Ok... a maioria dos caras faz isso, eu sei. Eu nunca me importei quando Chaz fazia isso (risos). Mas, diário, a aparência do idiota é tão assustadora que ele faz eu me sentir suja. Ainda bem que não vou mais vê-lo.

13 de maio

Querido diário,
MAIS DOIS DIAS... DUH DUH DA DUH! (isto é um solo de bateria). Mamãe e papai vão sair cedo no dia 15. Eles vão passar o dia em Vernon para pegar algumas peças de equipamentos agrícolas. Vamos sair enquanto eles estiverem fora. Desculpe, mãe (lágrimas).

14 de maio

Querido diário,
Eu não arrumei nada ainda. Tenho tanto medo de que mamãe ou papai vejam algo fora do lugar. Honestamente, estou tão nervosa que se ela começar a fazer perguntas, sei que não vou conseguir mentir para ela e será uma cena horrível. E você, diário, vai voltar ao meu esconderijo com meus outros diários até amanhã. Então, da próxima vez que eu escrever, estarei em meu próprio apartamento com Sydney. Terei a manhã toda para arrumar nossas coisas. Então, ligarei para o café para dizer que estamos partindo. Pegarei um táxi até a rodoviária. Mais uma noite... ESTOU TÃO ANIMADA! Tenho que terminar a carta de

cinco páginas que venho escrevendo para mamãe a semana toda. Deixarei na mesa da cozinha antes de sairmos. Eu tento explicar a ela o motivo pelo qual agi dessa maneira. Eu não queria colocá-la na posição de mentir para o papai. Isso tornaria as coisas ruins entre eles. Agradeci por ela ter ficado do meu lado e por tudo o que ela fez por Sydney. E como lamento todos os problemas que causei a ela e ao papai. E que vou ligar para ela amanhã à noite para que ela não se preocupe quando eu estiver acomodada em minha própria casa. (feliz) Vejo você em Kelowna, Diário.

Sydney largou o diário e virou-se para sua avó. Ela tinha muitas perguntas, mas no momento, elas precisavam uma da outra. Ela deslizou para os braços da avó e colocou a cabeça no ombro dela. As duas mulheres se agarraram uma à outra.

Elizabeth falou primeiro:

- Você estava certa. Chelsea nunca saiu daqui naquele dia.

Sydney sentou-se. Sua avó estava estoica. Ela olhava para frente sem piscar.

- É isso o que estou achando - disse Sydney, baixinho.

Elizabeth virou-se para ela.

- Há muitas coisas que não se encaixam. Primeiro, até a noite anterior, Chelsea planejava partir com você. O que aconteceu na manhã seguinte para fazê-la mudar de ideia e deixar você com a Mary, esposa de Arne? Segundo, ela planejava ligar para o café para dizer que não voltaria. O café nunca teve notícias dela. Eles ligaram um dia após o desaparecimento dela perguntando por que ela não tinha ido trabalhar. E terceiro, ela nunca me deixou uma carta de cinco páginas dizendo tudo isso. Por que ela mentiria sobre isso em seu diário?

- Mas a senhora me disse que ela deixou uma carta.

- Sim, uma carta digitada de meia página impressa na

impressora dela. Tudo o que dizia é que ela estava partindo para encontrar uma vida melhor para vocês duas, mas que tinha concordado com papai que Sydney ficaria melhor aqui na fazenda comigo até que ela se instalasse. Ela nos pediu para cuidar de você e que entraria em contato. E é isso. Ela não assinou, mas usou um carimbo com o qual estava sempre brincando.

Sydney pegou o diário e encontrou a página onde Chelsea mencionou ter encontrado um símbolo ioga e carimbado a anotação.

- É este o carimbo que estava na carta?

Elizabeth olhou e assentiu com a cabeça.

- Esse mesmo. Eu terminei os outros três. Deixe este aqui comigo. Vou voltar ao início do último diário e lê-lo até o fim. Volte para a cama, amanhã conversaremos mais.

- Tudo bem, boa noite. - Sydney beijou a avó e voltou para sua cama.

A cama dela estava confortável e quente, mas o sono não vinha. Ela ligou o visor da lareira elétrica para deixar o ambiente confortável, mas não ligou o aquecedor. Encostada em seus travesseiros, Sydney observava as chamas lançando sombras ao redor do quarto enquanto refletia sobre as anotações da mãe. Estava amanhecendo quando ela finalmente adormeceu.

❦ 32 ❦

Quando Sydney acordou, sua avó e Bea já tinham tomado o café da manhã. Bea tinha deixado um prato de bacon com ovos mexidos na geladeira para ela com uma salada de frutas. Ela aqueceu o prato no microondas e serviu-se de um café da garrafa térmica.

Enquanto ela sentava-se na ilha comendo, ela ouviu a avó entrar pela porta francesa do quintal. Elizabeth entrou na cozinha.

- Ela acordou!

- Bom dia. Tive dificuldade para dormir. E a senhora?

A avó sentou-se na ilha com uma garrafa de água.

- Infelizmente, dormi bem pouco. Ouça, liguei para o sargento Reynolds. Eu disse a ele que temos algumas informações novas e quero que ele reabra o caso de Chelsea. Ele deve chegar a qualquer minuto. Bea foi à cidade. Eu não contei a ela sobre os espíritos, mas contei sobre os diários. Ela será discreta.

- Sempre acreditei em espíritos, mas nunca imaginei que minhas crenças seriam testadas... e nem na minha própria família.

Elizabeth se mexeu no banquinho.

- Sabe, acho que não devemos contar à polícia sobre nossos espíritos. Se eles pensarem que estamos baseando nossas evidências em uma casa de fazenda mal-assombrada, não seremos levadas a sério. Estou pensando que devemos deixar os diários contradizerem o arquivo deles.

Sydney colocou o resto da salada de frutas na boca.

- Hum... concordo com a senhora. - Ela levou a louça para a pia e olhou pela janela. - Oh, meu Deus, hoje deve ser quarta-feira. Eu esqueci que Brian e os caras voltariam hoje. - Ela os observou descarregando as ferramentas e os materiais.

- Acho que ouvi o som de pneus na entrada. Deve ser o sargento.

Sydney afastou-se da janela.

- Vou recebê-lo. Encontre-nos na sala de estar.

Poucos minutos depois, as apresentações foram feitas e os três estavam sentados. Elizabeth perguntou ao oficial se ele conhecia o caso.

- Sim. Eu li o arquivo antes de vir. Para reiterar, o arquivo afirma que você e seu marido estiveram fora durante o dia, e que sua filha deixou um bilhete informando que estava indo embora para morar em outro lugar. Ela pediu à senhora e ao seu marido que cuidassem de Sydney até que ela arrumasse uma casa e estivesse trabalhando. Ela pediu à vizinha Mary para cuidar de sua neta até a senhora voltar para casa e saiu carregando uma mala. A investigação na época confirmou que Chelsea nunca pegou o ônibus para fora da cidade. Presumiu-se que ela deveria ter pego uma carona ou alguém que ela conhecia a levou. Ninguém a viu na estrada ou na cidade naquele dia. É esse o boletim que a senhora se lembra?

- Sim, é sim - confirmou Elizabeth.

- Foi adicionada uma nota na investigação informando que a senhora recebeu uma ligação do serviço social de Kelowna. E que Chelsea e Sydney faltaram a uma reunião com eles naquele dia. Eles estavam segurando um apartamento para ela e que ela estava matriculada para começar um curso duas semanas depois. Isso está correto?

- Sim, eu contei a eles sobre o bilhete que ela havia deixado para nós e eles disseram que às vezes mães adolescentes ficam com medo quando chega a hora de se virarem sozinhas e que o comportamento delas pode ser imprevisível. Ela me garantiu que Chelsea entraria em contato em algum momento.

- O destacamento seguiu com o mesmo de Kelowna. Eles investigaram e não encontraram nada de novo. Concluiu-se que, como ela era maior de idade e não havia nada que sugerisse um crime, não havia mais nada a ser feito. Certo ou errado, ela poderia ir embora se quisesse.

- Isso mesmo, mas acredito que ela tenha sido vítima de um crime e acho que ela sequer tenha saído da cidade - disse Elizabeth.

- Você mencionou no telefone que tinha algumas evidências novas, alguns diários.

- Quando a reforma nesta casa começou, foram encontrados quatro diários. Eles pertenciam a Chelsea. Eu e Sydney lemos os quatro. É o último que levanta algumas questões sobre o desaparecimento dela. Eles estão naquela sacola em cima da mesa.

- Posso vê-los?

- Claro. Você vai querer levá-los. Mas, por enquanto, tudo o que você precisa fazer é ler as últimas anotações.

O oficial leu a última página.

- Por que a senhora não me diz como acha que essas anotações mudam as coisas?

- Até a noite anterior que ela estava planejando partir, Chelsea estava animada. Ela mal podia esperar para pegar a filha e ir embora enquanto estávamos fora. Aconteceu alguma coisa no dia seguinte que a fez mudar de ideia. Na época, dei mérito à assistente social de que ela poderia ter entrado em pânico no último minuto. Mas essa não era a natureza dela. Ela tinha um espírito livre e aventureiro. E essas anotações contradizem essa hipótese e há outras discrepâncias.

- E quais são elas?

- Chelsea disse que escreveu uma carta de cinco páginas para mim. Você leu essa anotação. Tudo o que encontramos foi uma nota de meia página digitada sem assinatura, apenas carimbada. Ela disse que ligaria para o café para avisar que não voltaria. Ela era muito meticulosa e cordial quando se tratava de trabalho. Ela nunca ligou para eles e também não ligou para a assistente social para dizer que tinha mudado de ideia. Chelsea não é assim.

- Ok. Tem mais alguma coisa?

- Sim. Chelsea era uma boa mãe e sempre que ela deixava Sydney com Mary, ela levava tudo, exceto a pia da cozinha na bolsa de fraldas de Sydney, mesmo se ela fosse ficar fora por apenas uma hora. Mary e eu ríamos disso. Lembrei-me esta manhã que Mary me disse que na bolsa tinha uma mamadeira, uma fralda e uma muda de roupa enfiada como se ela estivesse com pressa para sair. Chelsea diz no diário que teria a manhã toda para fazer as malas. Uma fralda não aguentaria até eu chegar em casa. E ela sempre incluía o ursinho de pelúcia favorito de Sydney, pois ela não dormia sem e ele não estava na bolsa de fraldas.

Sydney permaneceu quieta, ouvindo enquanto sua avó falava, mas ela tinha uma pergunta:

- Como Mary me pegou com a bolsa? Chelsea ligou para ela ou ela me levou para o outro lado da estrada até à fazenda?

- Não, Arne veio ver seu avô. Ele disse que Chelsea perguntou a ele se ele e Mary poderiam cuidar de você até chegarmos em casa. Ela disse a ele que uma amiga estava doente e que tinha pedido a ajuda dela por alguns dias... Ele disse que ela entregou a ele você e a bolsa de fraldas, e saiu pela porta com uma mala.

Sydney sentiu aquela velha sensação familiar pesada em seu estômago. Ela virou-se para o oficial.

- Minha mãe escreveu que ela levaria uma mala e uma mochila para ela. Arne disse que ela só tinha uma mala. E ela escreveu que pegaria um táxi até à rodoviária. Por que ela iria embora com uma mala e caminharia pela estrada? E ela deixou os diários, porém planejava levá-los com ela. Ele é a única testemunha?

- Sim - disse o sargento.

- Algo não está certo. Eu não gosto e não confio nele. Ele é assustador.

O oficial colocou o diário de volta na sacola plástica.

- Ele fez alguma coisa que fez você se sentir assim?

- Não. É o comportamento dele e como ele olha para mim.

- Então, o que acontece agora? - perguntou Elizabeth.

- A senhora disse ao telefone que contratou um detetive para tentar encontrar Chelsea depois que se mudaram para Kelowna; mas ele não encontrou nenhum rastro. E você nunca ouviu falar dela ao longo dos anos?

- Não, nada.

- Vamos analisar os diários e fazer mais algumas averiguações. Precisaremos falar com o senhor Jensen novamente. Até lá, não conte a ele sobre nossa conversa ou sobre os diários. - O sargento Reynolds levantou-se e deu a elas seu cartão de visita da polícia com um número no verso. - Se lembrarem de mais alguma coisa, por favor, liguem para mim que entrarei em contato, senhoras.

Sydney o acompanhou até a porta e juntou-se a sua avó.

- O que a senhora acha? Eles vão reabrir o caso?

- Não faço a mínima ideia. Eles são treinados para mascarar suas reações e nunca revelar o que estão pensando.

Brian caminhou ao redor de todo o celeiro estudando a estrutura e parou na frente das portas dele.

- Boa tarde, Brian.

Ele virou-se e viu Arne parado atrás dele.

- Olá, senhor Jensen. Tudo bem?

- Estarei muito melhor quando a primeira parte da fenação acabar. Como está seu pai?

- Está bem, está viajando. Acho que finalmente ele está à vontade com a aposentaria e está gostando.

- Hunf... não vejo sentido nisso. Sempre acreditei que mente vazia é a oficina do diabo.

Brian olhou para o homem. *Idiota.*

- Então, por que você está olhando o celeiro?

- Precisamos consertar as ferragens da porta. Todo o exterior está pronto para a pintura. Alguns dos caras estão terminando o interior da residência. O resto de nós pensou em começar a pintar o exterior, mas faremos o celeiro por último, então, não ficaremos em seu caminho enquanto transporta os fardos de feno.

- Devo terminar em alguns dias, então será todo seu.

- Sim, temos um deck também para fazer na casa. - Brian virou-se para voltar à residência.

Arne pigarreou.

- Então, o que a polícia estava fazendo aqui esta manhã? Espero que elas estejam bem.

O capataz voltou-se para o fazendeiro.

- Não tenho certeza. Eu ouvi Bea e Elizabeth conversando sobre a filha dela mais cedo. Sabe aquela que desapareceu quando Sydney era bebê?

- Sim, eu me lembro.

- Elizabeth mencionou algo sobre uns diários, mas não entendi a conversa toda.

Arne levantou as sobrancelhas.

- Diários?

- Acho que sim. Quando estávamos reformando o interior

da casa, Jax encontrou uma caixa de madeira nas tábuas do piso e havia algo trancado dentro dela. Ele a entregou a Sydney. Talvez fossem os diários.

Arne olhou para a casa.

- Então, a velha casa de fazenda guarda alguns segredos, hein?

Brian percebeu que estavam fofocando sobre algo que realmente não sabiam.

- Acho que sim. Não tenho certeza do que se tratava. - Ele virou-se e começou a afastar-se para encerrar a conversa. - Tenho que voltar ao trabalho. Até mais.

- Até mais tarde.

Brian contornou a casa de fazenda e entrou na varanda. Ele bateu à porta e esperou. Sydney abriu a porta e sorriu.

- Bem-vindo de volta! Entre.

O capataz entrou, tirou as botas e a seguiu até a sala de estar.

- Oi, Elizabeth.

- Olá, Brian. De volta ao trabalho, hein?

- Eu não vou me sentar com minhas roupas de trabalho. Queria que soubessem que dois dos caras estão trabalhando na residência. Mais dois vão terminar o deck na parte de trás e eu vou trabalhar nos degraus da frente. Vai ser um pouco barulhento por alguns dias.

Sydney riu.

- Sem problemas. Está tudo muito quieto desde que o pessoal foi embora. Um pouco de barulho nos ajudará a nos adaptarmos.

- Por questões de segurança, gostaria de pedir que entrem e saiam pelo mudroom.

- Faremos isso - disse Sydney.

- Eu vi o Reynolds aqui esta manhã. Está tudo bem?

Elizabeth fez um gesto com a mão no ar.

- Apenas um pequeno negócio antigo de família. Não se preocupe.

- Que bom. - Não era problema dele, contanto que as mulheres estivessem bem, ele não se intrometeria.

- E você? Eu o vi conversando com Arne. Você parecia um pouco chateado - comentou Sydney.

Brian ficou vermelho.

- Perdoem meu linguajar mas ele é um idiota. Ele me perguntou sobre meu pai e eu disse que ele estava gostando da aposentadoria. E sabe o que ele me disse? Que mente vazia é oficina do diabo.

Elizabeth riu.

- Ele é um religioso das antigas, mas não tão fanático quanto meu Frank era. Não ligue para isso.

O capataz não ia contar a elas o resto da conversa que teve com Arne.

- É melhor eu começar a trabalhar. Só queria atualizar vocês sobre nosso cronograma de trabalho.

Sydney o acompanhou.

- Obrigada, Brian.

O homem voltou para junto de sua equipe e discutiram seus planos para os próximos dias. Assim que os homens começaram a trabalhar no deck, ele dirigiu sua picape até os degraus da frente, descarregou o material e as ferramentas e começou a trabalhar. Os pensamentos dele voltaram-se para Jax: *Alguma coisa está acontecendo. Por que ele não está aqui trabalhando conosco? Este projeto era tudo para ele.* Jax disse que estava tirando uma folga e que ele, Brian, sabia o que estava fazendo. *Isso tem algo a ver com Sydney. Tenho certeza. Jax não vem à fazenda desde antes do incêndio. Que pena. Eles formam um casal tão bonito.*

❀ 33 ❀

Poucos dias depois, Elizabeth e Sydney estavam sentadas no deck recém-ampliado e pintado do lado de fora da sala de jantar, observando o pessoal pintando a residência. Brian estava na frente da casa de fazenda aplicando o revestimento na varanda e nos degraus.

Elas deveriam estar em Kelowna para pegar o gesso para Elizabeth, mas o médico teve uma emergência. O consultório pediu que elas fossem no início da próxima semana.

Elizabeth tomou um gole de sua limonada.

- Eu amo aquela cor de tijolo que você escolheu para as paredes externas. Você me conhece, sabe que amo tons pastéis, mas o contraste com o telhado preto ficou chique, mesmo sendo um pouco ousado.

- É por isso que escolhi branco para o acabamento, para diminuir um pouco o tom - disse Sydney. - Na próxima semana, eles já devem ter acabado.

- Então será só você e eu, e segunda-feira pegarei meu gesso.

- Então, não haverá como pará-la.

Elizabeth riu.

- Mal posso esperar para dirigir novamente. Não estou acostumada a depender dos outros para me levar a lugares.

Sydney sorriu.

- Bom, ainda não estou pronta para deixar a senhora voltar para casa.

- E eu não estou pronta para ir embora. Estou ansiosa para desfrutar de um pouco de paz e sossego com você quando a equipe for embora.

As duas mulheres ficaram sentadas em silêncio enquanto desfrutavam da brisa suave que refrescava o calor do dia. Sydney olhou para o bosque de magnólias.

- Não é engraçado que eu e minha mãe nos escondíamos no bosque, escalávamos a mesma árvore e sentávamos no mesmo galho?

- É sim.

- Sabe, sempre que ela estava dentro de casa, o cômodo cheirava à magnólias.

- O vínculo entre mãe e filha é forte, mesmo em espírito. Tive um sonho estranho ontem à noite. Seu avô me visitou de novo. Ele estava muito calmo dessa vez e mandou uma mensagem para você.

Sydney olhou para a avó.

- Para mim? O que ele disse?

- Ele falou bem devagar e deliberadamente: "Diga a Sydney para usar as chaves". Foi estranho porque ele sorriu para mim com um olhar muito terno e carinhoso. E nós duas sabemos que esse não era o jeito de Frank. Ele levantou-se, foi até a porta, virou-se e disse: "As chaves - use-as", e então eu acordei.

Sydney balançou a cabeça, sentindo-se frustrada.

- De que adianta dois espíritos quando tudo o que eles dizem nos confundem mais ainda? Quais chaves? O que eles estão tentando nos dizer, vovó?

Elizabeth riu.

- Desculpe, mas foi engraçado. A maioria das pessoas

ficaria assustada com espíritos por perto e você está reclamando da incapacidade de comunicação deles. Acho que talvez o problema seja nós duas, querida. Lembra quando você era criança e montávamos quebra-cabeças? Nós retirávamos todas as peças das laterais e montávamos a imagem. Nós apenas não preenchemos o centro ainda. Talvez tudo faça sentido em breve.

- Estou muito feliz por estarmos falando sobre tudo isso. Ter uma fazenda mal-assombrada me assustou. Se a notícia se espalhar, meu negócio poderá nunca sair do papel.

- Bom, os espíritos perambulam por aí por uma razão. Nós sabemos quem são os nossos e cabe a nós descobrir o mistério.

- Tenho lido na internet sobre espíritos que não vão embora, mas que ficam suspensos entre o plano terreno e o mundo espiritual.

- O que você aprendeu?

Sydney deu um gole em sua limonada.

- Existem vários motivos pelos quais não se segue em frente. Às vezes, se foram pessoas más na forma física, elas têm medo de entrar no mundo espiritual. Elas acham que terão que responder a um poder superior por seus erros. Outros, que morreram de forma violenta ou repentina, ainda não descobriram que estão mortos e ficam presos entre os dois mundos. E, então, outros ficam para trás porque querem, para cuidar de seus entes queridos - para protegê-los.

Elizabeth mexeu-se na cadeira para mudar o ângulo do gesso.

- Parece que o último é o caso de Frank e... - Ela parou, levantou o queixo e continuou: ... e Chelsea.

Sydney deu um tapinha no braço da avó.

- Deve ser difícil para a senhora dizer essas palavras depois de todos esses anos se perguntando sobre minha mãe.

- É sim, mas, como eu havia dito, eu sempre soube que no fundo algo tinha acontecido com ela. Eu só não estava pronta para aceitar e dizer isso em voz alta. Agora estou e quero saber a verdade.

- Em minha pesquisa, li algumas coisas interessantes. Os filósofos gregos chamavam essas almas de "caminhantes". Eles acreditavam que eram mediadores ou mensageiros que caminhavam entre o reino dos vivos e dos mortos.

- Caminhantes, gostei desse termo. Se o sargento não reabrir o caso de Chelsea, contaremos a eles sobre nossos caminhantes. Podemos citar a filosofia grega; vamos mostrar a eles que sabemos o que estamos falando. - Elizabeth assentiu com a cabeça em desafio. - Conte-me mais.

Sydney sorriu para a avó.

- Eu li um livro sobre um homem que morreu e voltou para visitar a irmã. Ele disse a ela que passamos por uma série de transições quando passamos para a vida após a morte. Primeiro, nosso corpo físico morre, liberando nossa alma para o universo. A alma pode visitar outros membros da família que já faleceram antes deles. Eles os veem em sua forma física terrena para que os reconheçam. Isso pode ser muito reconfortante para uma alma nova. Essa fase de transição é onde a alma vê a vida que viveu no plano terreno e chega a um acordo com suas transgressões, boas ou más. Não há prazo associado a essa transição. O tempo não existe.

- Fascinante. Suponho que essa história seja verdadeira.

- É sim. Quer mais limonada?

- Sim, obrigada.

Sydney levou os copos para dentro e voltou com mais limonada para ambas.

Elizabeth pegou uma de suas muletas, a apoiou na ponta do assento embaixo da coxa, ergueu a perna sobre ela e a esticou.

- Agora está melhor. - Ela pegou o copo que a neta lhe entregou e deu um grande gole. - Hum... delícia. Conte-me mais, querida.

- De acordo com a história, essa transição de almas é onde

uma alma tem três escolhas, ou ela reencarna de volta ao plano terreno ou permanece lá como uma caminhante. A última escolha, se a alma estiver pronta, fará a transição de alma para espírito. Um espírito retorna ao clã de onde se originou. Aparentemente, existem clãs diferentes. A alma encontra seu clã e se junta a ele como um ser de luz. Eu simplifiquei, mas a essência é essa.

- Então, pelo que você está me dizendo, se acreditarmos na história, Frank e Chelsea ainda não são espíritos, e sim almas "caminhantes", digamos assim. - Elizabeth resumiu.

- Isso mesmo. E se formos inteligentes o suficiente para descobrir o que eles estão tentando nos dizer, eles poderão fazer a transição para seus clãs.

Elas ficaram em silêncio até que Elizabeth começou a cochilar na cadeira. Sydney tentou juntar todas as mensagens para tentar encontrar algum sentido.

- Boa tarde, senhoras.

Sydney virou-se assustada e viu o sargento Reynolds subindo no deck.

- Olá.

Elizabeth acordou com o som das vozes.

- Sargento. - Ela assentiu com a cabeça.

- Eu queria que vocês soubessem que, depois de ler os diários de sua filha, decidimos reabrir o caso.

- Oh, muito obrigada - agradeceu Elizabeth.

- Vamos conversar com quem prestou depoimento na época. E entraremos em contato com velhos amigos para ver se algum deles ouviu falar dela ao longo dos anos. Uma coisa que notamos é que Chelsea se referia às pessoas nos diários pelas iniciais e não pelos nomes. Quando a senhora leu os diários, reconheceu alguma das pessoas sobre as quais ela escreveu?

- Pam, a melhor amiga dela, mas ela a mencionava pelo nome. Ela é filha de Bea. E Chaz é Wesley Rhyder.

O sargento escreveu os nomes.

- A senhora guardou algum dos pertences de sua filha depois que ela foi embora?

- Sim, tenho uma caixa guardada na minha casa em Kelowna. O que o senhor está procurando?

- Qualquer coisa, tudo o que a senhora tiver. Nunca se sabe o que pode acabar sendo uma pista. Especificamente, Chelsea tinha o livro do ano de formatura?

- Sim, está na caixa.

- Que bom. Se pudermos, gostaríamos de ter acesso à ela. Sydney interveio:

- Nós vamos ao hospital em Kelowna na segunda-feira para conseguir um gesso para vovó. Podemos passar em casa para pegá-la.

- Obrigado.

O som de um trator vindo do norte do campo chamou a atenção deles. Arne conduziu o trator até a lateral do celeiro. Ele desceu e viu os três olhando para ele. Ele acenou e aproximou-se.

- Sargento, senhoras. Está um lindo dia, não é mesmo?

Sydney ficou em silêncio, Elizabeth acenou com a cabeça.

- Olá, Arne.

- Boa tarde, senhor Jensen - cumprimentou o sargento Reynolds. - O destacamento está reabrindo o caso do desaparecimento de Chelsea Grey, filha de Elizabeth.

A expressão de Arne era estoica.

- É mesmo?

- Sim, senhor. Estamos entrevistando todas as pessoas com quem falamos na época. Gostaria de saber se o senhor se importaria em comparecer à delegacia esta tarde para repassar seu depoimento.

- Você pode esperar alguns dias? - Arne virou-se para Elizabeth. - Com todo o respeito, Lizzie, é que eu e meu ajudante terminaremos a fenação esta noite e amanhã terminaremos o enfardamento. Dan fará uma entrega no domingo.

- Sem problemas, Arne. Esperamos tanto tempo, alguns dias não fará diferença - disse Elizabeth.

O sargento assentiu com a cabeça.

- O senhor pode comparecer no sábado à tarde?

Arne voltou-se para o oficial.

- Sim. Posso perguntar o porquê depois de todo esse tempo você está investigando o caso de Chelsea?

O sargento sorriu.

- Gostamos de pegar casos arquivados para dar uma olhada quando estamos com tempo. O caso de Chelsea saiu na pauta desta vez.

Arne assentiu.

- Vejo você no sábado, sargento. - Eles o observaram voltar ao celeiro, fechar as portas e trancá-las.

O oficial pigarreou.

- Mais uma coisa, em algum dia da próxima semana, depois que a equipe da Rhyder terminar a reforma, gostaríamos de trazer alguns cachorros da sede.

- Cachorros? - perguntou Sydney, confusa.

Elizabeth segurou a mão da neta.

- Cães farejadores, querida.

O sargento parecia compassivo.

- Estamos todos de acordo que os diários sugerem que algo possa ter acontecido com Chelsea no dia em que ela planejava partir. Gostaríamos que os cães vasculhassem a fazenda toda.

Elizabeth franziu a testa.

- Mas Arne a viu sair andando pela estrada. Ela pode estar em qualquer lugar.

- O senhor Jensen a viu sair de casa e ir em direção à estrada. Ele nunca realmente a viu na estrada. Se os cães não detectarem nada, vamos trazer um mergulhador para procurar no lago. É um processo de eliminação e pelo menos saberemos que ela não está na propriedade.

Sydney sentiu um nó formar-se em sua garganta.

- Eles conseguem encontrar algo mesmo depois de vinte anos?

- Um bom cachorro consegue. E os dois que virão são os melhores que temos.

- Avise-nos o dia que estaremos aqui - disse Elizabeth, baixinho.

- Vocês podem deixar a caixa na delegacia, senhoras. Manteremos contato.

Sozinhas novamente, as duas mulheres deram as mãos.

- Não consigo acreditar que isto está realmente acontecendo - disse Sydney.

Ela olhou para a avó. Ambas tinham lágrimas nos olhos.

❀ 34 ❀

O sargento Reynolds conduziu Arne Jensen a uma sala de interrogatório. Ele sentou-se a uma mesa, abriu o arquivo Grey e puxou o depoimento de Arne de vinte anos atrás.

- Eu sei que muito tempo se passou desde o dia em que Chelsea foi embora, mas por que não começamos com o que você se lembra sobre aquele dia, começando com a visita à fazenda Grey.

Arne suspirou.

- Vou tentar. Já se passaram muitos anos. Frank e eu trabalhávamos com uma enfardadeira velha que eu tinha na época. Eu estava tendo alguns problemas com ela, peguei a parte quebrada e fui ver se Frank tinha uma que não estava usando. A maior parte do nosso equipamento era o mesmo e, se tínhamos, sempre trocávamos peças um com o outro, por isso não precisávamos esperar que algum pedido chegasse. Quando chegava, substituíamos a peça que tínhamos emprestado.

- Que horas eram quando você foi?

O fazendeiro deu de ombros.

- Não me lembro exatamente, talvez no meio da manhã.

- Por favor, continue.

- Bom, Chelsea atendeu à porta e disse que Frank e Lizzie tinham ido passar o dia em Vernon. Ela me disse que eu poderia ir ao galpão de equipamentos para procurar a peça, se eu quisesse. Notei que tinha uma mala perto da porta e perguntei se ela ia viajar. Ela disse que teria que ajudar uma amiga que tinha sofrido um acidente e perguntou se Mary poderia cuidar da bebê até que seus pais voltassem para casa mais tarde naquele dia. Mais tarde, Lizzie contou a Mary que Chelsea havia deixado um bilhete dizendo que não voltaria por um tempo e queria que eles cuidassem de Sydney. Acho que ela mentiu para mim porque sabia que eu tentaria dissuadi-la.

- E o que aconteceu depois?

- Eu disse que ficaríamos felizes em cuidar de Sydney e perguntei se ela precisava de uma carona para algum lugar, pensando que ela iria pegar um ônibus para fora da cidade. Ela disse que iria se encontrar com um amigo na estrada.

- Ela disse que iria pegar uma carona até à rodoviária?

- Não, ela não disse se iria pegar um ônibus ou uma carona para onde estava indo. Ela parecia ter tudo planejado, então eu não me intrometi.

O oficial estudava seu rosto e trejeitos cada vez que ele falava.

- Conte-me sobre o comportamento dela.

Arne franziu as sobrancelhas.

- Como assim... comportamento?

- Ela estava chateada, nervosa, com pressa?

- Ela claramente estava com pressa. Hum... talvez um pouco nervosa. Ela pegou a bebê e a colocou em um bebê conforto e a entregou a mim com uma daquelas bolsas que você coloca coisas de bebê. Ela beijou Sydney na bochecha e foi embora. Essa foi a última vez que a vi.

- Quanto tempo o senhor diria que se passou desde o

momento em que você chegou na fazenda Grey até quando saiu de lá para voltar para casa com Sydney?

Arne assobiou e remexeu-se na cadeira.

- Depois de todo esse tempo, não sei, talvez meia hora. Eu prendi Sydney na caminhonete e fui até o galpão. Fiquei um tempo procurando uma peça para a enfardadeira, mas não encontrei nenhuma. Ao cruzar a estrada em direção a minha entrada, olhei em direção à cidade, mas ela não estava em lugar nenhum. Achei que já tinham pego ela.

O oficial pegou outro depoimento.

- Este é o depoimento de sua esposa. Sinto muito pelo falecimento dela, senhor Jensen. Há quanto tempo o senhor a perdeu?

- Já se passaram quinze anos.

- Deve ter sido um golpe não só perder a esposa, mas também alguém com quem o senhor dividia a fazenda.

Arne zombou:

- Mary odiava a vida na fazenda. Ela tentou, mas não foi muito a esposa de um fazendeiro.

- Do que Mary faleceu, senhor?

- Ataque cardíaco. Foi um choque e tanto, porque ela nunca tinha ficado doente na vida.

- Quantos anos ela tinha?

- Quarenta e cinco.

O sargento mudou de assunto:

- Mary contou aos policiais que o senhor se ausentou por mais de uma hora naquela manhã. O senhor foi a algum outro lugar, além da fazenda Grey?

O fazendeiro deu de ombros.

- Não, não fui. Acho que passei mais tempo procurando a peça do que me lembro. Foi há muito tempo.

- Sim, tenho certeza de que não é fácil se lembrar depois de todo esse tempo. Mas o depoimento que o senhor deu um dia após a partida de Chelsea foi que o senhor só esteve fora por meia hora, como acabou de dizer.

Arne endireitou o corpo e olhou fixamente para o oficial.

- Como eu disse, posso ter passado mais tempo no galpão de equipamentos. O tempo voa quando se está procurando por algo. E Sydney tinha adormecido em sua cadeirinha, então eu tinha todo o tempo do mundo.

- O senhor disse há alguns minutos que se soubesse que Chelsea não planejasse voltar para casa, teria tentado dissuadi-la. Ela tinha idade legal para sair de casa se quisesse. Por que o senhor tentaria dissuadi-la?

- Porque eu sabia que os pais dela ficariam preocupados com ela, e Sydney precisava dela. Eu acho que ela deveria ficar em casa, onde ela tem uma família para ajudá-la. Ela era jovem e ingênua. Terminamos?

- Por enquanto sim, senhor Jensen. Agradeço por ter vindo. E, se o senhor se lembrar de algo que possa nos ajudar, por favor, entre em contato comigo. - O sargento entregou-lhe um cartão e o observou sair da sala.

O oficial se juntou à sua equipe.

- A história dele foi muito parecida com a de vinte anos atrás, exceto a explicação sobre a discrepância de tempo entre o depoimento de Mary Jensen e o dele. Naquela época, ele disse que Mary estava enganada. Ela curvou-se à versão dele e disse que provavelmente ele estaria certo. Ele insistiu que só esteve fora por trinta minutos, não mais de uma hora. Mas desta vez, para explicar a diferença de trinta minutos, ele sugeriu que havia passado mais tempo do que ele se lembrava no galpão procurando a peça da enfardadeira.

Um de seus homens falou:

- Certamente não é o suficiente para provar nada. E Mary não está mais entre nós. Tudo o que temos é a palavra dele vinte anos depois, contra suas próprias palavras daquela época. Isso não vai dar em nada. Qual é o próximo passo?

- Vamos ver se os cachorros descobrirão alguma coisa semana que vem.

❅ 35 ❅

Sydney vagava pelo bosque de magnólias, inalando a fragrância das flores. Era uma manhã tranquila de domingo. A equipe da Rhyder estava de folga e sua avó estava dormindo. Sydney sorriu. No dia seguinte, elas iriam a Kelowna para pegar o gesso de sua avó. Ela iria poder andar apoiando o pé no chão pela primeira vez com o uso de muletas. Tinha sido um longo mês para sua avó.

Quando chegou em sua árvore, ela subiu no galho e examinou os prados ao redor da propriedade. Ela não tinha dúvidas de que estava em contato com o espírito da mãe. Ela ergueu os joelhos e encostou-se no tronco. *Vocês estão aí em algum lugar? Eu gostaria que vocês pudessem nos dar mais pistas.* Ela tinha lido que era raro os espíritos falarem diretamente com seus entes queridos. Os campos de energia que eles cruzavam de um reino a outro eram muito exaustivos para eles. O contato visual era a forma normal. Para que sua mãe e seu avô conversassem com sua avó e com ela, muita energia e força de vontade eram necessárias... *O fato de vocês dois terem conseguido vir até nós, acentua a necessidade de vocês se comunicarem.* Sydney sentiu-se totalmente frustrada. *Eu sou tão estúpida assim para não conseguir juntar as peças? O que vocês estão tentando me dizer?*

Ela se perguntou se seu avô e sua mãe estavam cientes da presença de alma um do outro e se estavam trabalhando juntos em seus esforços para alcançá-las. O olhar dela concentrou-se no lago. Ela estremeceu com a possibilidade de que os restos mortais de Chelsea pudessem estar no fundo dele. Até que checassem o lago, a ideia de nadar nele a fazia sentir calafrios.

Um movimento no telhado do celeiro chamou a atenção dela pela visão periférica e ela voltou-se para ele. Uma risada escapou de seus lábios. Caesar estava empoleirado na beira do telhado. Ele deitou-se e deixou sua cabeça pender sobre a borda. Ele estava bem feliz na fazenda e esse era um de seus lugares favoritos. A cabeça dele moveu-se para frente e para trás enquanto estudava os campos abaixo. Ele esperaria pacientemente até ver algum movimento. Ele desapareceria dentro do sótão e, em questão de segundos, estaria perseguindo ratos na grama alta. Ele levava-lhes alguns presentes e os deixava a seus pés desde que aperfeiçoara suas habilidades de caça.

O som de veículos entrando no quintal chamou a atenção dela para a frente do celeiro. Arne estacionou sua picape ao lado do celeiro. A caminhonete com plataforma, conduzida por seu ajudante, foi para o lado oposto e deu meia-volta. Arne destrancou as portas do celeiro e tirou o trator com carregador frontal. Ele havia terminado o enfardamento no dia anterior e estava usando o carregador frontal nos campos para coletar os fardos e transferi-los para a plataforma da caminhonete. Arne saiu do veículo e voltou ao celeiro. Quando voltou, ele conversou com Dan por alguns minutos. Quando ele subiu no trator, algo caiu no chão quando ele bateu a porta. Sydney observou os dois irem em direção ao norte do campo. Dan desatrelou a plataforma, voltou com a cabine e saiu da propriedade. Ela podia vê-lo descendo a estrada em direção à cidade. Ela olhou para o norte e Arne estava levantando e colocando os fardos na plataforma.

Normalmente, a plataforma se moveria ao longo das fileiras à frente do trator, não ficaria parada. Sem a ajuda de Dan, demoraria muito mais para terminar o trabalho. *Provavelmente ele enviou Dan para fazer alguma coisa. Ele vai voltar.*

Curiosa sobre o objeto que viu cair do trator, Sydney saltou da árvore e foi até o celeiro. Ela procurou na terra até encontrar. Era um molho de chaves. Ela o pegou e percebeu que era o mesmo molho que Arne sempre carregava no cinto. As chaves de sua caminhonete ficavam separadas e aquele molho nunca saia de seu cinto. O anel de metal havia se desgastado e quebrado o círculo.

Ela olhou para o norte, mas em terreno plano era impossível ver Arne. *Ele não vai precisar das chaves no campo. Vou ficar com elas até ele voltar.* Sydney deu a volta na frente da casa e aninhou-se no balanço novo da varanda que substituía o antigo. Este também era suspenso nas vigas do telhado, mas construído para duas pessoas. Enquanto balançava para frente e para trás, ela olhava para longe. Seus dedos corriam distraidamente sobre o anel das chaves em sua mão. Eventualmente, os contornos das chaves que ela estava sentindo chamaram sua atenção. Havia uma semelhança simétrica na maioria delas. Sydney as ergueu e olhou para elas uma por uma. Além da que parecia ser de um veículo e chaves de casa, as outras eram chaves de cadeado. *Quem precisa de tantos cadeados? Arne tem algumas dependências e galpões, mas isso é ridículo. Fechaduras e chaves. Qual é sua história?*

Sydney começou a cantar uma música da banda Rush chamada "Locks and Keys".

> *Não quero silenciar uma voz desesperada por uma questão de*
> *segurança*
> *Ninguém quer fazer uma péssima escolha sobre o preço de ser*
> *livre*
> *Eu não quero enfrentar o instinto assassino, enfrente-o em você ou*
> *em mim*

Então, nós o mantemos trancado a sete chaves...

Ela parou e olhou para as chaves. Sua mente ganhou vida.

- Meu Deus!

Ela saltou do balanço, correu para a entrada e pegou as chaves do carro na tigela sobre a mesa console. Palavras e frases confusas encheram sua mente. Sydney tentou classificá-las. Ela passou voando pelo quintal em seu carro e atravessou a estrada em direção à entrada de Arne. Dava para ver o telhado da casa de fazenda dele a cerca de meio quilômetro da estrada. Ela dirigia tão rápido que uma nuvem de poeira voava atrás dela.

Diga a Sydney para usar as chaves... As chaves... Ela se parece muito com a mãe, só que mais jovem... Eu realmente gosto de meditar agora... Estou lendo sobre viagens de almas... viagens de almas... Arne tem um livro sobre ioga da biblioteca em sua caminhonete...

Sydney batia no volante, gritando enquanto dirigia:

- Merda, merda. Eu sou uma idiota!

Estou escrevendo uma carta de cinco páginas para mamãe, vou deixá-la em cima da mesa... Ela deixou uma carta digitada de meia página... Ela sempre arrumava a bolsa de fraldas com tudo, exceto a pia da cozinha... Havia uma fralda, uma mamadeira e uma muda de roupa enfiada na bolsa de fraldas... 'A' diz que me ama... A é um babaca... Sabe o que ele disse sobre meu pai? Ele é um idiota...

Sydney derrapou até parar na casa da fazenda gritando:

- A é um babaca, o babaca é o Arne. Merda!

Ela saltou do carro e correu até a porta. Ela experimentou as chaves da casa até que uma funcionou e a fechadura girou. Sydney não entrava naquela casa desde que era um bebê e não tinha ideia de como ela era. A entrada estava escura, então ela acendeu a luz. Todas as cortinas das janelas estavam fechadas. Ela encontrou o caminho para a cozinha. Havia uma panela de ensopado fervendo no velho fogão a gás em uma chama baixa. Sydney vasculhou todos os cômodos e subiu as escadas. Nenhuma das portas estava trancada. Ela voltou para a cozinha e notou uma cortina sobre uma porta. Ela a puxou de lado e deparou-se com uma porta trancada com cadeado. Com as mãos trêmulas, ela experimentou as chaves de cadeado até que uma deu certo. Com uma das mãos, ela abriu a porta e viu um lance de escada para um porão. Ela acendeu a luz e desceu correndo os degraus apenas para encontrar outra porta trancada com cadeado na parte inferior. Ela se atrapalhou com as chaves e, mais uma vez abriu outro cadeado. Ela encontrou outro interruptor no quarto escuro e úmido. Havia prateleiras e caixas. Sydney notou mais três portas. Duas não estavam trancadas com cadeado. Seu coração batia forte enquanto ela se movia rapidamente para a última porta com um cadeado pesado. A luta para encontrar a chave certa para o último deles a deixou tremendo como uma gelatina. Ela deixou o molho de chaves cair no chão e teve que começar de novo.

- Merda!

Sydney começou a entrar em pânico. Aquela sensação forte que ela experimentara durante toda a sua vida quando algo importante estava para acontecer, quase a oprimiu. Ela sabia que aquela porta era importante e tinha a chave para todas as perguntas sem respostas que atormentavam sua família há anos. *Acalme-se. Respire fundo. Inspire e expire, inspire e expire.* Sydney pegou cada chave com força enquanto tentava destrancá-lo. Até que finalmente, o cadeado foi aberto.

Os segundos que levou para abrir a porta e entrar no cômodo pareceram uma eternidade. Sydney sentia-se como se estivesse movendo-se em câmera lenta e o que seus olhos viram entortaram suas pernas. Sem equilíbrio, ela caiu de joelhos; seus olhos arregalados estavam fixos e congelados.

- Meu Deus...

As palavras de Sydney ecoaram fracamente em seus ouvidos, como se ela tivesse falado de muito longe.

❧ 36 ❧

A rne colocou os protetores auriculares e entrou no ritmo de pegar os fardos de feno redondos com a enfardadeira e colocá-los na plataforma. Ele tinha que ir e voltar até a plataforma estacionada até que Dan voltasse. Seus pensamentos estavam centrados na entrevista policial que ele tivera na cidade no dia anterior. Ele achou que tinha se saído bem e sorriu. Ele se lembrou de cada detalhe daquele dia. *Mas por que investigar agora? A polícia disse que era uma rotina reabrir casos arquivados. Não acredito nisso. É muita coincidência Brian ter mencionado os diários escondidos. E não há dúvida de que o caso de Chelsea foi reaberto depois que a mãe e a filha dela voltaram para a fazenda depois de todos esses anos. É a filha, Sydney. Aposto que se ela nunca tivesse voltado para Stoney Creek, o caso não seria reaberto.*

Toda a família Grey era um grande pé no saco. Então havia a esposa, Mary. Mulher estúpida. Uma memória repentina voltou. Ele não tinha se lembrado de tudo no dia anterior durante a entrevista policial. Mary contradisse seu cronograma naquele dia fatídico, mas era uma questão da palavra dele contra a dela. Ela recuou e mudou seu depoimento quando ele alegou que, já que ele foi a última pessoa que tinha visto Chelsea, ele poderia ser um suspeito do desaparecimento dela.

- Maldição! - ele deixou escapar.

Ele percebeu seu erro ao dizer ao sargento no dia anterior que provavelmente passara mais tempo procurando a peça da enfardadeira na fazenda Grey, apoiando-se em seu depoimento original. *E daí? Mary está morta. Eles não podem provar nada. Mas está tudo muito perto de casa. Terei que fazer alguns planos.*

Seus pensamentos voltaram-se para Mary e sua morte seis meses após o desaparecimento de Chelsea. Tudo tinha começado com ela e sua interferência constante em seus pensamentos íntimos e ações. *Aquilo não precisava acontecer, mas acho que era uma situação impossível. Suas suspeitas e acusações tornaram-se intoleráveis.* Ele sabia o que precisava fazer e ele o fez. A pobre Mary teve um infarto fulminante e o mundo dele tornou-se só dele. Euforia era a palavra que descrevia o sentimento. Liberdade era outra.

Três anos depois, Frank Grey entrou no mundo de Arne. *Eu me tornei descuidado e complacente. Frank era meu amigo mais próximo. Ele significava mais para mim do que Mary. Mas ele descobriu meu segredo e isso o tornou uma ameaça. Frank tinha um problema cardíaco, então ninguém ficou surpreso quando ele morreu de infarto. Lizzie já tinha sofrido o suficiente e alugou a fazenda. Pena que ela e Sydney não tenham ficado longe.*

E então havia Chelsea, querida e doce Chelsea.

Arne fez uma curva para retornar à plataforma pela enésima vez. Ele estava de frente para a parte de trás da casa de fazenda. Ele ouviu um barulho de carro saindo da garagem e olhou para além da casa. Ele não conseguia ver nada do pasto, exceto nuvens de poeira subindo no ar. A nuvem de poeira estava indo em direção a sua casa, o que significava que quem a estava causando estava em sua entrada. *E agora?* O fazendeiro deu meia-volta com a carregadeira e dirigiu-se à estrada de terra para voltar ao celeiro e à sua caminhonete. Ele disparou ao longo do terreno irregular o mais rápido que pôde, com medo de tombá-la para o lado. *Inferno!*

Finalmente ele chegou ao celeiro e saltou da carregadeira

e correu para sua caminhonete. Ele deu marcha ré e deu a volta. Arne deu a volta pela lateral da casa até o final da entrada. Vários veículos seguiam em ambas as direções. *Inferno!* Ele esperou o trânsito passar. *O culto de domingo acabou. Malditos frequentadores da igreja.* Ele atravessou a estrada e entrou em sua entrada. *Ainda bem que vi aquela nuvem de poeira. Todos já foram agora.* O caminho para sua fazenda parecia interminável. Ao chegar, ele viu o carro de Sydney estacionado em frente à sua casa, mas ela não estava à vista. Ele virou a cabeça para a porta da frente. Estava aberta. *Mas que merda é essa?*

Arne desligou a caminhonete, tirou as chaves da ignição e examinou o molho de chaves. A chave da porta estava pendurada com as outras. Sua mão foi para o cinto enquanto ele descia da cabine. *Nada.* Ele olhou para o cinto. O molho havia sumido. *Aquela vadia! Ela deve tê-lo encontrado perto do celeiro. Mas por que ela invadiu minha casa? Não tinha como ela saber de nada.* Ele correu em direção à casa, subindo a escada de dois em dois degraus. Ao entrar, ele parou na frente da porta para ver se conseguia ouvir alguma coisa, mas não ouviu nada. Chegando à cozinha, a porta aberta do porão disse a ele o que ele precisava saber. Ele desceu a escada e andou cuidadosamente pelo depósito até a porta aberta do outro lado do cômodo.

Em um piscar de olhos, ele passou pela porta e pairou sobre Sydney, ajoelhada no chão de costas para ele. Ele a agarrou pelos ombros e a colocou de pé. Gritos de terror encheram o cômodo. Arne a sacudiu como uma boneca de pano.

- Sua vadia! Tinha que voltar e meter o nariz na minha vida, hein? Bom, adivinha? Essa será a última coisa que você fará. - Ele a jogou pelo cômodo e Sydney caiu com força contra a parede de cimento. A cabeça dela bateu em um cano de metal que atravessava a parede, fazendo-a desmaiar. Ela desabou no chão.

❧ 37 ☙

Elizabeth se revirava na cama. Algo estava perturbando seu sono e ela estava sendo forçada a voltar à consciência. *O que está acontecendo?* Seus olhos se abriram e ela percebeu que a cama estava tremendo. Não era uma vibração suave como aquelas camas de hotel onde você coloca moedas em uma fenda, mas era um tremor violento que a fez literalmente quicar. *Caramba!* Ela olhou para o teto enquanto a vibração violenta a sacudia. *Um terremoto?* Elizabeth vasculhou o quarto e seus olhos se concentraram em uma figura nos pés da cama. Assim que ela o viu, a cama parou de tremer.

- Frank?

Frank estava parado com lágrimas escorrendo pelo rosto. Ele estendeu as mãos para ela e sua boca se mexia como se ele estivesse tentando falar. Elizabeth sentou-se e puxou as pernas para fora da cama.

- Por favor, fale comigo! - implorou ela.

Frank apontou para a porta do quarto. Elizabeth ouviu o barulho de um carro saindo a toda velocidade da garagem. Ela agarrou suas muletas e saiu pelo corredor até a janela da frente. O carro de Sydney havia sumido, mas ela podia ver a poeira subindo da estrada de Arne até à casa de fazenda dele.

Era a Sydney? Ela virou-se e viu Frank ao lado dela. A boca dele começou a se mexer e desta vez ela conseguiu ouvir um sussurro de palavras:

- Ajude ela.

E, então, ele desapareceu.

Antes que ela pudesse reagir, Elizabeth ouviu outro veículo correndo no quintal. Ela olhou para fora e viu Arne pisar no freio no final da entrada. O tráfego passava na frente de casa e, enquanto ele acelerava para fora da propriedade, os pneus traseiros giravam, cuspindo pedras em todas as direções. *O que está acontecendo?* Mais uma vez, nuvens de poeira se ergueram por causa da pressa dele em direção à sua entrada. *O que eu faço? O que eu posso fazer?* Intuitivamente, ela sabia que Arne estava perseguindo Sydney. *Ela precisa da minha ajuda. É isso o que Frank estava me dizendo.*

Elizabeth foi até a entrada, pegou o celular e as chaves do carro. Ela chegou à varanda, parou e jogou as muletas no chão.

- Dane-se isso! - ela gritou.

Nesse ritmo vou levar o dia todo até chegar lá. Assim que Elizabeth colocou o peso no pé, a dor atingiu seu tornozelo e subiu pela perna.

- Merda! - Mas ela continuou.

Minha neta precisa de mim. Ela mancou pela varanda até chegar aos degraus. Ela inclinou-se sobre o corrimão e segurou-se com os dois braços, pulando com uma perna cada degrau, um de cada vez. O carro dela estava estacionado do outro lado da casa.

- Droga! Quem foi que teve essa ideia?

A dor era excruciante, mas Elizabeth mancou pelo terreno irregular, xingando a cada passo. Ao chegar em seu carro, ela desabou no banco do motorista. Elizabeth colocou o tornozelo machucado no pedal do acelerador, deu a volta na entrada e seguiu em direção à entrada de Arne. Era bom dirigir como um morcego saindo do inferno depois de lutar para chegar até o carro. A casa de Arne apareceu e ela pôde ver o carro de Sydney estacionado ao lado da caminhonete de Arne.

Ela lutou para sair do carro e começou a árdua jornada até a varanda. Foi quando ela percebeu a fumaça saindo pela porta aberta. *Oh, não!* Elizabeth tirou o celular do bolso e apertou o botão de emergência.

- 911, qual é a sua emergência?

- Aqui é Elizabeth Grey e estou na 1266, Valley Road. Há um incêndio na fazenda de Arne Jensen em frente à minha, 1260, Valley Road. Preciso da polícia aqui também.

- Tem alguém ferido, senhora Grey?

- Eu não sei. Desculpe, não posso falar agora, vou deixar meu celular ligado, por favor, fique na linha comigo.

- Eles estão a caminho, senhora Grey. Senhora Grey?

Elizabeth colocou o celular no bolso, pois havia chegado aos degraus da varanda de Arne e precisava das duas mãos. Depois de se arrastar para cima, ela empurrou a porta e passou por ela. A fumaça estava passando ao longo do teto acima de sua cabeça. Elizabeth abaixou o corpo e continuou mancando, ignorando a dor entorpecente da mente. Ela se viu na cozinha. Essa era a origem do fogo. A fumaça era mais densa ali e Elizabeth tossiu. Do outro lado do cômodo, Arne estava de costas para ela. Ele estava lutando com Sydney. Ela podia ouvir os gritos abafados dela. Ele não tinha ouvido Elizabeth porque estava xingando a garota em voz alta. Ela não conseguia ver sua neta, que era ofuscada por Arne, mas ele parecia estar sufocando-a com as próprias mãos.

Ah não, não! Eu perdi minha filha, mas não vou perder minha neta.

Freneticamente, seus olhos procuraram por algo para usar como arma. Ela mancou até a pia e pegou uma frigideira de ferro fundido. Com toda a força que conseguiu reunir, Elizabeth literalmente começou a correr. De onde vinha a força, ela não sabia, mas a descarga de adrenalina era enorme. Com toda a agressividade de um galo bravo e um grito de guerra combinando, ela ergueu a frigideira de ferro pesada acima da própria cabeça. A força de seu golpe atingiu a lateral da cabeça de Arne com tanta força que o corpo dela a seguiu. Ela ouviu o estalo do crânio que teve a pele cortada e um respingo de sangue espirrou nela.

Arne caiu por cima de Sydney. Ambos caíram no chão com Elizabeth caindo em cima das costas de Arne. Enquanto caía, ela também ouviu um estalo em seu tornozelo quando sua perna escorregou debaixo dela. Ela ficou ali deitada com uma dor insuportável tentando recuperar o fôlego antes de perceber que Sydney estava caída no fundo da pilha. Elizabeth tentou se levantar, mas desabou, gritando de dor e frustração. Ela esforçou-se para o lado, sem perceber o ângulo estranho de seu pé onde o gesso havia rachado em torno de seu tornozelo, separando o molde do pé da parte inferior do revestimento do gesso na perna. Ela rolou de costas e deslizou para o chão gemendo por causa das ondas de dor torturantes.

Sydney lutava para tirar Arne de cima dela sem sucesso. Elizabeth podia ouvir sua neta ofegando por ar, o peso morto dele prendendo o peito dela no chão, com o ombro no rosto dela. Elizabeth apoiou-se na barriga e passou uma das mãos pelo cinto de Arne. Mais uma vez, seu braço encontrou forças e ela puxou-o com força, deixando escapar um grito agudo como o de um lutador. Ela conseguiu tirá-lo de cima do peito dela e o deixou deitado sobre as coxas e pernas dela. Ela tinha lido uma história que gritar ou grunhir aumentava o poder de um lutador em dez por cento e, certamente, isso funcionou a seu favor.

Elizabeth desabou no chão. Ela virou a cabeça e viu o peito da garota se movendo enquanto ela engasgava com o ar. Ela estava viva. Sirenes soavam ao longe, ficando cada vez mais perto. Elizabeth se contorcia no chão, ignorando a dor. Ela encontrou um braço e procurou por uma mão. Os dedos agarraram os dela e os seguraram com força. Elizabeth moveu-se um pouco mais pelo chão, passando pelo corpo volumoso de Arne para tentar ver o rosto de sua neta. A fumaça já tinha atingido o cômodo e ela começou a tossir. Ela não conseguia enxergar Sydney da posição em que estava, mas não tinha mais forças e sua visão estava embaçada.

As sirenes estavam do lado de fora agora, com o barulho latejando em sua cabeça. Elizabeth empurrou o queixo para a frente e esticou o pescoço o máximo que pôde. *Aí está você.* Seus olhos fizeram contato com outro par de olhos - olhos azuis intensos, indicativos de gerações da família Grey. Olhos assombrados, cheios de dor e medo misturado com o choque. Elizabeth tentou clarear sua visão e, por alguns segundos, conseguiu ver claramente o rosto da garota.

Um grito torturante que se originou profundamente no peito de Elizabeth e que levou o que restava da energia que seu corpo possuía, saiu de sua garganta e ecoou por toda a casa - um som que só poderia ser comparado ao de um animal ferido.

$ 38 $

Sydney abriu os olhos. Estava tudo branco; as luzes, o teto e as paredes. Ela sentia-se desorientada e tonta. Ela virou a cabeça e sentiu uma dor instantânea. Ela estava em uma cama que também era branca. Ela estava cercada por equipamentos - aparelhos que emitiam sinais sonoros. Ela olhou ao seu redor, embora sua cabeça latejante a lembrasse de não fazer isso. As janelas de vidro e a porta no final da cama expunham a enfermaria do lado de fora de seu quarto. *Eu estou em um hospital? Mas por quê?*

Lentamente, sua memória começou a retornar. *Chaves perdidas, a casa de Arne, cadeados, o porão, o quarto trancado... e depois?*

Sydney procurou na cama e viu a campainha enrolada nas barras laterais. Ela apertou-a. Ela continuou apertando em pânico, olhando para a enfermaria. Uma delas olhou para um monitor e sua cabeça imediatamente virou para olhar para o quarto de Sydney. Ela foi correndo.

- Oi, você acordou!

- O que aconteceu? - perguntou Sydney.

A enfermeira sorriu.

- Você levou uma pancada forte na cabeça. Eu vou chamar o médico. Você vai ficar bem. - Ela saiu do quarto.

Sydney sentia-se confusa. Ela tentou organizar as memórias que vinham à superfície.

O médico entrou no quarto alguns minutos depois.

- Que bom ver você acordada!

- O que aconteceu, doutor?

- O sargento Reynolds está aqui e será capaz de responder a todas as suas perguntas em breve. Enquanto isso, examinarei seus olhos e, em seguida, gostaria de fazer algumas perguntas. - Ele tirou uma pequena lanterna portátil do bolso e examinou os olhos dela. Doeu horrores. - Qual é o seu nome completo?

- Sydney Madison Grey

- Sua data de nascimento?

- 1º de abril de 1996.

- E quem é o primeiro-ministro do Canadá?

- Justin Trudeau.

- Onde você mora?

- Em uma fazenda em Stoney Creek.

- Parece que sua memória está intacta. Como está sua cabeça em uma escala de um a dez? Dez equivale a uma dor muito forte.

Sydney levou a mão à testa e percebeu que tinha um curativo de um lado.

- Estou com uma dor de cabeça terrível - mais de dez. Meus olhos doem. Podem desligar as luzes fluorescentes, por favor?

A enfermeira apagou as luzes do teto e apertou o interruptor da lâmpada atrás da cama.

- Você está com seis pontos sob esse curativo, mas não deve ficar nenhuma cicatriz. - O médico sentou-se na beira da cama.

- Minha garganta está doendo. Por que estou falando com uma voz tão áspera?

- Houve um incêndio na casa de fazenda e você respirou muita fumaça. Vamos mantê-la no oxigênio durante a noite.

Sydney arregalou os olhos.

- Um incêndio?

O sargento Reynolds apareceu na porta.

- Ah, o sargento chegou. - O médico levantou-se. - Você sofreu uma concussão e precisa descansar.

- Que dia é hoje?

- Domingo. Você chegou no início desta tarde. Agora são vinte e uma horas. A enfermeira vai lhe dar algo para a dor. Passarei aqui antes de eu ir embora esta noite.

O médico saiu e o sargento puxou uma cadeira até a cama.

- Oi, Sydney. Estou feliz em ver que você está acordada. Como você está se sentindo?

- Como se alguém tivesse atingido minha cabeça com um taco de beisebol de metal.

- Você bateu a cabeça com muita força em um cano de metal. Eu diria que é mesma coisa que um bastão de metal.

- O médico mencionou um incêndio... mas eu não me lembro de nada sobre isso.

- Você estava inconsciente quando começou.

Sydney respirou fundo e fechou os olhos por um momento. O oficial permaneceu em silêncio até que ela os abriu novamente.

- Está todo mundo bem?

- Menos o senhor Jensen.

Sydney esforçou-se para tentar se lembrar o que aconteceu depois que ela destrancou a porta do porão.

- Ele morreu no incêndio?

- Não, houve um desentendimento lá em cima na cozinha. Ele morreu com uma pancada na cabeça.

Seu corpo recuou com o pensamento.

- Meu Deus... - Naquele momento, tudo se encaixou. Sydney se lembrou de destrancar a última porta do porão e passar por ela. A visão do que ela viu voltou à sua mente. Ela se lembrou de ter caído de joelhos e, no momento seguinte,

Arne agarrou-a por trás com raiva e jogou-a para o outro lado do cômodo. *Eu imaginei isso?* Sydney perguntou em um sussurro:

- Ela está bem?

- Sim, ela está em recuperação, eles tiveram que reconstruir o tornozelo dela. Não sei como ela conseguiu correr com o tornozelo quebrado. Sua avó é uma heroína.

Sydney franziu a testa.

- O quê? Eu estava... espere! Ela quebrou o tornozelo de novo?

- Infelizmente, sim. Mas o médico disse que ela passou bem pela cirurgia.

- Meu Deus... tem certeza que ela está bem?

Ele acenou positivamente.

- Ela está se recuperando. Assim que acordar, eles a levarão para o quarto.

Sydney cobriu os olhos com as mãos.

- Eu não entendo. O que ela estava fazendo lá? E como ela chegou até à casa de Arne?

- Não tenho certeza dos detalhes, pois ainda não falei com ela. Tudo o que sei é que ela dirigiu até a casa dele, viu a fumaça e ligou para o 911. Ela relatou o incêndio e solicitou a polícia também.

A enfermeira entrou no quarto e inseriu uma agulha na veia de Sydney.

- Medicação para a dor, querida. Logo irá se sentir melhor.

Os dois a observaram trabalhar em silêncio.

- Obrigada. - Sydney agradeceu enquanto a enfermeira saía do quarto. Em questão de segundos, ela começou a sentir o efeito. - Hum... já estou ficando grogue.

O sargento inclinou-se para a frente em sua cadeira.

- Se você adormecer, continuaremos pela manhã. Não quero estressá-la.

Sydney lutou contra o efeito da medicação. Ela tinha mais perguntas.

- Sargento, estou feliz que minha avó esteja bem, mas eu não sabia que ela estava lá. Eu não estava perguntando sobre ela...

O oficial pareceu envergonhado e a interrompeu:

- Claro, você estava inconsciente no andar de baixo. Desculpe-me.

- Tinha uma pessoa no porão comigo. Ela não disse uma palavra e nem se mexeu. Acho que ela estava em choque assim como eu. - O coração dela disparou. Sua voz rouca e cheia de emoção soou em um sussurro: - Ela estava lá, não estava?

O oficial sorriu.

- Estava sim.

- Onde ela está agora?

- Aqui no hospital. Os médicos estão cuidando bem dela.

Sydney já estava sentindo todos os efeitos da medicação para dor e lutava para manter o raciocínio.

- Você salvou a si mesma, ela e sua avó. - Ele fez uma pausa. - Você sabe quem é ela?

Sydney sentiu um aperto na garganta. Ela mal conseguia falar.

- Sim, ela é minha mãe.

- Isso mesmo, Sydney. Chelsea está viva e logo vocês estarão todas juntas novamente.

Ela soltou um suspiro profundo.

- Eu não a imaginei. Ela é real.

O sargento Reynolds começou a levantar-se.

- Acho que você precisa dormir. Voltarei amanhã.

- Por favor, antes de ir, conte-me o que aconteceu depois que eu fiquei inconsciente.

- Chelsea tentou escapar. Ela subiu até à cozinha onde eles lutaram. Eles caíram no fogão, uma panela de ensopado foi derrubada e a camisa do senhor Jensen pegou fogo.

- É, eu vi o ensopado no fogão - interrompeu Sydney.

- Ele tirou a camisa e jogou-a na pia, mas as cortinas pegaram fogo. Foi aí que ele começou a se espalhar.

- E o que aconteceu depois?

- Enquanto ele estava lidando com a camisa, Chelsea correu em direção à porta da frente, mas Arne pegou-a na porta e puxou-a de volta para a cozinha. Ela lutou muito e ele começou a sufocá-la.

- Oh não...

- Sua avó chegou nesta hora, correu pela cozinha e atingiu Arne com uma frigideira de ferro fundido. Elizabeth pensou que ele estava lhe estrangulando e foi quando cheguei com o corpo de bombeiros.

Sydney tinha tantas perguntas quanto o oficial. Mas o analgésico estava trabalhando com força total e sua mente não conseguia se concentrar. Seus olhos se fecharam e ela quase adormeceu quando o sargento falou:

- Estou indo, Sydney, você precisa dormir. Quero que saiba que todas vocês estão seguras e que voltarei amanhã. Boa noite.

Ela se esforçou para abrir os olhos e agradeceu-lhe por ter ido vê-la.

- Boa noite.

Sydney pensou na mãe. A ideia de que ela estava viva e em algum lugar perto dela era inacreditável. Em seu estado de sedação, tudo parecia surreal. *Talvez quando eu acordar tudo não tenha passado de um grande sonho.*

Como se fosse para provar que ela estava errada, a enfermeira entrou no quarto empurrando uma mulher na cadeira de rodas. Mãe e filha se entreolharam em silêncio. A enfermeira levou a cadeira para o lado oposto da cama e baixou a grade.

- Chelsea insistiu em vê-la quando dissemos que você estava acordada.

Sydney não conseguia acreditar que estava realmente olhando para sua mãe. Chelsea estava pálida e um pouco magrinha. Seus olhos azuis, embora assombrados, eram a marca das mulheres da família Grey, e o cabelo loiro não deixava dúvidas.

- Você é linda!

Chelsea passou a mão em seus cabelos longos. Ela olhou para baixo e depois para Sydney, um pouco tímida.

- Eu estou horrível, sem maquiagem e com o cabelo desgrenhado.

- Mas mesmo assim, eu a acho linda.

- Você que é, sem dúvida alguma. Não acredito que você é a minha bebê. - Os olhos da mãe se encheram de lágrimas. - Você salvou minha vida e minha mãe nos salvou.

- Não sei como ela fez isso.

- Acho que ela pensou que eu era você. Nunca vou me esquecer daquele olhar no rosto dela quando percebeu quem eu era. Ela me reconheceu imediatamente. Seu grito agonizante vai me assombrar pelo resto da vida. Foi tão cheio de dor.

Chelsea pegou um lenço de papel da mesinha de cabeceira, assoou o nariz e enxugou os olhos.

Sydney não conseguia falar. Sua garganta apertou e ela sabia que, se falasse, acabaria chorando.

Chelsea continuou:

- No momento em que você entrou, eu soube quem você era. Eu não conseguia acreditar e, então, Arne entrou correndo. Achei que ele tinha te matado. - Chelsea fez uma pausa. - Mas foi ele quem morreu. - ela torceu as mãos e olhou ao redor do quarto. - Ele morreu na hora - sussurrou ela. Chelsea realmente parecia triste e um pouco perdida.

Isso confundiu Sydney. Era muita coisa para ela lidar e a medicação não a ajudava. Ela não conseguiu conter suas emoções por mais tempo e começou a soluçar. Chelsea hesitou por um minuto e, lentamente, levantou-se da cadeira de rodas. Ela subiu na cama ao lado de Sydney. As duas mulheres se agarraram e choraram enquanto Chelsea embalava a filha nos braços pela primeira vez em vinte anos.

Nenhuma das duas percebeu que a enfermeira entrou silenciosamente, fechou as cortinas da parede de vidro e saiu.

❄ 39 ❄

Na manhã seguinte, o médico foi ver Sydney. Ele decidiu mantê-la por mais um dia. A dor de cabeça dela ainda estava forte e ele queria fazer uma ressonância magnética, mas ela já estava pronta para ser transferida da UTI para um quarto.

- Como está minha avó?

O médico abriu um grande sorriso.

- Ela acordou esta manhã. Felizmente, quando quebrou o tornozelo, ela não causou mais danos do que a quebra anterior. Provavelmente vai demorar um pouco mais para ela se curar desta vez, mas a fisioterapia a ajudará a se manter em pé e a andar novamente.

A enfermeira foi buscá-la com uma cadeira de rodas depois do café da manhã. Ela a empurrou pelo corredor e entrou no elevador. Elas subiram alguns andares e começaram a andar por um corredor movimentado.

- Vou sentir falta do silêncio da UTI e de um quarto particular - disse Sydney.

A enfermeira deu uma risadinha.

- Ah, acho que você vai gostar mais do quarto coletivo.

Elas percorreram todo o corredor. Sydney viu um policial

sentado do lado de fora do último quarto. Ela ficou surpresa quando a enfermeira a conduziu para aquela porta.

- Proteção policial? De quê?

- Da mídia e dos curiosos. As três mulheres da família Grey são o assunto do mundo. Vocês estão em todas as mídias sociais e na televisão. Não foi fácil, mas fizemos algumas mudanças para colocar vocês três juntas no mesmo quarto. - A enfermeira acenou com a cabeça para o policial, apertou um botão que abriu a porta e empurrou Sydney para dentro. - Aqui estão vocês, meninas. Todas juntas e com um guarda à porta. - Ela empurrou Sydney em direção a uma das camas. Era um quarto com quatro leitos.

- Por favor, posso ver minha avó primeiro?

- Claro. Se você quiser, talvez possamos deixá-la na cadeira. Em breve, virão buscá-la para a ressonância magnética.

A enfermeira empurrou Sydney até o lado da cama de sua avó. Chelsea estava sentada na cama segurando a mão de Elizabeth. Sydney sorriu para a mãe e, então, olhou para a avó.

- Bom dia! Como a senhora está se sentindo?

- No momento, estou tão chapada de analgésicos que está tudo bem. Como você está, querida?

- Estou sentindo algumas dores, estou com hematomas e muita dor de cabeça. O médico irá fazer uma ressonância magnética por segurança, mas tenho certeza que poderei ter alta amanhã.

- Espero que eles me mandem para casa amanhã também - disse Elizabeth. - Não estou doente e posso ficar muito mais confortável em minha própria cama.

Ambas olharam para Chelsea. Sydney não fazia ideia do que viria a seguir para sua mãe. Como se ela tivesse lido a mente da filha, Chelsea piscou algumas vezes e olhou para o chão.

- Eles estão esperando pelos resultados dos meus exames

de sangue hoje e por um psicólogo para me avaliar para ter certeza de que estou... - Chelsea hesitou e sorriu um sorriso fraco. - Eles querem ter certeza de que estou estável.

Sydney ficou horrorizada.

- Oh... - Ela não sabia o que dizer. Depois de vinte anos de confinamento e abuso, ela sabia que sua mãe precisaria de terapia. *Como ela vai conseguir voltar ao "normal"? Ela poderá se curar em casa ou precisará ficar no hospital?*

A porta se abriu e um médico entrou com uma cadeira de rodas seguido pelo sargento Reynolds.

- Bom dia, senhoras. Eu sou a doutora Sally Sauvé. Trabalho no Departamento de Saúde Mental do hospital. Estou aqui para falar com Chelsea. Tudo bem se formos ao meu consultório, senhorita Grey?

Chelsea ficou distante e tensa.

- Ficaremos fora por pouco tempo e você não precisará dizer nada que não queira, ok?

Chelsea olhou para o rosto sorridente da doutora Sauvé, piscou algumas vezes e relaxou.

- Tudo bem. - Ela sentou-se na cadeira de rodas e elas saíram do quarto.

O sargento sentou-se em uma das cadeiras e puxou um gravador.

- Bom dia, como vocês estão nesta manhã?

As mulheres o reconheceram. Sydney respondeu que estava melhor e Elizabeth respondeu exatamente o que dissera a Sydney quando ela perguntou.

- Preciso de uma declaração de vocês duas. Podemos começar com você, Sydney?

- Tudo bem.

Ele abriu seu bloco de notas, ligou o gravador e começou:

- Conte-me com suas próprias palavras o que a levou à fazenda Jensen ontem de manhã e o que aconteceu conforme você se lembra.

Sydney olhou para a avó. Ela sabia que o que elas haviam

vivido não era um conto comum de mistério, segredos de família e assassinato no plano físico. O resultado positivo da história delas nunca teria terminado como terminou sem o envolvimento de um elemento espiritual. Ela olhou de volta para o oficial e pesou suas palavras:

- Não tem como contar o que aconteceu e fazer sentido sem contar tudo ao senhor. Portanto, prepare-se para ouvir algumas coisas para as quais não está preparado. O senhor pode decidir o que acha que é relativo em meu depoimento. - Ela olhou para a avó que assentiu com a cabeça em aprovação.

Ela contou a ele sobre ver o espírito de seu avô e seus avisos. Ela falou das visitas de Chelsea quando era criança e depois que voltou à fazenda. Ela incluiu as visões espirituais dos bombeiros para reforçar a veracidade. E ela contou sobre a descoberta das chaves de Arne e que soube instintivamente que eram as mesmas que o espírito de seu avô havia mencionado. Sydney explicou como ela ponderou todas as informações dos diários de Chelsea, juntou-as às coisas que Arne havia dito e com o que sua avó havia lhe contado. Trinta minutos depois, ela terminou. O sargento ouviu até o final. A expressão estoica dele permaneceu intacta o tempo todo.

- E você dirigiu até à casa de Arne sem dizer a sua avó para onde estava indo?

- Isso mesmo. Ela estava cochilando e eu senti que era imprescindível ir àquela hora enquanto Arne estava trabalhando nos campos.

- Você percebe que cometeu o crime de invasão de domicílio?

Sydney corou.

- Acho que sim. Mas na hora, eu não estava pensando direito.

O oficial quebrou sua expressão impassível e abriu um meio sorriso.

- Parece-me uma boa defesa. Quando encontrou sua mãe no porão, você falou com ela?

- Não. Eu soube que era ela assim que a vi, mas caí de joelhos em estado de choque. Ela parecia aterrorizada.

O oficial escreveu em seu bloco de notas.

- Quanto tempo se passou até o senhor Jensen entrar no porão?

- Não muito, talvez alguns minutos. Eu não sabia que ele estava lá, mas Chelsea o viu e soltou um grito horrível. Em questão de segundos, ele estava em cima de mim me colocando de pé. Lembro-me de voar pelo porão e de acordar aqui no hospital.

O sargento encerrou a entrevista e desligou o gravador. Ele virou-se para Elizabeth.

- Suponho que seu depoimento conterá um elemento etéreo também.

Elizabeth sorriu.

- Sim.

- Ok, vamos começar. - Ele ligou o gravador. - A senhora estava dormindo quando Sydney foi até à casa de Arne. Diga-me, quando a senhora acordou e o que aconteceu depois disso.

Elizabeth começou com a cama tremendo e o espírito de seu marido esperando ela acordar. Sydney não conseguia acreditar que a expressão facial dele permanecia inalterada com aquela notícia, mas ele ficou sentado ouvindo a história de sua avó e permaneceu totalmente profissional. Quando ela terminou, ele desligou novamente o gravador. Foi a primeira vez que Sydney ouviu a parte da história de sua avó e isso a gelou até os ossos.

O oficial olhou para uma e então para a outra.

- Tenho que dizer que vocês tiveram muita sorte de as coisas terem acontecido do jeito que aconteceram. Vocês duas tomaram atitudes muito perigosas que poderiam ter dado muito errado. Gostaria que vocês tivessem ligado para a delegacia e falado comigo.

Sydney explicou:

- Eu pensei nisso, mas tudo o que tínhamos a oferecer eram sentimentos, suposições e visitas de espíritos. Isso teria sido o suficiente para o senhor conseguir um mandado de busca para revistar a fazenda de Arne?

Antes que ele pudesse responder, a enfermeira entrou e dirigiu-se ao policial:

- A doutora Sauvé me enviou aqui para dizer que aprovou seu pedido para entrevistar Chelsea em seu consultório. Ela gostaria de estar presente. Vou levá-lo até lá se o senhor já estiver pronto.

- Sim, podemos ir agora. Senhoras, quando voltarem para Stoney Creek, levarei os depoimentos até à fazenda para vocês assinarem. Todos nós da delegacia estamos muito contentes com o resultado final deste caso e estamos felizes pela família de vocês. Entraremos em contato.

- Obrigada - agradeceu Elizabeth.

Sydney repetiu as palavras da avó:

- Obrigada.

Elas o observaram sair.

- Meu Deus, vovó, sua história me deu arrepios. A senhora foi muito corajosa.

- Você também foi. Felizmente, todas nós poderemos ir para casa e ter um pouco de paz e sossego por um bom tempo.

A auxiliar entrou para levar Sydney para fazer sua ressonância magnética. Quando ela voltou, a avó estava cochilando. Sydney deitou-se na cama e adormeceu.

Poucos minutos depois, a doutora Sauvé entrou e acordou as duas.

- Desculpem-me, mas preciso falar com vocês antes que Chelsea retorne. O sargento Reynolds está quase terminando e a enfermeira a trará de volta.

- Você terminou o diagnóstico, doutora? - perguntou Elizabeth.

- Terminei sim. Chelsea é uma mulher muito forte. Embora no momento ela não esteja ciente disso. Ela passou por uma experiência traumática que não será esquecida da noite para o dia, e nem os efeitos danosos irão desaparecer rapidamente. No entanto, acredito que com terapia ela poderá progredir e, eventualmente, reingressar na sociedade. Dito isso, tudo vai depender do desejo dela de se curar e de sua força de vontade.

- Ela poderá voltar para casa conosco ou vai precisar ficar no hospital? - perguntou Elizabeth.

- Isso vai depender de algumas coisas. No momento, Chelsea está muito sobrecarregada. No início, ela terá problemas para confiar nas pessoas. Primeiro, não vejo nenhum sinal de que ela esteja em perigo de autoagressão, mas isso não significa que ela não poderá regredir. Esperamos que não. Se ela for para casa, vocês duas precisam entender que ela precisará ser protegida. Ela precisará reconstruir a relação dela com vocês duas e isso levará tempo. Claro, vocês três estão animadas por estarem juntas novamente, mas haverá problemas para todas. Ela será totalmente dependente de vocês duas. Vocês serão a linha de vida dela. Estão preparadas para isso?

Elizabeth falou primeiro:

- Claro! Minha filha voltou e farei o que for preciso para ajudá-la.

Sydney quase entrou em pânico.

- Não sei se saberei como ajudá-la, mas eu quero tentar.

A doutora Sauvé deu um tapinha no braço dela.

- Não se estresse com isso porque é aí que eu entro. Tudo o que precisam fazer é mostrar paciência e compreensão. Antes de tomar minha decisão, preciso que vocês entendam que Chelsea vai sofrer uma sensação de perda. Para todos nós, Arne Jensen era um homem perverso que abusou terrivelmente dela, e as pessoas vão pensar que ela deveria gritar aos quatro ventos que ele está morto e que agora ela está livre. Mas, não é onde ela está agora. Eventualmente sim, e esse é o nosso objetivo.

Sydney franziu a testa.

- Então quer dizer que ela vai sentir falta de Arne e sofrer com a morte dele?

- Sim. O que vocês precisam entender é que Chelsea nunca vivenciou a vida como uma adulta. Ela foi sequestrada aos dezenove anos da casa dos pais. Agora ela está com trinta e oito e, no entanto, não faz ideia do que essa independência significa. Ela está morrendo de medo. Seu crescimento mental e emocional parou aos dezenove.

Elizabeth a interrompeu:

- Então você está dizendo que Arne se tornou como um pai para ela?

- De certo modo, sim. Se ela resistisse, ele lhe causava dor. Ela perdeu o senso de poder e se sentia inútil. Se ela se comportasse e desse o que ele queria, ele a recompensaria diminuindo o abuso. Com o tempo, ela se tornou dependente dele para suas necessidades. É normal para ela ter medo de perdê-lo e sofrer o luto. Ele não era apenas seu agressor. Ele era seu provedor e protetor. Vocês conseguem entender isso?

Elizabeth assentiu com a cabeça.

- Entendi - respondeu Sydney. O fato de sua mãe ter sofrido tanto a deixou arrasada. Tudo o que ela queria era vê-la curada.

- Eu perguntei a Chelsea o que ela queria fazer e ela quer ir para a casa de fazenda. Se vocês a levarem, ela precisará se sentir segura e protegida. Sem a mídia e sem visitantes, até ela decidir que está pronta. Inicialmente, ela rejeitará as pessoas. Esperem que ela seja tímida e cautelosa com os homens, pois ela carregará o medo da possibilidade de que o passado possa se repetir. Eventualmente, ela vai superar isso. Poderá haver dias em que ela evitará vocês duas. Eu gostaria que ela viesse uma vez por semana para fazer terapia. Eu visito o Hospital Oliver às quartas-feiras. Vamos atendê-la lá para que ela não tenha que viajar até Kelowna. E também gostaria que fizéssemos sessões de terapia familiar a cada duas semanas. Assim, posso resolver todas as preocupações que ambas possam ter. Se concordarem, darei alta a ela e ela já poderá ir para casa com vocês.

Elizabeth começou a chorar.

- Ela precisa estar com a família. Claro que concordamos.

Sydney apertou a mão da avó, virou-se para a psicóloga e disse:

- Pode contar conosco. Nós a queremos do nosso lado.

$ 40 $

A enfermeira abriu a porta do quarto e Jessie entrou.

- Eu deixo as duas sozinhas por alguns dias e olha só para vocês! Simplesmente não conseguem ficar longe de problemas. - Sydney levantou-se e as duas amigas se abraçaram. Jessie foi até Elizabeth, abaixou-se e beijou-a. Ela virou-se para a filha de Elizabeth. - E você deve ser a Chelsea. É um prazer em conhecê-la.

- Olá. - Chelsea parecia tímida e um pouco nervosa.

- Jessie é minha melhor amiga em Stoney Creek. Ela é enfermeira.

Os médicos deram alta às três mulheres naquela manhã. Elas voltariam para a fazenda juntas onde ficariam por tempo indeterminado. As consultas semanais foram marcadas com a doutora Sauvé em Oliver e Sydney concordou em levar a mãe às sessões.

Jessie falou para as mulheres:

- E hoje sou a motorista particular de vocês. Peguei uma van emprestada com vidros fumê para levar as três para casa em Stoney Creek.

Chelsea franziu a testa.

- Vidros fumê?

Sydney virou-se para a mãe.

- São vidros escuros para filtrar a luz do sol no verão que também dá para ver o lado de fora, mas as pessoas não podem ver do lado de dentro.

As duas enfermeiras garantiram cadeiras de rodas para as três mulheres.

Jessie informou-lhes:

- O plano é o seguinte: conduzirei Sydney e essas enfermeiras maravilhosas conduzirão vocês duas. Vamos pegar o elevador de serviço até o porão e sair pela garagem. Felizmente, não há ninguém da imprensa bisbilhotando enquanto seguimos nosso caminho.

Sydney sabia que sairiam do hospital pelo necrotério, e que Arne Jensen estava lá. Parecia assustador, mas ninguém disse nada. Dez minutos depois, elas estavam saindo do hospital.

- Parece que estamos livres. Apenas uma parada rápida em Stoney Creek. - Jessie dirigiu em direção à casa de Elizabeth. Ela estacionou a van a um quarteirão de distância e logo desapareceu na esquina.

- O que ela foi fazer, vovó?

- Ela está indo até minha casa para pegar algumas coisas das quais preciso. Eu dei uma lista a ela.

- E se o pessoal da impressa estiver por lá? - perguntou Chelsea.

- Ela está indo à casa da minha vizinha. Jessie ligou para ela mais cedo. Barb vai deixá-la sair pela porta dos fundos e ela atravessará os arbustos até minha casa. Não dá para ver nossos quintais da rua

- Isso foi muito inteligente - disse Sydney.

Duas horas depois, elas entraram em Stoney Creek. Chelsea virava a cabeça para todos os lados enquanto olhava as ruas.

- A cidade cresceu muito. O café onde trabalhei ainda está funcionando. - Ela esticou a cabeça para trás enquanto passavam, até ele desaparecer da vista.

Jessie continuou pela cidade.

- A propósito, liguei para a prefeitura esta manhã e perguntei se os funcionários poderiam colocar barricadas de tráfego na frente da rodovia da casa de vocês. Qualquer pessoa que cruzar sem permissão será acusada de invasão de propriedade. - Elas entraram na Valley Road e Jessie parou para pegar o celular e fazer uma ligação. - Oi, sou eu. Estamos a alguns minutos de distância. O que podemos esperar para quando chegarmos?

As três mulheres ficaram em silêncio, com todas as atenções voltadas para Jessie.

- Entendi. Deixe alguns caras do lado de fora prontos para mover as barricadas para que eu não tenha que perder tempo. Obrigada. - Ela virou-se para as mulheres: - Ok, temos uma multidão de jornalistas esperando na estrada principal. Quando chegarmos lá, lembre-se, Chelsea, eles não conseguem enxergar aqui dentro.

Elizabeth bufou.

- Hunf... é melhor não se aproximarem. Já passamos por muita coisa para nos sentirmos intimidadas ao entrar em nossa própria casa.

Chelsea parecia confusa.

- Ainda não entendi como descobriram tão rápido, ou porquê estão interessados em mim.

- Quando eu lhe mostrar as redes sociais no computador, você vai entender. E você é uma heroína por sobreviver à sua provação, é por isso que eles estão tão interessados em você.

Uma viatura da polícia parou ao lado delas e Jessie abriu a janela.

- Policial?

- Há uma grande multidão à frente. Vou guiá-la e garantir que ninguém tente nos seguir.

Jessie voltou para a estrada e seguiu a viatura até a fazenda.

- Caramba!

As mulheres engasgaram. Havia muito mais pessoas do que elas haviam imaginado. Todas as três olharam para a propriedade de Jensen à esquerda e notaram a fita da polícia do outro lado da entrada.

Sydney estremeceu e olhou para sua entrada, onde Brian e outro membro da equipe da Rhyder separavam duas barricadas.

- E lá vamos nós - disse Jessie.

Do lado de fora havia vários flashes e pessoas gritando seus nomes. Sydney olhou para Chelsea que parecia apavorada, mas não movia um músculo. Foi apenas uma questão de segundos até que elas estivessem na entrada da garagem e as barricadas estivessem de volta no lugar. A viatura da polícia parou em frente e observou a multidão. Jessie continuou ao redor da casa até o deck dos fundos.

Elas entraram na casa pelo mudroom com Jessie empurrando Elizabeth em uma cadeira de rodas. Sydney liderou o caminho até à cozinha.

- Nossa, o que está acontecendo?

Bea estava parada na geladeira guardando recipientes de comida que estavam empilhados em um balcão.

- Todos da cidade estão trazendo comida desde ontem. Passei a noite preparando tudo para o retorno de vocês. Congelei bastante coisa e coloquei um pouco na geladeira. - Ela fechou a porta da geladeira e aproximou-se de Sydney, envolvendo-a em um abraço de urso. - Devo-lhe dizer que você nos deu um grande susto... - Ela inclinou-se para abraçar Elizabeth e, em seguida, acenou com a cabeça para Jessie. Então, ela virou-se para Chelsea. - Bem-vinda, Chelsea, sou Bea Gurka, a mãe de Pam. Você se lembra de mim?

- Oi, senhora Gurka - cumprimentou Chelsea antes de baixar os olhos para o chão.

Bea voltou-se para Sydney.

- Se você quiser que eu fique aqui por alguns dias

cuidando da casa e cozinhando, eu iria adorar. Você não vai precisar me pagar por isso. Estou aqui como uma amiga.

- Muito obrigada, Bea. - Sydney levou a mão à cabeça enfaixada. - Pelo menos até que essa dor de cabeça passe.

- Ótimo! Arrumei o quarto de hóspedes para Chelsea. Irei dormir na residência.

- Eu vou ficar na residência por alguns dias também para ajudar Elizabeth enquanto vocês duas descansam - disse Jessie.

Elizabeth agradeceu as duas:

- Sou muito grata pela ajuda de vocês. Deus sabe que não posso contribuir com nada. Sydney precisa descansar e Chelsea... ela precisa fazer o que ela quiser.

- Um banho quente seria bom - disse Chelsea.

Jessie levou Elizabeth para o quarto e a acomodou na cama e, então, saiu da casa para falar com a equipe da Rhyder.

Sydney estudou sua mãe.

- Você precisa de algumas roupas. Parece que temos o mesmo tamanho. Venha comigo. - Ela pegou a mão de Chelsea e a levou para seu quarto.

- Uau! Eu amei as cores deste quarto. A casa de fazenda parece tão diferente. - Chelsea hesitou - Quis dizer no bom sentido.

- Obrigada. - Sydney abriu as portas do armário. - Aqui, escolha o que você quiser. Calcinhas e sutiãs estão naquela cômoda. - Ela observou a mãe examinar suas roupas. A maioria das mulheres que ela conhecia perto dos quarenta consideraria suas roupas um estilo muito jovem. Mas Chelsea ficou entusiasmada com elas e muito feliz com as escolhas da filha. *Se ela parou de amadurecer aos dezenove, então minhas roupas parecem ser perfeitas para ela.* Ela mostrou a Chelsea seu próprio quarto. Ela não conseguia acreditar nas mudanças que Bea havia feito. Durante o incêndio, o cômodo era básico, mas ela substituiu o edredom barato e as cortinas por um conjunto padrão Santa Fé turquesa e bordô. A pequena cômoda foi substituída por uma escrivaninha de madeira cerejeira escura com seis gavetas, um gaveteiro tallboy no canto e uma poltrona La-Z-Boy vinho com um tapete oval embaixo. O quarto era aconchegante e convidativo.

Sydney mostrou a Chelsea o banheiro principal.

- Há shampoo no parapeito e desodorante nesta gaveta. Olhe em tudo e use o que quiser. Se você quiser secar o cabelo, o secador está dentro de uma cesta nesses armários embaixo da pia. - Sydney começou a sair pela porta e virou-se. - E há uma fechadura na porta se você quiser um pouco de privacidade.

Depois que ela fechou a porta atrás dela, ela ouviu a porta sendo trancada. Sydney sentia-se exausta e voltou para seu quarto. Ela acomodou-se na cama e dormiu imediatamente.

ELIZABETH ESTAVA SENTADA, encostada em seus travesseiros lendo um livro quando Chelsea enfiou a cabeça para dentro do quarto.

- Posso entrar?

- Claro! - Elizabeth abaixou o livro - Como foi seu banho?

Chelsea sorriu.

- Fiquei lá por um bom tempo. Esse foi meu primeiro banho em vinte anos. Arne tinha uma banheira velha com pés de garra. - Chelsea sentou-se do outro lado da cama. - A melhor parte foi trancar a porta. A menos que eu estivesse trancada no porão, ele nunca me deixava sozinha na casa. Ele ficava sentado no banheiro enquanto eu tomava banho. Eu odiava isso.

- Eu lamento muito que isso tenha acontecido com você. Meu coração fica partido em pensar que estávamos do outro lado da estrada o tempo todo. E eu pensando que você tinha fugido. Está difícil me perdoar.

- Não pense nisso, mamãe. A culpa não é sua.

Elizabeth suspirou.

- Onde está Sydney?

- Está dormindo. Acabei de ir vê-la.

- Ah, que bom, ela precisa descansar.

Chelsea olhou para a janela.

- Notei que os carros na parte de trás pertencem a Rhyder Contracting. Eles têm alguma coisa a ver com a família Rhyder que morava aqui? Wes?

Elizabeth contorceu-se desconfortavelmente e estudou o rosto da filha.

- Sim, Jax Rhyder está executando a reforma. Jax é filho de Wes Rhyder.

- É mesmo? É o garoto loiro que parece ter a mesma idade de Sydney?

- Não sei. Eu não o conheço. Quando houve o incêndio, eles suspenderam os trabalhos por aqui para abrigarmos o Corpo de Bombeiros.

- Então Wes voltou para Stoney Creek? Estou surpresa.

Havia tanta coisa que Chelsea não sabia, mas Elizabeth achou que ainda não era a hora de contar a ela.

- Ele voltou para Stoney Creek quando Jax tinha seis anos, seu casamento havia terminado e ele queria que Jax crescesse em uma cidade pequena. Ele começou sua própria empresa e o filho trabalha com ele. Jax adora restaurar antigas casas de fazenda e foi assim que ele pegou este projeto. - Elizabeth estendeu o braço em direção ao gesso. - Isso foi antes de eu fazer isso comigo mesma pela primeira vez.

Chelsea franziu a testa. Elizabeth percebeu que ela estava pensando muito em alguma coisa. Ela decidiu mudar de assunto.

- Aparentemente, eles terminarão hoje e todos irão embora. Agora, se conseguirmos fazer com que a mídia também vá embora, teremos a fazenda só para nós. Jessie vai falar com eles em nome da família.

Jessie apareceu na porta para dar uma olhada em Elizabeth.

- Oi.

- Entre - disse Elizabeth.

- Só passei para ver se a senhora está precisando de alguma coisa. Como está a dor? - perguntou Jessie.

- Estou pronta para tomar os remédios e tirar um cochilo.

Chelsea virou-se para Jessie e perguntou:

- Aquele garoto alto e loiro é o filho de Wes Rhyder?

Jessie levantou as sobrancelhas e olhou para Elizabeth.

- Anh... sim. É sim.

- Chelsea viu o nome nas caminhonetes e fez a ligação - disse Elizabeth.

Jessie relaxou.

- Oh... vou pegar seus analgésicos.

- Acho que vi uma semelhança - disse Chelsea.

Jessie voltou um minuto depois, deu os comprimidos a Elizabeth e saiu.

De repente, Chelsea parecia perdida.

- Acho melhor voltar para o meu quarto já que a senhora vai tirar um cochilo. Talvez eu tente fazer o mesmo - disse Chelsea.

Elizabeth pousou a mão no braço da filha. Ela sabia que Chelsea estava se sentindo estranha e não queria que ela ficasse sozinha enquanto ela e Sydney dormiam. Ela fez uma anotação mental de que uma delas sempre estaria por perto por um tempo.- Você quer ficar aqui comigo? Eu realmente gostaria de sua companhia. Você pode tirar um cochilo aqui ao meu lado.

O rosto de Chelsea iluminou-se.

- Ok, se a senhora quer, eu fico.

❧ 41 ❧

Sydney acordou assustada. Ela estava sonhando. Na verdade, era um pesadelo em que Arne estava sufocando sua mãe. Embora ela não tivesse testemunhado o acontecido, seu sonho tinha sido bem real. O relógio vermelho marcava dezesseis e quinze. Ela tinha dormido por três horas. Ela levantou-se e foi até o banheiro, afastando a lembrança do sonho. Ela lavou o rosto. Ao passar a escova no cabelo, ela notou que sua dor de cabeça havia diminuído. Era bom mover a cabeça sem sentir uma dor intensa. *Isso é bom.* Ela saiu do quarto para ver o que o resto da casa estava fazendo.

Ela enfiou a cabeça para dentro quarto de sua avó. Ela estava dormindo com um livro no colo e Chelsea estava deitada ao lado dela dormindo profundamente. Ela as observou por alguns minutos. *Não consigo acreditar que isso é real.* Vozes e risos podiam ser ouvidos na área da cozinha. Curiosa, ela foi até lá para dar uma olhada.

Sydney congelou na porta. Bea estava ocupada preparando o jantar. Jax estava sentado na ilha, de costas para ela conversando com Jessie que estava de frente para ele. Jessie a viu primeiro.

- Aí está você, garota. Você dormiu bastante. Como está a cabeça?

- Está um pouco melhor.

- Venha, junte-se a nós - convidou Jessie.

Jax virou-se. Sydney acenou com a cabeça e o cumprimentou:

- Jax.

Ela fez questão de sentar-se mais adiante na ilha, mas do mesmo lado, em vez de ficar de frente para ele. Bea tornou a encher as xícaras de café e colocou um copo de suco na frente dela.

- Sem café para você por causa da concussão. Não é bom.

Sydney sorriu para ela.

- Obrigada. - Ela sabia que não deveria discutir com Bea.

Um bloco de notas e uma caneta estavam na frente de Jessie...

- O que você está fazendo? - perguntou Sydney.

- Sua avó me pediu para representar a família e falar com os jornalistas que estão lá fora. Eles estão me ajudado a escrever. A princípio, não haverá entrevistas no momento e a família pede para ser deixada em paz para lidar e se curar do evento traumático. E pedem que a imprensa honre seu pedido de privacidade.

- Para mim parece bom. Obrigada por fazer isso por nós.

- De nada.

Jax levantou-se.

- Bom, preciso ir para casa para terminar de encaixotar minhas coisas. Nunca pensei que pudesse acumular tanto em tão pouco tempo que morei naquela casinha.

Sydney ficou nervosa. Desta vez, ela olhou diretamente para ele. *Encaixotar? Ele está de mudança. Ele vai sair da cidade?*

Jax chamou a atenção dela:

- Sydney, posso falar com você um minuto a sós? - Ele parecia bem sério.

- Claro. Vamos lá para fora.

Sydney liderou o caminho passando pela sala de jantar e saindo pela porta francesa. Eles caminharam em direção ao lago. Ela não fazia ideia de como ela deveria reagir a Jax e achava que ele iria dizer que estava indo embora. As emoções dela estavam todas confusas e lidar com Jax além de todo o resto, estava levando-a ao seu limite.

Jax parou de andar e disse:

- Você deu um susto em todos nós. Estou feliz que tudo acabou bem. Eu gostaria de... de ter estado aqui. As coisas poderiam ter sido diferentes. Como você está lidando com tudo?

Sydney decidiu não entrar nesse assunto.

- Estou bem. Minha dor de cabeça não está mais tão forte.

- É, você já comentou isso. Eu quis saber como você está lidando com tudo isso. É um grande choque para você e sua avó e nem consigo imaginar como sua mãe está se sentindo.

- É surreal. Acho que ainda estamos todas anestesiadas.

- Todo mundo está dizendo que vocês são parecidas.

- É o que todo mundo diz.

- Estou muito feliz pela sua família, e que todas vocês ficarão bem.

Sydney não tinha dúvidas de que Jax se importava com ela, mas ele estava querendo falar algo e ela queria que ele fosse direto ao ponto.

- Eu queria que você soubesse que hoje terminamos a reforma. Os caras estão tirando tudo da fazenda, assim, sua família terá privacidade.

Eles estavam lado a lado, ambos olhando para o lago. Eles ainda não tinham se olhado.

- Você fez um trabalho maravilhoso, Jax. Muito obrigada. Envie-me a fatura para eu pagar. - Sydney fez uma pausa - Então, você está se mudando?

- Sim.

- Quando?

- Amanhã.

Sydney ficou em choque. Ela virou-se e olhou para Jax.

- Tão rápido assim?

- Eu tenho algo a lhe dizer. Jessie recebeu o resultado do teste de DNA.

O rosto dela anuviou-se. Ela ficou brava.

- Quê? E ninguém me contou?

- Calma, ela recebeu a ligação há alguns minutos. Eu perguntei a ela se eu poderia lhe contar porque precisamos conversar.

Sydney sentia-se esmagada. Ela voltou-se para o lago e olhou além dos campos de feno. Ela estava sentindo um vazio por dentro.

- E é por isso que você vai sair da cidade. Acho que sei o que você vai me dizer.

- Anh? Eu não vou sair da cidade.

- Então por que você está se mudando? Você ama aquela casinha.

- Porque eu estou... espere, chega de falar sobre a mudança. Isso é mais importante. Sydney, meu pai não é seu pai. Não somos primos.

Sydney congelou e se esqueceu de respirar. Ela não sabia se deveria ficar aliviada ou zangada porque um funcionário do parque de diversões casado que traiu a mulher era seu pai, ou desapontada porque não era filha de um homem bom como Wes Rhyder.

- Syd?

- Uau! - Ela olhou para Jax. - Pelo menos não cometemos incesto.

- Eu lamento muito que você tenha passado por isso. E por todo o resto.

Sydney esboçou um sorriso fraco.

- Bom... tudo acabou da melhor maneira. Obrigada por me contar.

Jax parecia estranho. Ele começou a dizer algo mas parou.

Sydney deixou passar.

- Então, por que você está se mudando?

- Meu pai está se mudando para Kelowna para expandir seus negócios comerciais por lá. Ele está me ajudando a abrir minha própria empresa de melhorias e reformas residenciais aqui em Stoney Creek. Ele me pediu para que eu me mudasse para a casa dele para que ela não ficasse vazia. Eu prefiro a minha casinha, mas a dele eu não preciso pagar aluguel.

- Isso é maravilhoso, Jax. É o que você queria.

- Olha, não tenho certeza se este é o momento certo por causa de tudo o que aconteceu. E eu não quero sobrecarregar você... - Jax parou.

Lá vem. Ele vai me decepcionar.

- O que é? - Ela se preparou.

- Eu sei que aconteceu muita coisa e... - Jax fez uma pausa.

Você já disse isso. Fale logo!

- Deixe-me facilitar isso para você, Jax. Nós vivemos momentos bons e tivemos uma noite ótima. Mas depois de tudo o que aconteceu, você percebeu que não podemos seguir em frente e que realmente não quer nenhum compromisso. Está tudo bem, sério. De qualquer maneira, eu já tenho o suficiente para lidar no momento. - Sydney virou-se para voltar a casa.

Jax agarrou o braço dela.

- Não era isso o que eu ia dizer. Eu fui sincero em tudo o que eu lhe disse naquela noite. Todas essas semanas que ficamos separados, eu fiquei me perguntando se éramos mesmo parentes e mesmo assim, não conseguia tirar aquela noite da minha cabeça. Eu sei que sua família precisa de tempo para lidar com tudo o que aconteceu. Você vai querer passar um tempo com sua mãe para conhecê-la e ajudá-la a se curar, e eu entendo isso. Não quero virar as costas para nós, mas não quero colocar expectativas que você não consiga lidar agora.

Sydney olhou nos olhos de Jax. O que ela viu dizia tudo o que ela precisava saber.

- Você está tentando me dizer que não tem medo da palavra com "c".

Jax puxou-a para seus braços.

- Estou dizendo que eu te amo, Sydney Madison Grey. E que não vou a lugar nenhum. - Ele a beijou com urgência e Sydney correspondeu.

O beijo deles foi longo e apaixonado e, quando terminaram, ele beijou os dois olhos dela, o nariz, as duas bochechas e reivindicou a boca dela mais uma vez.

- Oh, Jax. Eu também te amo.

- O plano é o seguinte: você precisa de tempo para ficar com sua família e eu de tempo para colocar meu negócio para funcionar. Então, nos veremos assim que pudermos. Devagar e fácil. Tudo o que preciso saber é que somos um casal... que temos exclusividade.

Sydney colocou as mãos em cada lado do rosto de Jax.

- Claro que somos!

Desta vez, ela o beijou. O mundo ao redor deles desapareceu. Eles se abraçaram e sussurraram palavras de amor e se beijaram mais um pouco. Finalmente, eles se olharam profundamente nos olhos e riram. De braços dados, eles voltaram a casa.

A porta francesa estava aberta e Bea e Jessie estavam lá sorrindo. Bea fez um sinal de positivo com os polegares e Jessie bateu palmas.

- Ai, Meu Deus... elas estavam o tempo todo nos observando - disse Sydney.

Jax riu.

- Acho que elas adoram um romance. E entregamos um belo espetáculo, você não acha?

❧ 42 ❧

Elizabeth acordou com o som de alguém chorando. Ela levou alguns segundos para se orientar. Ela olhou ao lado dela na cama. Chelsea não estava ali. O choro recomeçou. Ela virou-se para o outro lado e viu sua filha parada perto da janela. Chelsea estava com as mãos sobre a boca para abafar o choro.

- Chelsea? O que foi, querida?

Chelsea virou-se para a mãe.

- O que foi que eu fiz?

A mãe deu uns tapinhas na cama.

- Venha, vamos conversar.

A filha sentou-se com uma expressão preocupada.

- Sydney e Jax. Eles estão... juntos.

Elizabeth viu o quão chateada Chelsea estava, mas ela procedeu com cautela:

- O que você quer dizer com "juntos"?

- Que eles estão se abraçando e se beijando... como um casal.

Elizabeth franziu a testa.

- Lá fora?

- Sim - sussurrou Chelsea.

- Bom, talvez isso seja uma notícia boa.

Chelsea a interrompeu. Ela não estava ouvindo.

- É tudo culpa minha. - Ela cobriu o rosto com as mãos. - Se eu não tivesse sido uma adolescente tão estúpida e engravidado de um cara que só queria transar. Se eu tivesse contado ao papai sobre o que Arne fazia, mas não contei porque eu estava indo embora. E Mary e papai morreram. Tudo por minha causa. - Chelsea desmoronou e começou a soluçar.

Elizabeth segurou o braço dela.

- Chelsea, olhe para mim. - A filha ergueu a cabeça. - Você não é a responsável por nada disso. Todos nós podemos voltar no tempo e nos culparmos pelas coisas que aconteceram. Você foi uma vítima de tudo isso. A responsabilidade é de Arne. Um homem mau que interferiu em todas as nossas vidas e pagou por isso com a própria vida. - Ela pegou uma caixa de lenços de papel e entregou à filha.

Chelsea acalmou-se e assoou o nariz, mas as lágrimas não paravam.

- Ah, mamãe... você não entende...

- Você está preocupada que Wes possa ser o pai dos dois.

Chelsea arregalou os olhos.

- Como você sabe disso?

- Querida, há tanta coisa que você não sabe. Seus diários nos ajudaram a juntar todas as peças. Sydney e Jax estavam esperando o resultado de um teste de DNA. Se eles estão juntos agora, o resultado já deve ter saído. E acho que é seguro dizer que Wes não é o pai de Sydney.

Chelsea enxugou as lágrimas.

- Você acha? Minha vida ficou estagnada por todos esses anos enquanto a vida aqui fora continuava e eu causava essa dor em todo mundo.

- Na época, você fez o que achava ser o certo. Ficar se

culpando agora é uma perda de tempo. Todos nós adoraríamos mudar as coisas que fizemos no passado, mas não podemos. Todos nós devemos seguir em frente.

- É, acho que sim.

- É melhor você saber do resto agora. Wes e sua ex-esposa adotaram Jax quando a irmã de Wes e seu marido morreram. Jax tinha dois anos na época. Biologicamente, Wes é tio dele, mas para Jax ele é seu pai.

- Eu perdi tanta coisa.

- E agora você está livre. Levará algum tempo para se adaptar, mas com a ajuda da doutora Sauvé e com a nossa, você perceberá que tem o mundo aos seus pés. Este é o seu momento e você é jovem o suficiente para abraçá-lo e fazer o que quiser.

Chelsea voltou a se acalmar. Elizabeth inclinou-se sobre a mesa de cabeceira e abriu uma gaveta. Ela puxou um maço de cartas com um elástico em volta delas.

- Espero não estar lhe sobrecarregando, mas você tem que saber de mais uma coisa. Wes não estava usando você. Ele realmente se importava com você anos atrás. Ele escreveu-lhe essas cartas nos primeiros meses depois de se mudar. Infelizmente, seu pai as interceptou e as escondeu. Eu as encontrei depois que ele morreu. Eu ia devolvê-las a Wes, mas agora acho que elas pertencem a você.

Chelsea olhava para as cartas que sua mãe estendia para ela.

- Foi Wes quem as escreveu? - Ela pegou as cartas e balançou a cabeça. - Ah, papai, eu estava tão triste naquele verão.

- Ele achava que estava protegendo você. Não o odeie.

- Eu não o odeio.

Sydney apareceu na porta.

- Está tudo bem? Pensei ter ouvido alguém chorando.

- Entre, querida - disse Elizabeth e Chelsea moveu-se para

o lado para que Sydney se sentasse ao seu lado na cama. - Chelsea viu você e Jax juntos lá fora. - A avó olhou para a neta com expectativa.

Sydney olhou assustada para a mãe.

- Meu Deus... eu nem imaginava.

- Ela está sabendo do teste e de quase tudo. Vocês receberam o resultado? - perguntou Elizabeth.

Sydney sorriu.

- Recebemos sim... cara, isso não é estranho? - Ela olhou para a mãe. - Wes Rhyder não é meu pai.

Chelsea abaixou a cabeça, olhando para a cama.

- Lamento muito que você tenha passado por toda essa dor.

Sydney pegou a mão da mãe nas dela.

- As coisas são como são. E agora Jax e eu podemos ficar juntos e estamos felizes. O que eu sofri mês passado não pode ser comparado ao que você passou nos últimos vinte anos. Não sei como você sobreviveu.

- Eu quase não consegui nos primeiros seis meses. Nessa época, às vezes eu era suicida. Ele me trancou em um búnquer construído na colina onde ficava a velha fazenda. - Os olhos de Chelsea ficaram vagos e ela roeu a unha. - Depois que Mary morreu e ele me mudou para a casa dele, ficou melhor. Antes do sequestro, eu era forte e independente. - Ela sorriu. - E "selvagem" como o papai me chamava. Arne tentou me destruir e eu lutei por muito tempo. Mas era eu quem sempre acabava sofrendo - física e emocionalmente. Aprendi que se eu desse a ele o que ele queria e me tornasse a pessoa que ele queria que eu fosse, ele ficaria feliz. Essa foi uma das maneiras pelas quais sobrevivi, mas havia outras também.

- E quais eram? - perguntou Sydney.

- Minha meditação, ioga e viagem da alma. Fiquei muito feliz quando Arne me contou que você e a mamãe estavam de volta à fazenda. Então, fiquei com medo de que Arne pudesse machucar você e a visitei várias vezes. Às vezes você me via, às vezes não. Mas eu me agarrei à esperança de que seria encontrada. E, claro, tinha o papai. Ele ficou comigo o tempo todo depois que morreu.

Elizabeth franziu a testa.

- Alguns minutos atrás, quando você estava triste, você disse algo sobre ser culpada pela morte de seu pai e a de Mary. O que você quis dizer?

- Arne matou os dois.

Elizabeth levou as mãos ao peito.

- O quê? Mas os dois morreram de infarto.

- Sim, de infarto fulminante.

- Eu não entendo - disse Elizabeth.

- Ambos descobriram sobre mim. Mary ficou desconfiada ao perceber que ele ia até à casa velha várias vezes. Um dia ela o seguiu e se esgueirou atrás dele. Ela me viu. Ele me deixava acorrentada à cama naquela época. Eu implorei a ela para que me ajudasse, mas ela saiu correndo e ele a alcançou.

- E o estresse fez com que ela tivesse um infarto? - perguntou Sydney.

- Não, Arne tinha uma doença renal que afetava os níveis de potássio. Ele injetava cloreto de potássio diariamente. Os médicos o avisaram que uma overdose poderia causar um infarto em questão de minutos, levando à morte. Ele estudou sobre isso e carregava uma seringa intravenosa cheia de cloreto de potássio o tempo todo. - Chelsea estremeceu. - Ele me ameaçou com isso várias vezes quando estava bravo.

Elizabeth explodiu.

- Maldito! Mas por que isso não foi descoberto na autópsia?

- Arne me contou que quando o tecido morre, ele expele o cloreto de potássio na corrente sanguínea, onde é dissipado. Portanto, as amostras de tecido de uma autópsia seriam nulas.

Ele também me contou que Mary havia tomado uma vacina contra gripe alguns dias antes e se gabou de ter colocado a agulha na mesma picada para não levantar suspeitas. Ele chamava isso de assassinato perfeito.

Sydney estava abalada. Ela sabia que tinha algo de errado com Arne, mas isso estava além de qualquer coisa que ela havia imaginado.

- E o vovô? - sussurrou ela.

Nervosa, Chelsea mexia nos fios da própria camisa.

- Ele foi até a casa em uma de suas caminhadas matinais para falar com Arne. Arne me tirou do porão para que eu preparasse o café da manhã. Acho que papai o ouviu gritando. Mary tinha partido há três anos e acho que papai ficou curioso para saber com quem ele estava gritando. Ele deu a volta na casa e olhou pela janela da cozinha. Nossos olhares se encontraram. Eu nunca vou esquecer a expressão dele. - A voz de Chelsea falhou e ela olhou para seu colo.

Elizabeth pegou a mão dela.

- Você não precisa falar sobre isso agora.

- Vocês duas precisam saber. Eu contei tudo isso ao sargento Reynolds e perguntei a ele se eu poderia contar a vocês também.

- Ok, querida.

- Arne correu para fora e eles lutaram. Papai já estava tomando remédio para o coração. Arne sabia que uma dose de cloreto de potássio seria letal. Ele também sabia que papai injetava insulina para diabetes no abdômen. Ele tirou a agulha do bolso e enfiou no estômago. - Os olhos de Chelsea se encheram de lágrimas. - Ele deixou papai morrer sozinho no chão enquanto me trancava no porão. Então, ele o colocou em sua caminhonete, o levou para casa e o deixou... apenas o deixou deitado na varanda como um saco de batatas.

Elizabeth falou em um tom monótono:

- Até que eu o encontrei uma hora depois.

As três mulheres ficaram sentadas em silêncio com lágrimas escorrendo pelos seus rostos; perdidas em seus próprios pensamentos; presas em seu próprio luto.

Chelsea falou primeiro:

- Quando papai estava vivo, brigávamos o tempo todo. Mas depois que ele morreu, ele não fez a transição. Ele ficou comigo. Quando não o via em espírito, eu sentia a presença dele. Às vezes, quando minha alma viajava até aqui, eu o via zelando seu sono, mamãe. E às vezes, ele fazia isso com a Sydney. Fiz as pazes com ele anos atrás. - Chelsea olhou para Sydney. - Ele nunca falava, mas eu falava com ele o tempo todo, do mesmo jeito que você costumava falar comigo em nossos chás de mentirinha. Ele foi a maior razão pela qual sobrevivi.

Elizabeth franziu a testa.

- Ainda estou confusa sobre uma coisa. Achamos que você estava morta porque Sydney via seu espírito. Como isso é possível se você está viva?

- Não era o meu espírito que Sydney via. Era minha alma. A viagem da alma significa que a alma deixa o corpo por um curto período de tempo e depois retorna. Você pode não lembrar, mas eu estava estudando a viagem da alma durante meu último ano aqui na fazenda.

Sydney continuou:

- Eu também pensei que era o seu espírito, até que li os diários e percebi que você praticava a viagem da alma. O estalo aconteceu quando encontrei as chaves de Arne e o vovô havia dito à vovó para eu usar as chaves.

Elizabeth estendeu as mãos para Chelsea e Sydney.

- Somos uma família e juntas encontraremos forças para enfrentar o que aconteceu aqui e deixar tudo isso para trás. Vamos olhar para o futuro e celebrar a vida. Chelsea, um dia você poderá dizer que foi uma vítima e que está livre.

As três mulheres deram as mãos, formando um círculo.

Um círculo que selava o vínculo delas - um vínculo formado a partir da dor, compaixão - e amor.

FIM

Caro leitor,

Esperamos que você tenha gostado de ler *Magnólia*. Reserve um momento para deixar uma crítica, mesmo que curta. A sua opinião é importante para nós.

Atenciosamente,

June V. Bourgo e Next Chapter Team

Magnólia
ISBN: 978-4-82411-300-9

Publicado por
Next Chapter
1-60-20 Minami-Otsuka
170-0005 Toshima-Ku, Tokyo
+818035793528

9 novembro 2021